名家散文自选集

散文就是同亲人谈心

前世是鸟

叶延滨／著

民主与建设出版社

前世是鸟

目录

赶在太阳升起之前

曾经有过一段非同一般却极其荒诞的经历。18岁之前和3个高中同班同学步行6700里路，从四川的大凉山走到北京，这3个同学的名字是陶学焱、王守智、张云洲。几年前回西昌见到了这3位同学，还一起照了相。今天想起他们，是因为想起一个词："恋栈"。

老子有言："持而盈之，不如其已；揣而锐之，不可长保；金玉满堂，莫之能守；富有贵而骄，自遗其咎。功成身退，天之道也。"讲的是急流勇退，见好就收，反之，则称为恋栈。恋栈之情浓者，一辈子占着一个坑，还用专一、献身、热爱之词当作花环摆在自己的面前，说得多了别人不感动，自己也感动，好像提前念悼词。很多事，说透了其实简单，比方对一切不知进退，死守活赖的行为客气地说出"恋栈"二字，很真切，又形象。

所以想到那3个老同学，就是想到那6700里路，用了4个半月，最重要的体验，就是每天和"恋栈"角力。长途跋涉，每天多则百里，少也六七十里。到了这天的目的地，吃饱喝足，用热水烫了脚，仰面躺下，休管是草堆还是硬水泥地，这6尺长两尺宽的地方就是天堂！（是啊，跋涉一天腰酸腿疼，得到伸展休息的机会容易吗？虽说只是行程中的一站，与人生中之一驿，道理相同，都得之不易难舍难离。）继续前行的可能，就是与这样越走越强烈的"恋栈"情结角力。

我们的"长征"，只是一次小小的反叛行为。因为"文化大革命"学校不能上课了，因为毛主席接见造反的红卫兵，学校里家庭出身好的同学都得到一次天赐机会坐车上北京"大串连"。我因为父母被打成"黑帮分子"揪斗，其他3个同学的家庭也不够当红卫兵的资格。少年气盛，4个人在学校贴出一张"我们也要到北京见毛主席"的堂皇宣言，深夜背上行李卷，连夜北上。一路上害怕红卫兵和校方阻截，每到一地，都在凌晨三四点钟起程赶路。

凌晨出门行路难啊。梦中被闹钟吵醒，从热被窝出来是初冬的寒风，没有灯火的马路一片漆黑，一边走还一边打瞌睡……头两天这样走还行，因为害怕被抓回去。再往后走，就难了。谁不想多睡一会儿，谁不留恋热被窝？只是这样一来，几乎就没办法再走下去了。睡够了起床，再吃了早饭，就到了八九点钟了。走不了30里，太阳当头，就该吃午饭了。下午在阳光下行军，十分燥热，到了住宿点，什么事也干不了，倒头睡觉。第二天更不想起床，越走越没劲头。于是4个人认真休整一天，商量是继续走下去，还是结束行程回家。面子当紧，回头丢人，那就必须确定怎么走。头几天每天最小行程都在80多里路，最重要的原因，就是凌晨三四点钟起身上路，用前面的词来说，就是："绝不恋栈"！

凌晨三四点钟起程。天黑风凉，走起路来快，也不出汗。有时太冷了，背着的军用壶里装着烧酒，喝上一大口，寒气全消！等到天亮了，太阳出来了，已经行程近一半，走出三四十里路。吃过早饭，再走到中午最热的一点多时，就到了今天的目的地。午餐后，还能在乡镇上逛一逛。我们带了个行程本。每到一地，就到所在地的邮局，请邮局在我们的本子上盖上一个当天的邮戳。就这样，路也走了，每到一处还能在太阳下山前休整闲逛一下。天一黑，烫脚睡下，这样一天天下来，形成习惯，凌晨自然就醒了。

走完那6700里路是我和我的同学一生都值得回味的事情，那也是年轻人才可能去冒的风险。完成这漫长的旅程有许多的因素促成，比如说全社会都无事可干，比如说社会风气相对淳朴，比如说年轻人都有追星族的情结而我们那时追一颗"红太阳"，比如说我们没有退路却还想向红卫兵们叫板……在所有的可能中，最重要的一个细节，就是我们的长途跋涉建立在"不恋栈"的行程表上，赶在太阳出来以前，让眼前有全新的地平线，让身边有全新的风景，而且还有已经写在新的一天日志上的里程数给自己的成就感。

我不喜欢也不想学那个坐在老牛车上的诗人感叹"夕阳无限好，只是近黄昏"。生活告诉过我，生活没有老子的道德经那样深奥，生活曾经就这么明白地说：离开焐热的被窝，新的开始就在太阳升起以前！……

2009年

不同你玩了

这是一句小孩才说的话。这句话会唤起许多的记忆。

一群孩子在院子里游戏，好好地，又跑又跳，突然，这群孩子对着一个孩子说："不给你玩了，就不给你玩了。"那孩子半张着嘴，想说什么，没有说出来，眼泪却流下来了，他用牙咬着下嘴唇，转身离开了这群孩子，那些孩子啊啊地笑着跳着，好像欢呼着一场比赛的胜利。

我觉得这个场景就在昨天，我该是他们的爷爷了，但就是那一句："我不同你玩了！"让我感到这个世界最早的寒意。我认为，游戏是人生最重要的课堂，孩子们在游戏中长大，学会与人交往，懂得友爱与友谊，明白互助与互利，同时也会知道争斗，知道羡慕和妒忌，知道委屈与孤立。

一群孩子呼啸而来，我是他们中的一员，也许因为我做得不好没有让"孩子王"满意，也许因为我的出众，让比我更有威望的孩子丢了面子跌了份："不同你玩了！"为什么？没有为什么，就是不同你玩了。我在人群中用目光搜索我的铁哥们，而我的好朋友害怕也被孤立，把脸扭到一边，一只脚在地上不由自主地蹭来蹭去。这时，我感觉这个世界真的太让人失望了。我忍住眼泪，跑回家，妈妈一眼就明白出事了："怎么啦？谁惹我的宝贝儿子了。"话音未落，我会委屈得放声大哭，小胸脯像风箱一样起伏，抽搐哽咽得一句话都不成句子。

为什么委屈？因为我们生下来就是家里的宝贝，爹妈捧着哄着供着。游戏是孩子们的事，而孩子的游戏规则也是有"潜规则"，有等级，有头目，而等级和头目，有多种因素形成，父母的地位，老朋友和新人，岁数和体格等，如果这个孩子的爸爸是这个单位的一把手，那么在院里没人敢惹他，当然如果另一个孩子膀大腰粗能打架，也有机会当孩子王。

"不同你玩了！"是我从游戏中体会到的群体生活中重要的惩罚。现在的孩子不仅是独生子女，也缺乏孩子间游戏所进行的"社会演习"，特别是那些坐在电脑前打游戏的孩子，不会知道这句话的分量。

"不同你玩了！"这是一个群体对你个人宣示的惩罚。人是社会动物，渴求交往，追求他人的理解和承认，这在孩童时代就会显露的天性。最彻底让我明白，当别人向你说这句话不一定是你的错，那是在读高中的时候。"文化大革命"开始了，学校里有了红卫兵，我是共青团员还被选为学生会的学习部长，突然一下子变成黑帮子女了，官方正式说法叫"可以教育好的子女"。我认真地感受到，那些戴着红袖章的过去的同学和朋友，一起对我说："不同你玩了！你玩完了！"我第一次懂得骂人不带脏字："可以教育好的子女"！没有一个贬义词，但不明明白白在说"你现在不是个好东西"吗！我被激怒了，我想明白了，我扭头就做自己的事，找到3个还认可我的同学，组织了一个长征队，在红卫兵们坐着火车大串连时，我们走了6700里路，从四川走到北京，干了人生一件无用但值得记住的事，就这样走进了社会生活……

参加工作后，常常感受到荣辱无端，毁誉无定。一段时期像中了头彩，好事接着好事，领导重视，同事支持，群众满意，荣誉无数。另一段时期好像噩梦缠身，倒霉事接着冤枉事，领导不满，流言不断，冷板凳伺候。所谓宠辱不惊，难的还是后者，热乎乎的脸贴上冷屁股，热乎乎的屁股坐上冷板凳。

不同你玩了。老板跟你说，换一种说法："请另谋高就。"领导跟你说，用另一种语调："组织上考虑根据（下面任选一词组填空：群众反映、工作需要、政策规定、集体研究）决定你……"

以我的经验，遇到这种情况，光委屈没用，学秋菊要个说法更傻（用自己的全部精力，去证明老板或领导的一个小失误，绝对是对自我生命的浪费！）。自己需要很快地将官话或光鲜辞藻转译回那句话："不同你玩了！"早早地想自己的辙。我觉得这一生最大重要的人生体验之一，就是能够领会听懂这句话的各种变调，尽快说服自己适应新境遇：走人换场子或者耐下性子坐冷板凳。

走人换场子，是找另一拨人一起玩，结束走下坡路的日子，企稳向上，这点谁都懂。

坐冷板凳，也是常事，有时换不了场子，只有坐冷板凳。前提是不想当秋菊不觉得自己是窦娥，就能坐得住。常有人说：叶延滨呀，你写了几十本书，哪来那么多时间呀！说真的，一半是坐在冷板凳上写出来。冷板凳不可怕，不就是没有理你吗？不就是让你干不了该你或你想干的事吗？然而，谁能让你，眼读不了书，手写不了字，脑子想不了问题呢？中国会越来越民主，社会将越来越开明，不该再有文字狱了，不会有老虎凳了，但恐怕在可预想的日子里，坐冷板凳，老板和领导客气地对你说出那句话的各种版本，完全仍有可能！

"不同你玩了！"一群孩子对着那孩子叫。那孩子突然转身大声回答："我自己玩！谁怕谁呀！"

啊，这就是今天的孩子，我那时也该这么大喊一声：你以为你是谁呀……

2009年

茶和咖啡的对话

10月到欧洲出访，这次旅欧之行几乎就是对话之行。先是随中国作协主席铁凝到柏林，出席中德文学论坛。然后转机到法兰克福，参加法兰克福书展中国主宾国活动。书展结束后，受邀赴比利时布鲁塞尔参加欧罗巴利亚艺术节活动。前后10天的时间，坐了6趟飞机，进行了6次讲演，这在我的经历中，应该是一种新的体验。

新在哪里呢？20多年前，我第一次出访欧洲，是随同文化部长王蒙和中国作家代表团团长冯至先生访问意大利。参加开幕式后主要日程是观光，听得最多的一句话是："你们是日本人？哦，中国人！"听得我不耐烦了，后几天我干脆换上了人人都认得的北京布鞋在罗马街头晃荡。看得多，说得少，也没有人想听你说什么。随后的出国访问，说的内容渐渐多了，从各说各的，到互有对话，从互有对话，到有了分歧争论，但总的说来，还是用眼睛的时间比用嘴的时间多。扩大视野，增长见识，依然是中国作家出访的主要目的与成果。

　　这次出访德国和比利时，走马灯似地参加文学论坛、国际书展和艺术节在三地举办的三项不同的文化交流活动，非常直接地感受到中国文化大步走上世界大舞台的风采。同时也发现，出访日程表几乎没有观光参观，对话、座谈、讲演成了主要的工作任务。也许是变化刚开头，也许事情本来就会这样，文学的对话交流，远比参观采风要麻烦。当欧洲人再不会把大街上的中国观光客误认为外星人的时候，要让他们理解和了解中国人的心灵和文学，依然是一次有趣而艰难的探险，对双方都如此。

　　我在法兰克福书展的讲演后，听众提出问题：你们派了近百名作家来法兰克福，有什么作用？不是有翻译，用作品说话就行了嘛！我首先肯定了翻译的重要，但我也讲了一个故事，来说明面对面交流不可或缺。我讲了我在波兰的一次经历。华沙诗歌节上一位波兰演员上台朗诵叶延滨的作品《飞机与石头》，我一听就懵了，我没写过这个题目诗啊？赶紧了解情况，才知道译者是从德语翻来的，而德语好像又是根据一个英译本翻译，原诗的题目是《立体与平面》。于是当主人请我上去与听众见面并谈感想的时候，我说："在中国有个笑话，说晚上军队急行军，班长向后传口令'加快脚步'，睡意朦胧的士兵，迷迷糊糊向后传话，传到最后一个时，口令变成了'回家结婚去'！我写的中文诗是那个'加快脚步'，刚才诸位听到的诗是'回家结婚姻去！'"听众笑了，在笑声中，我也感到一种理解的温暖，在法兰克福书展期间并不天天都阳光明媚，网络和报纸传递着各种走调的信息。

交流也需要一种互相的理解，当然首先自己要宽容与多换位思考，我时常提醒自己注意这一点。在柏林举办的中德文学论坛上，汉学家顾彬先生在我之前发言。他对中国当代文学进行了严厉批评，有的不无道理，有的也过于偏激。比如他认为1992年以后中国人和中国作家都一心想发财，诗穷而后工，还是过贫困的正常生活好一些。他还说中国还有些优秀的诗人，他已经把中国所有的优秀诗人都请到德国来访问并翻译出版了他们的诗歌，所以他演讲的题目是《德国是中国诗人的家园》。我在他之后发言，也要谈中国当代诗歌，我不对此作回应，就容易被误认完全同意他的观点。我考虑之后，决定把回应分开进行。一是在休息时间找到顾彬，我告诉他："我在20世纪80年代末与您有通信，当时你写信订阅《星星诗刊》。该算老熟人了。"顾彬有风度地与我握手。然后我说："作为老朋友，我不同意您对1992年邓小平先生提出发展市场经济，让一部分先富起来这个重大决策的批评。大概绝大多数中国人听到您那番话也会因此对您反感，希望您不要再这么讲了，因为您是我的朋友。为什么一定要中国人和中国作家继续过穷日子呢？人们会说，德国的歌德一辈子过着富豪生活不也是大作家吗？"顾彬笑了笑没作声，我想我的意见他知道了，这就行了。剩下的是文学问题，文学问题我就放在正式的讲演中对顾彬教授做出回应。我在讲演的开头说道：我非常真诚地感谢顾彬先生对中国文学所做的一切，因为他这个汉学家热爱中国诗歌，他不像一般的译者翻译了一两位中国诗人的作品，而是翻译和推介了一批中国当代诗人，并与这些诗人有着深厚的个人友谊。如果有10个、20个像顾彬这样的汉学家，那么"所有的"当代优秀的诗人都会介绍给德国的读者。当然，热爱也许会偏爱甚至偏激，这不奇怪，因为顾彬是个诗人，我在这里指出诗人顾彬所犯的用词错误，他说他已经把"所有的"中国优秀诗人都请到德国来过。"所有的"用词不当，会使"所有的"没有来过德国的中国诗人不高兴。我这么说是因为我也是个诗人，我也会同样犯类似的错误，我讲演的题目是中国当代诗歌现状，也请大家对我讲演出现的错误进行指正。……会讲中文的顾彬认真地听完了我的讲演，尽管我对中国诗坛的描绘与他不完全相同。

在布鲁塞尔的交流呈现另一种风格，在这里我做了两次交流活动，原定在城区一所读者俱乐部和远郊小镇一个诗人之家进行的讲演，变成了大家围成一圈的对话。直接面对居民和底层读者，交流的话题无所不包。当主人提出："什么问题都可以提吗？"我回答："当然！"以后的进展就如同一个社区邻居之间的交流了。比如："你们为什么还没实行欧洲各国都实行的民主制度呢？"我答道："我个人认为有两条，一是你们的某些前辈百年前在中国没有做出好榜样，欧洲列强在中国建立过租界，生活在租界里的中国人没有感受到你们的民主所带来的幸福感。二是既然民主既然有欧式的，那么民主有中国特色的，也就顺理成章。其实不要计较中国人走得像不像你，而只需要看中国人是不是在朝前走，看中国是不是一天比一天好。"我觉得与老百姓对话，更像一次茶叙，尽管我是茶，他是咖啡。

这就是我理解的文化交流特别是作家间的文化交流：茶与咖啡的对话。实践证明，咖啡不可能代替茶，茶也不可能征服咖啡。茶和咖啡最美妙的状态是互相尊重、互相理解、互相映衬。对茶的喜好并不妨碍我们也尝试一下咖啡，对咖啡的依恋也不妨品品茶的韵味，进而达到互相欣赏，这种互相欣赏会让文化的多元共存创造出一个和谐的世界。

这让我想起此行中的一幕。中国作家在柏林中国文化中心与德国朋友对话的第二天下午，当时正在德国访问的中国国家副主席习近平突然来到论坛现场，习近平副主席和在场的5位中国作家及德方参与对话的德国专家们一一握手，并向全体听从即席发表讲话，他讲到青少年读过《格林童话》，读过《少年维特之烦恼》，在农村插队时还带了本《浮士德》，大家传来传去爱不释手。当习近平副主席讲完这番话，全场的人都热情鼓掌，热烈而和谐。互相欣赏，互相尊重，文学此刻让所有的人都亲近起来，无论是紧随领导人的警卫，还是在听众席里满脸惊喜的大学生！

　　在回北京的航班上，航空小姐微笑地弯腰询问："茶还是咖啡？"我突然想起这是个好题目，在这个全球化的时代，在缠满地球的无数条航线上，无数美丽的不同肤色的空中小姐，一遍又一遍地对全世界的耳朵说：茶还是咖啡？这也许是个美丽的信息，世界进入茶与咖啡对话的时代了……

2009年

半瓶老酒一杯茶

虹是一种记忆，反过来说，记忆中那些像雨后天幕上的彩虹，散发出新鲜空气的清爽，这样的东西，是生命中的彩虹。南方山区的夏日，常见彩虹。夏季山里的天空，也配得上气象万千这个成语。云从山头上飘浮起来，好像是大山的梦离开了做梦的石头，一块又一块的云片，会聚成满天的乌云。那些乌云更像是发怒的大山，急匆匆要找到回家的路。走山路的人，更会关注头上的这片天空，在夏天它太容易变脸了，喜怒无常。只有当它破涕为笑时，才给您一弯彩虹，让人的心情，透明如这雨水滤过的空气，清新如这一滴滴雨水洗过的树梢的绿叶。记得这是15年前，在云南的滇西横断山脉中，我们坐着一辆面包客车，在高山峡谷中穿行。这是中国作家访问云南代表团，泼水节前后，深入滇西进行了近10天的访问活动。

陪同代表团的是云南省作协主席晓雪，代表团一行，团长是邵燕祥，同行有柳萌、汪曾祺、韩映山、李锐、毕四海等。汪老抗战时期在昆明的西南联大读书，此次故地重游，精神好，说话也多。那些忆旧的话，忆的是青年时期的往事，说起这些事，汪老也显得年轻多了。行走于云南的山水间，耳听汪老讲西南联大的轶事，此次云南之行有了历史感。改革开放之初，云南滇西地区还十分贫困。记得到了保山地区，作家们登台给当地的文学爱好者讲演，热情的主人给每位作家赠送的礼物，就是用草纸包好的两斤当地出产粗制红糖。在一个县城，好客的主人们，用大碗酒大碗肉招待作家，饭后，主人们都要汪老给他们留下墨宝。如今向名家求字大概都知道润笔，那时候不讲这个，主人觉得让你写字是看得起你！汪曾祺是他们最看得起也最敬重的作家，加上汪老的字也写得好，从吃完晚饭，一直到深夜11点多钟，汪老一直笔耕不止，挥毫泼墨。县领导要了，秘书们要，秘书要了，工作人员要，工作人员要了，工作人员的亲友要……写到深夜，接待我们的办公室主任，要为汪老提神，给汪老提来半瓶酒，晚饭酒席剩下的半瓶酒。我都在场陪着汪老，觉得这实在不礼貌，便说了他几句，大意是怎么给汪老拿来剩酒，你们要字要得也太过分了。汪老制止了我，把酒倒进茶杯里，笑着说，谢谢，真有点累了。说完接着写，又写了十几幅字。

这半宿的劳作，这半瓶残酒，像是此行留在记忆中的一道彩虹。一说起汪曾祺，就会想起这件小事，比他的小说，更生动地划亮记忆的天幕。此行最后在昆明结束，分手前，汪老写了两幅字，一幅是"刚日读经，柔日读史"，一幅是"有酒学仙，无酒学佛"，分别送给我和我的妻子。

虹是一种记忆，是生活中一个片断，它不挑选背景，然而却让背景美丽。那天坐出租回家，大雨骤降，急风暴雨来得快，也去得快，当出租车从北三环路转到南三环的时候，一道彩虹从三环路的潘家园桥后冲霄而起，把水泥楼群变成了童话书的封面。潘家园因为有个规模不小的旧货市场而全国闻名。多年前，我从东郊的广播学院搬到潘家园市场对面的小区，因为书太多，新住处装不下，搬家时把两书架的书送给了邻居。我在新家刚刚住下不到一个礼拜，有人就告诉我，我的一些书信就在旧货市场出现了。可能是邻居把书架上不用的书籍杂物卖给收废品的人了，卖出的书刊中，也有不少我夹在书报中没来得清理的书信。一位文友告诉我，在这些信件中，有一封冯至先生寄给我的贺年片，标价数百元。听了这话，我急匆匆赶到旧货市场，转了一大圈，没找到，那贺年片已经被人淘走了。心里空捞捞的，这是一件很有意义的纪念品啊！

我和冯至先生是在1987年一起访问意大利建立了友情，以后一直通信，直到他去世。冯至是出访意大利的作家代表团团长，同行的还有舒婷、周涛和吕同六，后来王蒙到意大利领文学奖，也和我们一起活动。在意大利期间，博学谦和的冯至先生征服了大家的心，大家都非常愿意和先生在一起。访问活动结束前，冯至一定要用自己的钱请大家吃一餐晚饭，他说，我年纪大了，一路上得到了大家的关照，一定要表示一下，请大家不要拒绝。盛情难却，我们在罗马城找到一家中国餐馆，吃了一餐味道极差但价格极贵的中国饭。天天美食的意大利，这个晚餐蹩脚的饭菜却让我终生难忘，戴着深度眼镜的冯至，看着我们吃饭夹菜，脸上孩子般满意的神色，独自喝着一杯不知是什么时候出品的，早已没有了绿色的龙井茶。

　　虹是一种记忆，它清新明丽，一瞬间让过去的日子亮出色彩。汪曾祺先生和那半瓶酒，冯至先生在意大利的那一杯陈年茶，就是两道虹，此刻，引出长长的思念……

2010年

喝凉水

人生的境遇有时真的很难说清，说不清就把它叫作"运气"，斯文的说法："运交华盖欲何求，未敢翻身已碰头"。老百姓的大白话："人倒了霉，喝口凉水也塞牙。"喝口凉水也塞牙，说得够透彻。

喝凉水也塞牙的经历，前半生遇到过，不是比喻，真是喝凉水引出的故事。

是纷至沓来的坏运气，让我从"蜜罐"掉进了"凉水"里。说是50年前，刚上小学不久，上的是四川省政府的干部子弟小学育才小学，育才小学与原来的延安育才保育院有点瓜葛。上小学我是从保育院直接升上去的，保育院不是延安的那所，叫成都育才保育院，也是供给制。穿的是小皮鞋，发的是毛呢小大衣，在20世纪50年代初，一个政府公务员每月伙食费就是6块钱的时候，这所学校算是够资格的"贵族学校"了。校长是延安来的老革命，慈眉善目，说话慢悠悠的："我们打天下为了谁呀？就为了你们这些下一代呀！"在这一群下一代中，我算半个。因为母亲已经在某个运动中被开除了党籍，从宣传部长降为教育局的中教科长，父亲还在"领导干部"的位子上，所以勉强地进了这所学校。

在学校是一样的，周末放学就不一样了，大多数同学都有小车接走，我和同班的纪小平结伴走回家的时候多。他的父亲是省委机关卫生所的头头，没有坐小车的资格，而我总是回母亲处过周末，离学校不远，走半个小时就到了。两个小朋友自由自在地逛街回家，是很开心的事情。路上也有不开心的时候，遇到其他学校放学的小学生，我们的校服一下子就让我们成为嘲讽和讥笑的对象："小皮鞋嘎嘎响，龟儿的老子是官长！""育才小学，没有脑壳，装个醋罐，酸得牙脱！"附近小学的孩子们都会唱这种针对"贵族学校"的民谣，为什么脑壳换成醋罐子呢？因为我们一半以上同学的父母，都是晋绥南下干部，他们食醋的喜好，大大提升了这座城市食醋的需求，也给这座城市鲜明的味道刺激！这种招摇过市的"特殊化"，在1957年开始的"整风运动"开始后，首当其冲。我第一次听到了"八旗子弟"的说法，很快地学校作为整风成果停办了，我们分别转到了不同的学校。我和另一个同学赵小明转到了二师附小，这是市重点小学，我从进学校开始，就像"充军"的囚徒，也像前阵子的"非典疑似病人"，天天受训，姓廖的班主任挂在嘴边的4个字就是"八旗子弟"。这是人生第一次感到落差，也许这是极正常的社会情绪，小学生嘴里的民谣和廖老师唾沫四溅的训话，都是有道理的，只是不该让我们来"纳谏"而已。

如果故事到此完结，就不算倒霉，更没喝上凉水。事情很快急转而下。整风变成了反右，反右的下一幕是下放锻炼，我的母亲不是右派，但"犯过错误"的历史，让她也下放到大凉山去当"领队"。母亲不愿做"管理下放干部"的事，到了下面，自愿申请去学校当一名中学教师。母亲下放了一年，眼见她短时间回不了省城，于是我转学去了大凉山，陪伴孤身一人远在偏僻大山里的母亲。这是我人生最重要的转折点，我曾经有过的一切都消失了，我进入到一个我从来不知道的蛮荒边地。

从成都到大凉山的西昌城，要坐3天的长途汽车。第一天到达了雅安，这是原西康省的省会，一座十几万人的小城。那是"大跃进"后的头一年，在成都还没有闻到灾害的气味，在这座边城，餐馆里已经没有米和面条供应了，所有的都是红薯，蒸红薯，煮红薯，红薯馒头，红薯包子，弥漫的红薯味想起来都有一种可怕的预兆，在饥荒到来之前警告食欲的气味！第二天到达了大渡河边的石棉城。大渡河让人想到石达开，特别是破旧的老道奇客车在险峻的半山掏出来的公路上爬行，旁边是湍急的大渡河，不能不想到石达开。石棉是座矿区的小镇，因为附近有个石棉矿，便有了这小镇，小镇的小旅馆还没有电灯，昏黄的油灯下，可以看见满是污渍的被褥，我感到远离城市的恐惧，这一夜没有脱衣服，和衣躺下，直到清早听见旅店外的汽车引擎发动的声音。是啊，这一辈子天南海北走过不少地方，但这一次旅程终生难忘。有了这两天沉闷而又食寝难安的旅程，当我到达大凉山里的西昌城，荒凉和贫寒的景象好像已经不再让我吃惊了。

母亲在距县城10多里的师范学校当老师，我就在附近的乡村小学读最后一年的书。坚持了一年，因为长期腹泻回到成都看病，医生问："吃饭好吗？喝水清洁吗？"我老老实实地说，在山区大家都每天只吃两餐饭，早上要饿到10点，在学校上了两节课才放学回去吃饭，下午放了学早早地吃了晚饭，真的还不习惯。从来没有开水喝，就喝山上接下来的水槽里的水。医生听完我的话，对陪我看病的大人说，不用吃药，每天吃3餐，喝烧开的水！而这两条，在1960年的西昌，一个下放到山区的中学教师的孩子，答案是办不到！

不到3年的时间，我从"贵族学校"的住宿生，变成大凉山深处山区学校的喝凉水的孩子。当时我有选择：留在成都，还是回到大凉山继续喝凉水？我选择了回大凉山，我对劝我留下的亲人说："不就是水土不服嘛，喝惯了，也许就会好了。"是啊，我遇到的第一个人生问题，竟然是喝凉水！是不喝了？还是要把它喝得服水土？半个月后我再次独身返回大凉山，去陪伴母亲，做出这个决定的那年我11岁。

这是我人生第一次为自己做出的选择：继续喝凉水……

2010年

边城腾冲行记

　　此番南行，目的地是边城腾冲。作家采风团一行数人都是熟人，邓友梅夫妇，友梅是当团长的材料，我在他统领下，去过香港，还是在香港回归之前。友梅一当团长，这个团就有政协的气氛：一团和气，和谐愉快，趣谈生风，女士优先。最后这一条，特别是与夫人同行时，同行的女士也会沾光。同行的女士都也同行过，与徐晓斌在台湾省吃过海鲜，与周晓枫在山西省吃过拉面，因为有这点交情，所以尽管她俩的嘴在不吃东西的时候，都让许多男士饱受语言轰炸，我还是相当地放心，直到挨炸的那一刻到来。还有徐刚，越来越像个沙弥活佛，自从他成了环境文学的主将以来，脸上真有了佛相。

　　山高路远，从北京坐飞机到昆明，从昆明立马转机去芒市，从芒市还要坐3小时汽车才到腾冲。我没有吭声，跟着走。邓小平早就教导我们，凡是旅行，最好的随员，只需记住这3个字"跟着走"，对自己少负担，对别人也少麻烦。当然邓友梅作为团长比我们先行一步，早一天打前站到昆明。在我们像民工一样十万火急地下飞机出机场找到邓团长的时候，这位走南闯北把中国跑完了把全世界跑得只剩下陈水扁名下几个"邦交国"还没顾上去的友梅团长，笑吟吟地坐在香气弥漫的菌子火锅面前："不要着急，还有20分钟，你们好好享受一下这云南的特色！"

直到我坐上飞机，把心放进肚皮里，才问自己："刚才那菌子汤是红汤还是白汤呢？怎么想不起了？"想不起就不想了，想腾冲。我不是第一次去腾冲，这是我十分迫切参加此次活动的原因。我在20年前到过腾冲，那是1986年中国作家访问团访问滇西。团长是邵燕祥，一行有汪曾祺、柳萌、毕四海、李锐、李星等。那时候，没有飞机也还没有高速公路，我们从昆明西行武行、大理，转南下保山、腾冲、芒市、畹町，一路在高黎贡和澜沧江间穿行，基本上走的是当年滇缅公路的路线。在滇西南转了一圈，整整半个月时间坐在一辆中巴车上。情形如我当年写的诗，题目叫《滇缅公路行》：

昆明街头个体户摊上
找不到艾芜出售的草鞋
《南行记》又没再版
好吧！向西向南向缜缅公路
刚惋惜旅行车椅子松软

太现代而少传奇色彩

立即被蛇行般的滇缅公路

把胃口悬在车窗外面

高山啊一个接一个的高山

绣球般把汽车甩去又抛来

让横断山脉这个名称

在你胃里打滚

在你的肠子里跳舞

在你的每个关节里兜风

让所有不切实际的浪漫

如断线的风筝飘落在峡谷……

那次的旅行留下了深刻的印象，一是最久的长时间坐汽车旅行，二是蛮荒而又富饶的滇西风景象烙进脑子里，一辈子难忘。

高山、大河、深谷、剑麻、芭蕉、凤尾竹、象脚鼓、茅草竹楼、傣家长裙、橡胶林……这些词汇共同叠加为滇西给我的记忆，在这些几乎纯绿色纯自然的旅程中，有一个地方，打破了滇西绿色的底色，那就是腾冲。腾冲在我们那次旅行中，是个"异变"，在这天高皇帝远的边陲小城，我看到了两个地方，一武一文。武之地是墓碑密密麻麻像出征战士林立的"国殇园"。一座荒秃秃的山丘上立着三千三百四十块墓碑，那是中国远征军第二十集团军为收复腾冲与日军死战而阵亡的九千名将士中的部分墓地。其余的阵亡者名单全刻入一百面石碑。这座长满墓碑的山丘，一下子让所有的滇西风景退到背景中，成为滇西最伟岸的山峰。

文之地是和顺的乡村图书馆，一个边地小村子，其貌不扬，凋敝破败，最招眼的是一间规模不小的图书馆"和顺图书馆"，这是早在民国十七年就挂牌开放的公共图书馆，在图书馆的不远处的乡村民居之间，是思想家艾思奇的故居，这是中国共产党最著名的讲道理的哲学家，我读大学时，哲学课本就是先生《辩证唯物主义和历史唯物主义》。那年经过腾冲行色匆匆，没记住腾冲城的模样，但这"一文一武"之地，使那次滇西之行有了浓重一笔！当时正是"文化革命"结束不久，改革开放还没有打开所有的窗口，我当时记下这样的感触："腾冲是滇西最神奇之地，国民党在这里出了能拼命打仗的军人，共产党在这里出了最能讲道理的文人，文武之道，神哉腾冲！"

从芒市机场乘车，3个多小时就到了腾冲。进入城区，马路宽，华灯明，楼房高，已不是我印象中的边城了，变成了一个繁华的市镇。20年的确不算短了，它足以让一座边城从穷乡僻野走进小康之梦。

我是带着记忆来到腾冲的，因此，再次寻访记忆中的地方，成了我的心事。也许是主人善解人意，也许当年让穷困边城腾冲能示人之处今天依旧是古城的骄傲。我再次来到了国殇墓园。国殇墓园现挂着"滇西抗战纪念馆"的牌子，大门的上端仍是当年云贵监察使李根源手书的"国殇墓园"石刻园匾。李根源是腾冲最有名的抗战名士，辛亥老人，滇军名将，在日军入侵云南后，致电蒋介石，领军西拒日寇，行前发表著名的《告滇西父老书》，抗战胜利后，力主建成了安葬抗日将士的国殇墓园。

入了墓园门，一条甬道两侧树木森森，幽深的甬道那头有座忠烈祠。这祠堂我上次到腾冲还没见到，近年修复，完全保留了1945年建园时的原貌。祠堂正站上端的"忠烈祠"匾，为国民党元老于右任所书。忠烈祠后是墓地，墓地正面石碑上刻"天地正气"4个大字，也是于右任先生所书。见到于右任先生写下的这些墨宝，就想起于右任在晚年台湾生活时，曾以望大陆的诗句流传于世，诗中写道："葬我于高山兮，望我大陆，大陆不可见兮，只有痛哭。天苍苍，野茫茫，山之上，国有殇。"啊，先生在天有灵，知道国殇园今天得到保护，会高兴还是会潸然泪下呢？墓园与20年前也有变化，栽下的小树今天参天蔽日，整座墓园幽静安谧祥和。

墓地位于城西南的来凤山北麓，占地80亩的墓地，其形状就如一只叩在大地上的巨钟，取"警钟长鸣"之意。墓地里的墓碑依旧从山脚向山顶排列有序，排成军、师、团、营、连、排、班的编制序列。岁月给碑石布上青苔，风雨剥蚀了碑文红漆，然而，整座墓园里那些守护过这片土地的将士，依旧战士般昂首挺立在最后的哨位上！我默默地围绕墓地走了一圈，向这些腾冲的永久居民致敬。

从于右任到李根源，从远征军到滇缅公路那些修路的滇西民工，我开始找到一种精神的向度，一种绵长而又坚韧的民族精神。也许这是一种象征性的联想，腾冲地区多火山，因此也多热泉。在这里，坚硬的火山石可以浮在水面上，在这里汩汩的泉水腾向空中如同火焰般炽烈。也许这般神奇的土地，能把人性中最美好的那些精气神召唤出来，感天动地！

到腾冲采风必到之处是城外一座名叫河顺的小镇。河顺乡原来就是我到过的名叫河顺的村子，就是那座有图书馆的边地乡村。河顺真的叫人认不出了。当年那个破败穷困的村子变得叫人认不出了。也许是旧貌换新颜？也许是除去岁月的积尘恢复了当年的容光？重光也好，增色也好，河顺如今是远近驰名的"驿中商旅第一村"。也真是世道变了，开放了，讲小康了，放心让老百姓走发财致富路了，和顺也就扬眉吐气地露出自己庐出真面目了。

　　和顺图书馆仍是村镇的中心，这个图书馆仍然让和顺成为中国第一。有第一家最古老的乡村图书馆，以这个图书馆为中心，当年在村里用收音机听新闻办起的《腾越日报》，20世纪40年代有名的和顺益群中学，还有双虹邮票社、星光音乐社、和顺照相馆、光华足球队、一个个在半个多世纪前出现在边陲乡村里！中西时尚和新思潮构成了"腾越文化"最引人入胜的亮点。和顺之所以有如此精彩的文化史，是因为和顺最早向外开放，经商的和顺人向缅甸走去，向东南亚走去，向美、英、加拿大等大国走去。早在20世纪中叶，和顺乡在"家"的人有五千，在"夷"的人竟有七千！商业的流通带来了财富，衣食足而知廉耻，有了财富和眼界的和顺人自然有自己的精神追求。真是风水宝地啊，赶上改革开放好机遇，灰头土脑的和顺，更加光彩炫目。

　　挂牌仪式上主人递给我一张名片，名片的正面印着："和顺古镇，中国第一名镇总经理王达三"；名片的背面印着，中央电视台评选中国十大魅力名镇——云南和顺的颁奖词全文："六百年历史孕育了极边古镇，三大板块文化交汇成丝路明珠，乡虽小，却有全国最大的乡村图书馆；人不多，还有大半留居世界各地。一代哲人故里，翡翠大王家乡，小桥流水有江南风情，火山温泉是亚热风光。更有月台深巷洗衣亭，粉墙黛瓦，稻浪白鸥，一派和谐顺畅。一座滇西小镇，占尽了天时地利人和。"我看过电视上崔永元主持颁奖会，虽然崔永元摆出一副"不做广告"的架势，添了点搞笑的气氛，但关于和顺所说的都实在，只有少，没有多。就像我这篇短文，只讲了和顺出了艾思奇哲学大学者，没多讲和顺还有许多翡翠大王。我和徐小斌在河顺乡参观时，遇到了在和顺深入生活的云南作家潘灵，这位先生正在腾冲深入生活，我们就便到他的房东家小叙。房东女主人，为满足我们的好奇心，随便拿出几件小收藏，翡翠小挂件，英国的老餐具，看得我们啧啧感叹。

腾冲就是这么迷人，这么让中国人长脸。有骨气敢拼命的中国人出在腾冲，讲道理有文化的中国人也出在腾冲，还有腾冲是翡翠之乡，今天财大气粗的中国人也出在腾冲。翡翠城里的小门面商户，一家挨一家，小店老板成百上千。别看小店，随便拿两件店里的好货，就往百万千万上说，说得我们的友梅团长，一进翡翠城就叫累，不看了，坐在店外的椅子上，静心养神。

腾冲真是好地方，现在腾冲叫得最响的是翡翠，所以用不着我在短文里多嘴。腾冲无愧是"滇西一颗最美的翡翠"，不仅是它有珍宝，还因为它有国殇园的精神，有和顺村的文化！当然，珍宝也真让人忘不了，陪同我们的宣传部女部长，手腕上那翡翠镯子，就让喜爱翡翠的徐刚目不转睛地盯上了："好东西，玻璃中飘花！多少钱？"女部长一笑："前几年丈夫送的，那时不贵，现在可能要贵一点。"多少钱？这样说吧，买的时候是夏利的价，现在值辆广州本田。这下子知道了吧，腾冲的国民生产指数在女人的玉臂上！腾冲漂亮的姑娘手臂上都有只让人回头看的镯子，我想，这很符合徐刚大师的环保理念。你想想，北京的漂亮女人一人弄一辆小车满大街转，搞得大气污染，车堵人怨；腾冲的美人把奔驰、宝马、雪佛莱还有QQ之类都戴在手腕上！满眼婀娜婆娑，处处空气清新。如果北京也这样，市长不是好当多了吗？

　　彩云之南，有一座美丽边城，那就是像翡翠一样迷人的腾冲……

2010年定稿北京

喝高了

这就是喝高了。没错，脸上神光泛出，红霞四散，两眼迷离而温和，话匣子打开，两只手向四方伸展，像那条有名的保罗章鱼，双腿如花样滑冰运动员，灵巧地保持着上身的平稳，让满杯的酒准确地倒进自己的嘴里，然后，围着桌子，一个一个地敬酒。这是重要的境界，喝得醉意朦胧，却还知道要干什么，该说什么。这是进入角色的状态，东歪西斜，却不会倒下更不是一摊稀泥。如果一张酒桌上没有这样一位酒仙，那么，无论桌面上摆着什么样的山珍海味，还是叫吃饭，不叫饭局。

吃饭和饭局是不一样的，吃饭是解决肚皮的问题，饭局是解决肚皮之上的问题。有说法，无酒不成席，换个字，无酒设不了局。出资设饭局的，不一定是桌上的主角，能喝得如眼前这一位，才是本场饭局的台柱。在女士的耳朵边说几句暧昧的话，香腮也好，拉皮也罢，都凑上去，吸气还是屏住呼吸只有自己知道，为公为私都没有人多嘴。在首长面前开个小玩笑，显示官兵平等，然后再送上一大号的马屁，拍得如鼓震响，谁都常见得舒坦。

平日里的死对头，先紧握手再拥抱，让人一看就是铁哥们……换杯交盏，其乐融融，事情最后办得成还是办不成，酒气先活络了人气，在一场本来十分无聊的应酬中，让参与者得到一次精神按摩，而按摩师是这位喝高了的酒仙，他的成就感比酒精的度数要高，人生如戏，酒桌上表现欲得到极度的满足，其实也是人生的享受，只是酒量不足的人，是无法领会的。"酒囊饭袋，管不住自己的嘴，还能干啥？"你这样想，就错了。国人重礼，真办成事，八九都在饭局上，不信？你想想，那灯红酒绿的酒楼比写字间都多，茅台的股票比银行都高，没有千千万万个擅长"喝高了"的高手，还能如此繁荣吗？

喝高了，不仅是酒席上的风景，就许多艺术家而言，在其喜爱的艺术门内，他追求的那种境界，几乎就是另一种喝高了精神状态。诗人常被人说成疯子，就是因为有的诗人在现实的生活常态中自己还沉浸在自我的诗情画意里；同样地，许多在现实生活里显得木讷笨拙的诗人，在他的作品里却发现他在锦绣文字里长袖善舞神采飞扬！艺术其实就是一杯让灵魂沉醉的美酒，而那些渐入佳境，醉眼微醺，与其喜爱的艺术交杯换盏的艺术家，其情状，可爱可亲可敬甚至有几分可笑，那才真是人生难得几回醉的美事！

喝高了，岂止是艺术家才会有的沉迷？世上有更常见的"喝高了"者，我们用另外的语言来形容和描写其行状。一是沉迷于钱。身上有了钱，为有钱而得意，马上让其四周的人群知道他为什么"高了"，有言道，一阔脸就变，财大气粗，一副暴发户嘴脸。这就是钱在作蛊，钱在他的血液里是高度酒精！二是醉心于权。

一个正常而谦和的凡人，一不小心搞到一顶官帽戴在头上，沐冠而舞，颐指气使，自以为是，指鹿为马，横着身子迈八字脚还嫌没摆出他的贵人架子。掌了不大不小的权，连心也变成一块秤砣，权迷了心窍，一开口连人话都不会说了，打着官腔，一看就是官场"喝高了"的主儿！钱权名利，本是无形之物，却似迷魂之酒，让人心迷，让人"喝高了"而无知觉，红尘滚滚，人欲横流，有多少清醒而能自持者？当知名利诱惑之下拷问人性力量何在！

在一场饭局上，虽似"喝高了"却周旋于色香味间，是应酬场上的高手。在艺术世界里，钟情于其中，沉醉于其间，又能超然于其上，是艺术世界里的骄子。让我惊叹的是，在名利场上，真正的高手是旁人看来"喝高了"的某些角色，步态也许如醉拳，却足下有根，脸色酡红如关公，一双眼却清醒如箭，冷冷地看这个不大的世界各色的欲望。

都说是有量，酒之量，肚之量，心之量，何物来量呢？酒量，所度，胸襟，别有洞天，各有各的境界，不同的境界，人生自有迥然不同的风采。

问谁？回答我的是一双含笑的醉眼……

2011年

回头一瞥

  因为当评委，有机会集中时间读一批当下创作的散文集。有不少是写乡情的乡土散文。说是乡土散文，是因为乡土元素构建了这一篇篇美文，炊烟是诗意的，石碾是沉甸甸地压在记忆里，狗吠和鸡鸣都唤回亲切的往事，月色如纱，风声过心，谁没有个温馨的巢，让游荡的情感随着游子的脚步在这个世界转了一大圈后，有个歇息的地方？这些散文，特别是其中写得精彩的作品，其作者大多是离开乡村闯进了城市的一代人。欲望领着身子走进了现代文明创造的水泥森林，而情感却让疲惫而焦渴的心灵常常回到那个叫做家乡的地方。

  贫困而落后的乡村果真如笔下的这些风景那么美好？如笔下的这些故事那么贴心？其实，这个问题我也曾问过自己。我在城里长大，乡村是我"插队下放"的地方，用严格的词汇表述那是我青春的流放地。但多年过去了，说到故乡，说到乡亲，出现在我梦中和笔下的都是那个插队的小山村。一个极其贫穷的黄土高原的山村，一个以饥饿与苦力为底声的岁月。要说清楚，恐怕很难。也许那段最苦最充满汗水和泪水的日子为我生命留下最有质感的印痕。近40年的时光流水冲淡了那些汗与泪中的苦涩，同时显影出我以往不曾觉察的另种风情。

（此刻电视里正在播放李敖回大陆"探家"寻旧的报道。）这让我想起一位诗人朋友在他的博客发布的一组照片"叶延滨回家"。那是前几年回到陕北插队山村的经历。离开已经40年，20年前回来过一次。那次回来，有一件事让我自己都惊讶，这里老老少少都认识我，包括那些在我离开后才出生的孩子。同行的朋友半信半疑，问，为什么？我笑着说："我在这里当过生产队副队长，这是中国社会最底层的最小的领导，但哥在这里变成一个传说了。"到了村口，原先的小道变成了马路了，于是朋友下车问道："水萍家怎么走？"沟底两个戴着草帽锄地的老人仰起头，没回答他的问话："哦，那不是延滨回来了嘛！"朋友瞪大眼睛盯着我，没话。水萍是当年房东的女儿，我曾在《魂牵梦绕》中写过她，一位爱抱着大黄猫的小女娃，她叫我哥。走到水萍家门口，已是有孙儿的水萍，按老天安排变成了满脸皱纹老太太，老太太一下子扑到我胸前，双手搂着我的腰，喊一声："哥！"啊，当年那个八九岁的小女孩总是这样迎接我。我的眼睛湿滋滋了，同行的朋友也眼里转着泪花……

说实话，离开这个山村，我曾经回来过两三次，除此之外，没有更多的联系。但这里确是我的故乡。我离开后，就留下在这里的痕迹只有一孔我住过的窑洞，最简陋的那种没有窗户的窑洞，二十年前回来，这窑洞变成邻居拴驴的圈。这次见到，荒草萋萋已塌了大半。一无所有，举目无亲，我留在这里的只是乡亲们脑中的记忆，同样的这个山村留给我的也是一段记忆。记忆本身如果一个搜索软件，在它的功能表里，有一项功能：保留那些美好的片断，过滤或淡化那些辛酸苦涩的滋味，如果那种苦涩达到了难以言表的程度，它会"死机"——往事不堪回首。

我曾经说过，人的眼睛是长在前额下，而不是后脑勺上，生命的本能是向前看。向前看是青春朝气的特征，也是富于希望的姿态。然而对于一个具体的生而言，向前看，有时能看到的东西确实不多了。尴尬无奈突然摆到面前：一个公务员，一辈子一级级向上爬，提升不仅带来实惠，更是精神上的满足。退休了，向上的梯子抽走了。坐卧不安，手足无措，血压不知往上升还是朝下降。朋友劝导："你看你多幸福呀，孩子大了，都快结婚了吧！"这劝导，潜台词是："没关系了，你虽然没戏了，你儿子的戏还刚开锣嘞。"这不是添堵吗？我从主编位子上退下来前，先把自己说服了："从明天起，为文学服役期满了，该转岗了，开始好好当专业作家吧！"自己订出三大功课：读书、游历、写作。读书，没有来得及读的书单长长的一串；游历，想去的地方东西南北一大片；写作，一提笔往事就排着队地到眼前晃，像老朋友上门聊天！也许真是老了，能把老朋友关在门外吗？

若是回首一望，白茫茫大地冷嗖嗖风，什么都没有，那真叫人心怵手凉，惊出一身冷汗：白活一辈子了？

2011年

同学会

　　这次同学会一直总在我心中，放不下，提起笔，又不知从哪儿说起，怕辜负了这场聚会给我心中增加的分量。一天天过去了，就这么也过了六七年了，没能消褪，梗在心里，总时时感觉见到它。前几天到江西去，钻到闽西大山的洞子里，看钟乳石，那是一个新开发的山洞，石头还是活的，水珠一滴一滴落下，在灯光的晶亮剔透，然后，像露水挂在睫毛上，石头上白雪般绒绒的石花，据说，也有千年的高龄了。我突然想到那次同学会，我必须把它写出来，尽量简单地放进文字里，不要让它在心里结成一朵石花，让心总痛！

　　这是我高中同学的聚会，也是时光走过40年后的一次相遇。我的高中是在大凉山里的一所学校，当年叫西昌高级中学，现在叫西昌第一中学。我是因为母亲"下放锻炼"到山区，而与凉山相缘，由于遭遇"文化大革命"结束学业到农村插队而告别学校。学校生活最后以"文化大革命"的风暴清场，同窗数年又各奔不可测的前途，特别是我，远赴黄土高原插队，中断了与同学间的联系。6年前，去西昌看卫星发射，卫星基地的侯政委知道我曾在西昌生活过，邀我旧地重游，又与当年的几位同学取得了联系，老同学熊育政格外热心，张罗了这次同学会，在他工作的那个工厂的俱乐部。

西昌现在是个有名的地方，建在这里的卫星发射基地，让西昌成了举世闻名的卫星城。40年过去了，快半个世纪了，这就等于说，当新中国建立的时候，我告诉你光绪年间的那些人和事。坐在俱乐部大厅门内，我有些忐忑不安，穿越40年的日月，有什么等待着我呢？

我们班的男生多，由于当年这所学校是全区十来个县唯一的重点高中，所以外县来的同学也多，大多是住宿生，曾有十分亲密的关系。只是"文化大革命"一来，先是分成两堆，一堆是根红苗壮的"红五类"，另一堆是家庭出身不好的"可以教育好的"。再后来群众组织互相对立，从打架发展到真枪真刀地红着眼对着干，在这班同学中，有一个与我同桌两年的张国良就是在两派武斗中，让一颗流弹射中眉际，早早地离去了，为他办完追悼会不久，我就离开学校下乡插队去了。同窗情谊变得五味杂陈了，这也是我多年回避面对同窗故人的原因。

男生先到，都不再是十七八的少年郎了，乡下来的几个同学，更显苍老，高原阳光和岁月的风雕蚀出一张老树般布满皱纹的脸，如果在路上我会不认识这张脸，在车上我还会向他让座。但此时，我还是认出了同学的模样，同时，还能叫出他的绰号。

在这些同学中，有3位让我感到惊喜，因为他们的到来，我觉得这次同学会就足以值得珍惜了。他们3位的名字：王守智、陶学焱、张荣洲。我曾有一篇小散文《出逃那一夜的月光》写下过我们的故事："'文化大革命'开始后，母亲被揪斗，在省城当大学校长的父亲也成了'黑帮分子'。我在学校正式成为'可以教育好的子女'。在令人窒息的高压中，我策划了一次突围和逃离。约上三个同学，半夜一点钟在学校贴出一张大字报《我们要步行长征去见毛主席》，算是告诉大家我们出逃的理由。然后，四个人背着行李背包、铝锅和脸盆，悄悄离开学校。那一夜，我们在又大又亮的月亮关照下，开始了人生第一次长途跋涉。四个半月后，我们行走了六千七百里路，在隆冬腊月到达北京。出逃那一夜的月光真好。我记得，因为不是月下独行，身边还有三个同学，心底升起一种豪放之情，啊，'谁为天公洗眸子，应费银河千斛水！'少年不知愁，说走也就走了。月光下的边城西昌和月光下的少年情怀，都成为梦中的清辉，远远的，飘逸的……"而他们现在就在我的眼前，他们让我相信，当年也曾少年壮志，6700里的长途步行，4个半月的风餐露宿，让我们永生互相不可忘记！我们趁聚会照了一张合影，这张合影和40年前在延安冬月窑洞前的合影，现在一起放在我的书桌里，常看常常问自己：是你吗？

男同学都能一下子喊出名字，尽管岁月已经带走我熟悉的那一群少年。当女士们出现在聚会地点时，让我尴尬的场面出现了。一半以上的女士我叫不出名字，站在我面前的女士，和我脑海里的女生对不上号。我是谁？认不出了吧？怪我多忘事？当她们带着不满说出自己的名字，我脑子里飞快地浮现出一个少女当年的模样，还有那些难忘的场景。这个她是当年的团支部书记，常常找我谈心，除了共青团的那份严肃，还有一个女孩子的关切，她是我在中学时代说过最多话的女生，说不上恋情但却是一个能说心事的朋友……这个她是班上漂亮的女生，最后一次注意她，是"文革"爆发后，一群同学到她家里去"破四旧"，她转过头来看着我，一双惊恐而无助的大眼睛……啊，我真没有想到时光在女人身上更能改变一切。十七八岁的少女是花朵，然而40年过去了，花朵开过了，变成果实了。人面桃花，梨花如雪，这是青春，到了金秋时节，蜜桃丰腴，水梨肥硕，当然也是另一种美，但能从中认出春天的那朵桃花？但是没有认出当年的同学，而且不是一位是一半女生，这让同学会的气氛变得客气而有些许隔膜了。这个阴影一直留在我的心上。我当时的感觉，就像登台表演，突然忘了台词，愕然地呆呆地立在那里！

　　就是这样，我站在人生舞台上，忘我的表演，在聚光灯下，我忘记了我自己，我成了这幕剧中的角色，我哭我笑我说着熟悉的台词，以为那些别人编撰的话是我自己的内心道白。只是，只是当剧终了，台下观众席上的灯又亮了，原来我的熟悉的人都不见了，一张张陌生的脸，上面写着两个字，再见！

　　同学会后，再打开照相簿，我心里明白，那个大凉山中一所学校里面的故事，不是我的故事，是一个少年的故事，而那个少年看着我，他说："你老了……"

2011年

童年那些事

最近写文章，不由自主地写了一些童年的事，部分收进了新编的随笔集《回首皆风景》，眼前的事情过不了多少日子，就忘了，而童年的那些事，总浮现在眼前，催我记下这些事，也就写了一些文章。放下了笔想一想，真的是老了，别人当面夸你精神好，减去10岁地说你的年龄，都是礼貌，自己知道自己的情形。

不久前在广州讲学，我说，诗歌的姿态是向前的，诗歌本质上是属于青年的，有人说每个18岁的人都是诗人，向前看，憧憬未来，理想加幻想，这都是诗人心态。而散文的姿态是向后的，是回首，是回忆和回顾，是对已有的生活积累的加工的提炼。现在我诗写得少了，还努力写一点，一手诗歌一手散文，也就是力图对生活保持童心和热情。

除此之外，还有一种对过去生活的重新发现和还原。那些最初的记忆，当年印在我脑子里的时候，有一种时代解读像连环画下的解说词。这些时代解读现在想来，有许多谬误，因此，重新洗印那些生活场景，是有意思的事情，也算重新认识自己城府吧。因此，关于童年的文章，我读自己的和别人的，都用审示的眼光去看，真实是第一的。

由此，有一些关于童年的那些事，我以为，就值得自己和读者朋友谨慎去读：

把童年当作可以随意写作的故事筐子。人生几段，童年可以胡说胡闹，青年荒唐事难以启口，中年的城府与算计更不能与人言，老年悔恨与痴呆……唉，说童年吧。乡下的写乡村，好像那是世外桃源，城里的写大院写胡同的孩子王，好像天下的大事就是打架。其实，透过孩子的眼睛展示真实的20世纪五六十年代，目击者是一个孩子也许更清澈真实。

最近读《书摘》杂志，上面有读者的建议："儿子写老子之类的传记文章宜少，客观性不够。"这句话引起了我的注意。写童年的文章少不了写亲人亲情，而且这种最初的人世情感是终生难忘的，许多心灵鸡汤文章都以亲情扣人心弦。这里有一个重要的区别，写亲情与谈史料的区别。亲情文章，无论是名人显贵还是市井平民，只要写得好，都有人爱读。现在让读者生疑，让学界头疼的是某些名人之后的口述历史，涉及一些重要史事、事件及人物观点论点等。某些名人之后，口述历史不仅谈父子情母女事，还有这些名人对某些史事说了什么话之类的"独家发布"。这种父子间"二人转"、母女间闺房密语，实在无法考证的独家发布，大多又是为当事人增光添彩之笔，难怪《书摘》编者借读者之口表达："宜少，客观性不够。"是啊，虽说是童言无忌，但对历史负责，也为珍爱名人清誉，这种无法证实的空穴之谈，还是不说的好！

客观地讲，童年是人生最初的阶段，也是没有档案记录的阶段，没有考试成绩，没有操行评语，也就没有文字历史。然而，对个人而言，记忆也许最新鲜。我就记得4岁时，晚上剧场散场，江边老城的观众举着火把回家，那卖火把的人把旧残的竹纤绳砍成一节节做成了火把。我还记得刚进省城第一个家是一个旧公馆，天井里长着一大篷含羞草。这样的细节能记几十年，因为在当时色彩单调的生活中，都曾给过我惊奇和惊喜。但许多励志故事中，那些过于张扬的童年苦难树结出的亿万富翁，实在无趣；许多名流故事中的童年，3岁钢琴4岁书法5岁背圆周率1800位，等等，都将没有文字佐证的历史添上许多难以证实的作料，让读者吃不下去又吐不出来。

童年那些事，不是明朝那些事，是人生源头上第一泓清泉，别把它弄脏了。对不？

2011年

掉进坑底

　　我确信，这一回我是掉进坑底了。1983年秋天，在我上班的时候，我发现我的办公室上有一张今天出版的报纸，不知谁放在我的桌上，但我知道，这是不祥的物件，我拿起来，上面第四版是一整版批判我的文字，传言变成了事实，是祸躲不过。我眼前发黑，头脑嗡地一声，面前的这张报纸像一张巨大的电影幕布，上面的字都没有了，有的是我这两年经历的一切！

　　最早的根源是一场家庭纠纷，这种纠纷，放到今天几乎不可能有人关心和过问，只是那时"阶级斗争的弦"还绷得很紧，而我就成了精心寻觅到的活靶子。当时我还在北京上大学，因为是老三届的大龄大学生，我在班上是学生支部书记。我们这一代人，高中毕业就下乡下工厂，在底层摸爬滚打12年才遇上读大学的机会，自当珍惜。虽然各家有各家难念的经，但书是好好读的，希望能够改变命运的时候好好搏一下。就在这个背景下，毕业前不祥苗头一件又一件露了出来……先是京城一张有影响的群众团体的大报的群工部打电话约我谈话。
到了编辑部两位岁数不小的女编辑关心起我的家事，还再三询
问："您在信件和日记中说过：爱情是需要更新的吗？"我不
明事由，回答道："这不是我想出来的，这句话是鲁迅说的，
在《伤逝》里你会找得到。"两位对我的回答没有兴趣，但这
次谈话是不祥之兆。

过了两天，接到写诗结识的好友高伐林的电话："延滨，
你要有思想准备，有人搞了您的内参。"在那个年头，这几
乎就是等于医生对你说"你得癌了，回去想吃什么就吃什么
吧！"好友高伐林要救我，冒险与我相约，交给我一份复印
件。内参的是这样的基调，获奖诗人叶某人宣扬爱情必须更新
的资产阶级腐朽世界观云云。与此同时，这张报纸公开开展
"爱情必须更新吗？"的大讨论。怎么办？我知道在一场运动
中不幸被选中当靶子了，困兽犹斗，我不能坐等受辱！我找到
了学院领导袁方同志，她是延安参加革命的老大姐，袁方同志
亲自带着有关材料到各个相关领导机构去解释澄清事实，尽最
大的努力保护自己的学生，她对我说："五七年的时候，有一
个叫邵燕祥的诗人是我的同事，我没有能保护他。现在我会尽
力保护我的诗人学生。"

经过努力，那家报纸批判"爱情需要改新"的活动无疾而
终，好像过了几年这家报纸又在大谈"爱情必须更新"，并以

此慈祥地教育指引青年，这是后话了。虽然公开的批判停止了，但出于维护某些机构的体面，我不能在北京就业，必须到外省工作。（写到这里，我向袁方大姐在天之灵致敬！在我大学毕业后最困难的时候，她把我写的《校园里有一排年轻的白杨》在法国卖了版权，她并亲自办理相关手续后，给我寄来6000法郎，她说，向我道歉，没能把我留在北京……）

在同年级的毕业生分配工作两个月后，学院派出系主任杨田春将我送到了那个省城。在省文院秘书长黎本初的办公室，杨主任介绍了我的情况，并表示如接收我有困难，他将带我回学校。黎秘书长表示愿意接收，完全没问题。他们俩热情地握手，我想，移交"战俘"的任务完成了，希望战争结束……

现在报纸就在手上，而且还有一家杂志用半本刊物的篇幅搞了个像批"三家村黑帮"的规模来批判我，多发行了数万册。报纸和刊物上的文章没有点名，所有的暗示都指向我，又不出现我的名字，这就是"政治运动策略"。两年来从北京到省城，朋友相帮，老师相救，最后我还是掉进"阶级斗争"最常见的"抓典型"这个坑里了。我必须冷静下来，我得摸清这"坑底"的样子：杀不了头，坐不了牢，最多开除，真开除也不易，这里没一条"现行"，只有言论与思想。连日记和通信都公开了，也就摸到底了，不就是羞辱我，让我没脸见人嘛？到底了，也好，也就踏实了！

　　二月河有句话说得真好："人生最底层有一个好处，就是无论从哪个方向努力，都是向上。"那些少不更事的日记和书信都被拿成羞辱我的利器公之于众了，还能坏到哪里去？掉进坑底只有一条，这个时候谁也帮不了你了，你必须自己对自己有信心。信心就是两句话：不可能更糟了，从此没有短处捏在别人手里。一是不可能更糟，这就是希望，就是翻身的起点；二是你的命运在自己手里，没有短处再捏在别人手心，这就是向上走的原动力！

　　我知道，整个机关这个时候都看着我，我暗暗地说："放心吧，我不会是这个院子这个秋天的落叶。"报纸上那个批判我的人化名"秋风"。

　　在这些看着我的眼睛中，有一双眼睛，她看着这个从北京发配来的大学生：读完批判他的报纸后，静静地放下报纸，一个人走出机关院门，一个小时后，又回到院子里，到理发店理了个发，手上还拿着一个包子，边走边吃地回到办公室。这个人几年后成了我的妻子。

　　她不知道，在理发之后，吃包子之前，我还办了一件事。我过了马路到对面的省报大楼，找到了群工部部长：请转告总编，我要求报社对此进行调查，并公布调查报告。这个调查报告至今没有公布！3年后，我被任命为刊物的副主编，分管的上级领导握着我的手说：不要再提调查报告了嘛，本来也没有点你的名，任命就是组织上最后的态度嘛。

是啊，这就是人生，你从坑里爬出来了，而那个坑一辈子没有帮你填上，让你常常回味掉进坑里的滋味，让你当心脚下……

2011年

灵感之道

英国大使馆文化处的赵丽小姐来电话："中英作家列车漫游中国的文集《灵感之道》已经出版了，想请叶先生参加首发式。"啊，已经出版了，真快！她的电话唤起了并不久远的记忆，我参加了"中英作家列车在线"漫游中国的活动，4位中国作家和4位英国作家一道，坐了10000公里的火车，在火车上度过了100个小时，在近20天的时间里，经上海、北京、重庆、昆明、广州、香港，对中国的现状有一次浮光掠影式的观察。英国大使馆文化处举办这样一次活动，并把它叫做"灵感之道"，的确有点英式风格。

我坐了无数次火车，大概这次旅行成为我所有列车之旅的空前绝后。我在参加此次文化交流的最早的一个念头："英国人的脑子进水了！"疆域辽阔的中国不是英伦三岛，坐着火车想在中国跑一圈，这几乎是一种体力劳动！参加这次活动，我弄明白了两点，一是中英文化交流的活动在铁轨上进行，再一次让我们重温了工业文明史，英国人发明了火车——这正如中国人发明了丝绸，所以农耕文明的中外交流我们冠以"丝绸之路"；第二，我们所经过的路线，是英国人近代进入中国向内地发展并最后在1997年退出香港的路线，这是英国文化的怀旧之旅，也是中国人自己认识自己的一条线路。

这些都是太理性的东西了。生活并不是如此刻板和绅士。《灵感之道》是一段岁月的结晶，不同的人生，在两条铁轨上划出的也是不同的灵感。火车，这个曾经代表一个伟大时代的象征——工业文明的象征，今天开始让我们怀旧了！

小说家张者，与我同坐一个包厢，他总是在电脑上敲敲打打，又不时接收各式手机短信，好像是一个勤奋工作的外企白领。读到《灵感之道》上他的文章《城市短信》，才知道他在如此严肃庄重的火车上，与一位网上认识的从没有见过面的广州姑娘"加速对话"，以便在我们到达广州与她见面前有充分的"情感热身"。这实在是让列车留给我们的情调变了味，像有人动过了我们熟悉的奶酪。火车还有被蒸汽弥漫的火车站，那是伤感与浪漫的空间，是电影导演想象力一旦衰退就求助的煽情场所。当然，这种情感是前工业时代的，是承诺与期待，是盼望与守候，是列车时刻表般人生的正点或晚点，是列夫·托乐斯泰笔下安娜爱与恨的最后终点站！

我曾写过短文记录了我在加拿大乘飞机的一段小故事，我身边发生的一次空中最短暂的情爱史：一位中途登机的女士与邻座的小伙子两个小时的情与爱。我特别写了，当他们分手的时候，没有互相留下电话号码。是的，飞机与火车不同。火车有站台，有最后的告别，有车窗一点点的远离和景色渐渐的变化。也就是说，列车给我们留下的是具体的、现实的、甚至生猛鲜活的感受，它是人生故事中的一个章节，也许还是开篇、高潮和结尾。而飞机不行，除了国家元首，我们从不能在飞机前与亲人告别。航空港里总是晚点的等候，让登上飞机的心情，变成一段无聊时间结束时带来的轻松。

我们经历过火车运给我们的时代，无论是大声鸣叫的汽笛还是车轮和铁轨冲出的铿锵，都曾注释着"红色风暴"与革命理想。新中国成立时的"毛泽东号"虽然是老式的蒸汽车头，但好像真的拉动了这古老的国家。还有那首著名的长诗《西去列车的窗口》，贺敬之把中国的理想主义，形象地倾注到这首表现青年一代奔赴边疆的长诗中去了。好久没有听到这首诗了，大概因为火车在今天已经不再是时代的"形象代言者"。这个时代果真换上了"香车美女"充当代言人了吗？说不清。火车依旧在中国的大地上奔走，只是它总是与乡下人打工进城务工潮和春节返乡潮一起出现在各种媒体。啊，如牛负重的列车连接着两个站台：农业的中国与都市化的中国、昨天的中国与明天的中国。

无论如何，火车和与火车相关的一切，让我们怀旧，让我们重新体验有重量的情感，这些情感有沉重的喘息，有弥漫的烟雾，有挥动的小旗和高举的信号灯，有山重水复的旅途，有家乡小站飘飞的黄叶，有站台上无数挥动的手，而向我挥动的那双手，此刻又在何处？

感谢火车！每次想到这个又笨又重的家伙，我都再一次体会到，人生如梦，只因有过那么多有分量的情感，我们才如此结实地站立在这颤抖的大地上……

2012年

回忆的力量

这些年，读到的传记和回忆录作品不少，也常常有人怂恿我写这样的东西。也许，人到了一定的年纪，回忆往事成为一种习惯、一种生活内容也是难免的。读了不少回忆录的作品，总不满意，也不知道为什么？前两天闲翻旧影碟，翻出意大利纪录片大师安东尼奥尼的《中国》。好久没看了，又把它放进DVD机里，看到熟悉而新鲜的画面。安东尼奥尼在1972年受当时的中国领导人邀请来拍一部关于中国的纪录片，这部纪录片在有关方面的陪同和安排下，拍摄了北京、河南林县红旗渠、苏州、上海这些接待方认为有代表性的地方，在陪同人员的陪同下进行了拍摄。影片完成并在海外上演后，"文化大革命"中的中国领导人组织了对这部影片密集的批判。

事过40年，再次看到这些画面，感到震撼，真实而不加修饰的逼真纪录，为一个时代留下了可贵的影像。安东尼奥尼因为拍摄这部影片被扣上了"反华"的帽子。为什么这部影片会让当时的"文革领袖们"恼怒呢？也因为它的过于真实！再次观看这部纪录片，让我反思了许多关于回忆和真实的问题，我也在回忆，而我的回忆与这些胶片记录下来的记忆也有差别，差别在哪里呢？

我认真反思一下，时光荏苒，我的回忆会被各种外部的力量"剪接""编辑"和"删改"，重新恢复记忆的原貌，需要拂去遮蔽在记忆上的那些浮尘。《中国》影片中用了相当长的胶片拍摄了一个"针刺麻醉"剖腹产的全过程。没有麻醉师只用了几根银针，产妇努力微笑中产下婴儿，护士还在手术台喂产妇进食。很显然这是得到接待方安排的节目，证明中国医疗革命的成果。我不反对针灸，但确实是我们曾有这样极低水平的医疗状况：一把草药一根针再加一个没有经过专业培养的"赤脚医生"。这本来是极其让人觳觫的危境，而人们却一直当作伟大成果在歌唱，是我们的判断力出了问题，还是我们忘记了事情的本身而记住了口号和标语？我记起我当年插队的那个村庄赤脚医生的药箱，一盒针灸的针，三瓶药，消炎片、去痛片、阿司匹林片，再加碘酒和红汞药水。全村的医疗就靠这六件药品，因为我背过所以记得，因为我一直认为不重要，从未想起过它？《中国》为1972年的中国留下了可贵的影像，这部记录片不是"反华"的，记得在那个年代，中国的影片里只有一个叫西哈努克的在中国各地访问受到热烈欢迎的纪录片，如果以《中国》的记录为起点，可以看出40年中国人的生活发生了何等惊人的进步。

记忆需要恢复，也需要唤醒，还需要校正。前些日子在广东参加中国旅游业一个峰会。见到了民间博物馆的著名人物樊建川，他征集了大量的民间收藏，创建了规模宏大的抗战博物馆和汶川地震博物馆，以及各个时期中国人的日用品等几十个专门类型博物馆，他告诉我光是各种检讨书他就收了10万份。我不知道他这10万检讨书能否展出，会不会涉及他人隐私，但我相信这样的民间博物馆是恢复记忆，唤醒记忆和校正记忆最好的课堂。樊建川是个博物馆奇才，也是个精明的企业家，见面时，他穿的套头衫前胸缀了个布老虎，下有一行"一切反动派都是纸老虎"，自己给自己设计了个愤青外貌的行头。我赞赏他做的事情，因为他在为我们这一代人保存记忆，人们会从那些曾经遗忘的物件中拾回遗失的故事。

因此，当我再一次想起巴金的那3个字："说真话"，更感到这3个字的分量。以前只是理解为"敢不敢"说真话，在思想解放的闯关时节，是需要勇气和胆识；其实还有一个"能不能"说真话的问题。记忆被剪辑被涂改之后，说出来的还是真话吗？当自我迷失，匆匆写出来的那些"回忆"可能"神马都是浮云"，是提前写出的光彩谢幕词，给这个浮华的时代添一抹浮云而已。今天的读者真的如巴金所说：不再相信梦话！

抹去回忆中的浮云，没有神马，"没有神，也没有兽，大家都是人。"还是巴金说得对啊，人之所以是人，因为人才会有回忆，所有人的回忆就构成了最真实的历史……

2012年

无即是有

这个世界真是奇妙，21世纪最奇妙的事情，就是多了个虚拟世界。由无线生出的网络，由无线网络生出的虚拟空间，从无线电话演变出的QQ、电玩、博客、微博，让无中生有的一个看不见摸不着的世界充斥了我们的生活。说到"无"，会是一个很玄奥的哲学问题，如果能讲通这个"无"，应该是佛门一大法师。我倒是想说我一点新体会，我以为这个"无"原来就是"有"，从我们言谈中常有"无"的话语中，几乎"无一例外"都是说的"有"。好吧，重温一下，看这个"无"字多么"有趣"——

无耻！这是常被我们常挂在嘴上的两个字，意思是不知羞耻，但这两个字说的人以及其言行，绝对不是看不见，而是看得清楚，印象深刻，令人愤慨，才说出这两个字，与之相关的可能还有：无知、无行、无赖。说是"无"实在太"有"感受了，"无法言表"，愤然脱口：无耻之徒，无恶不作，无法无天，无理取闹！

　　无理取闹，这也是我们常脱口而出的话，重在"取闹"，闹腾肯定不是"无"，"无理"也不是没有道理，只是各有各的理由，"无理"是很强有力的指摘，但闹起来总不会是"无缘无故"，"无风不起浪"，虽然有时"无声无息"好像"平安无事"但"无时无刻"都不能用"无所事事"的态度面对矛盾，"无事生非"的事情不是没有，"无妄之灾"出现的情形也"无奇不有"，但怨天尤人并不能掩饰某些人居其位"无所用心"，执其事"无所作为"。

　　也许有的人不算无理取闹，只能叫"无病呻吟"，这几乎成了我们对待他人"熟视无睹"的理由，也许真的无病，但重在"呻吟"，呻吟者是希望得到帮助和关心，也许他"无助"，也许因"无奈"。人与人之间不可能都"无话不说"，也不能要求对每个人都"无微不至"，但"无论如何"，注意倾听这些呻吟表达的诉求，无疑要比"无动于衷"，"无视"其存在更有人情。

　　说到情义，无字更多了，"无情无义"也是出现频率很高的词。"无情"肯定是指曾经有过感情关系的人之间发生的变故。从有缘变成"无缘"，有情变成了"无情"，世事"无常"生出多少"无休无止"的故事，"无穷无尽"的悲欢。当君王的想有"无休无止"的荣华，臣仆们对他最廉价的贿赂就是天天对他高喊"天下无敌""万寿无疆"。而作家们关注更多的是"无名小卒"和市井草根，他们笔下的小人物经过作家"无懈可击"的生动塑造，成为真正的"无冕之王"，吸引着一代又一代人的目光。

"无中生有"，是一个职业的特点，这就是作家，也许有人认为他们写下的东西"无济于事"，认为这些本是"无米之炊"，大多是"无中有生"，因而"无济于事"。更多的人把那些纸上悲欢视为"无价之宝"，独坐窗前，埋头读书，千古风流，尽在无声处……

于是我想起，张洁有那部获茅盾文学奖三卷本的长篇小说书名：《无字》。

2012年

"华佗故事"及其联想

最近，不知为什么，钻进我脑子里的是神医的故事。

头一个"神医"叫曹明，当年在我插队的曹坪村，他是远近有名的"神医"。曹明在部队里当过卫生员，从陕北入伍南下进了四川，再到了大凉山一个劳改农场当医生。后来听说"犯了错误"，丢掉了公职回乡务农。他在公家队伍里混了一圈也没有光身子回乡，带了个四川漂亮媳妇叫陈淑兰，还带了一个医生的头衔。有了这两条，回乡的曹明小日子过得马马虎虎。缺医少药的20世纪六七十年代的陕北农村，曹明成了这一道沟里几个村共同的宝贝。一般的头疼脑热，各村"赤脚医生"用一根银针一把草药能对付过去，"赤脚医生"小药包里的红汞药水止痛片解决不了的疑难杂症，病家就会牵着毛驴来曹明出诊。见到曹明骑着小驴出了村，大家会跟陈淑兰嫂子开玩笑："明哥又到哪家吃好饭食？""又去摸谁家小媳妇肚皮了？"曹明出诊的规矩远近皆知，一是不收挂号费，只管一顿好饭食；二是"包干治病"，先不收医药费，说好价钱，病医好才付钱，治不好则一分不取。这规矩让曹明在此地留下了好口碑。虽不是包治百病的"神医"，但绝不骗人钱财，所以人人都说曹明"到底是部队培养的好医生"。

第二个"神医"是个知识青年，延川县的孙立哲。他比曹明的名气大，我们插队那时候，说起孙立哲，老百姓4个字"华佗在世"。孙立哲的故事都是华佗型的，我在刊物上读到的典型医案之一，就是一次宫外孕大出血手术。说有位患宫外孕妇女大出血，送到孙立哲赤脚医生窑洞时，命悬一线，危在旦夕。孙立哲没有手术室无影灯，也没有动手术救命必备的血浆。说时迟，那时快，大锅开水煮刀剪和纱布，然后，一刀下去，用盆子接着产妇大出血流出的血水，再用纱布过滤，装进瓶里，又输进产妇的血管……就这样，产妇得救了。

这两个"神医"故事，都是我插队时所见所闻。现在细想起来，他们成神也有成神的道理。先说曹明，曹明这个部队的卫生员，最多有中专卫校的医学知识，在外从事10多年的医务工作，多了不少经验和见识。曹明骑驴出诊屡战屡胜的秘诀就是：治好才收钱。那时候药品种类少，药价也便宜，消炎用的最贵就是盘尼西林（青霉素），也才1元左右。经验丰富的曹明见到病人，一看治不好，开点安慰药再撒人，没收钱，有了三长两短，病家从来找不着曹明麻烦。能治好的病，曹明开的也是常用药，花不了多少钱，对了症，见了效，病家也就不计较百把块钱的花销了。在缺医少药的时代，老百姓心里没底，治不好病怪自己命不好，治好了病是医生的技术高。孙立哲的神话，也要依赖老百姓这个心理底线，"死马当做活马医"，万一出了事也怪不得医生，治好了，医生就是"神医华佗"转世！

几千年缺医少药的中国为什么有那么多华佗的神医传说，道理简单，老百姓对疾病心理期望低：治不好是正常的，治好了才是神奇的。同样这也是早些年，各种诊所和药铺里，都可以见到各式各样表达感谢和称赞医生医术高超的锦旗。病医好了的，感激万分送锦旗，没医好病的老百姓不会送锦旗，同时也不怪医生只怪自己命不好。挂满锦旗的各种诊所表达着缺医少药时代这种最重要的社会心理。

有位先生对我说："以前医生多有道德，悬壶济世，家家挂满病家锦旗，现在世风日下，到处是医患纠纷！"在今天，医生和医院确实都有需要改进的地方，比方个别医生收红包，医药代表送回扣，等等，坏了医道，应当纠正。然而，今天中国百姓得到的医疗保障、各级医院的医疗条件、各类医生的受教育水平，也是历史上从没有过的，我想这样回答这位先生："今天的老百姓进医院看病，和过去进挂满锦旗的诊所，心理上完全不一样了。在今天大多数病人认为，科学发达了，有了全民医保了，治好病是天经地义的事情。万一没治好病，有人就会责怪医生和医院。这也是一个误区。少数的‘医闹’能得到一些社会同情，就是因为对待疾病的社会心理变了，期望值高了。打个不太准确的比喻：当年人们高唱‘解放区的天是晴朗的天’，因为遍天下腐败黑暗，有了个不贪污的边区政府，发自内心高兴得又唱又扭。现在，如果谁进了政府，就想当官刮地皮，老百姓肯定不答应，肯定会大喊大叫，媒体上也会常让这些人见光。为什么？因为老百姓都明白了，在政府里做事，干净是应该的！同样地，今天少了挂满锦旗‘华佗’也是好事，因为在今天做个好医生，也是应该的！”

缺医少药的时代，老百姓看病是件奢侈的事，医好了病是华佗显灵，也就处处流传神医故事；在一个老百姓都健康抱有极高期望的今天，成为一好医生也就更加幸福同时也更有难度……

2012年

那一双忧郁的眼睛

我写过一首关于狗的叙事诗《达尔文的故事》，写这首诗，是因为总会在眼前浮现出它那一双忧郁的眼睛。

我与这条狗是在长途汽车站认识的。那是"文革"中插队的年月。陕北初冬，收完了庄稼就没有什么农活可干了。北京的插队知青纷纷回城探亲，我送同村的知识青年到了公社长途车站。车一辆又一辆地开走了，车场一下子变得空旷冷寂，阵阵寒风卷起散落的黄叶，还有我，还有一条狗。

这条狗是知青养的狗。在陕北，知青养的狗和知青一样，很容易被识别出来。农民养的狗，不咬自家人，但对其他人，特别是陌生人，不管是谁，都会汪汪叫。知青养的狗，不咬知青，不管是哪村哪庄的知青，它都会迎上去摇尾巴。这个现象让当地一些人很不爽，我曾写过一篇《狗鼻子》议论过这件事。看来，这条狗的主人回北京去了丢下了它。我也没有回城，父母都在"牛棚"里挨批判受审查。我看了这狗一眼，它也用忧郁的眼神看着我。"回去吧！"我对它说了一句，转身离开大路进了沟。

我的生产队知青点在这条沟里，距公社有小10里山路。不一会儿，我发现那条狗没有回它自己的家，它远远地跟着我，低着头夹着尾巴也进了沟。我停下，它也停下。"你走错了，回你的家去。"它不叫，只是用忧郁的眼睛望着我。我拾了一块土疙瘩吓唬它，它也不躲，仍然用那双忧郁的眼睛望着我。它的两双眼睛好像能说话，像个绅士，所以叫人能记住。天色暗下来，月亮升起来，月光下的冬夜，清凄而寒意四散。月光把拖在地上的人影渐渐缩短，把另一条狗的影子悄悄靠近人影，等到一声又一声的狗吠从村子里传出来，我对这条狗说："到家了，别怕。"……这条狗从此成了我的伴侣，我给他取了一个名字"达尔文"，因为那双忧郁的眼睛。这个冬天，因为有了达尔文而多了几分温暖。

想起这双眼睛，是因为爱护动物的讨论引出的善良话题。常听到收养被遗弃动物的好心人的故事，在公园里散步也会看到每天都有人给流浪猫喂食。善良是一种美德，行为总是利他和施与。而我以为，就我这个修行不足的书生而言，善良首选是因为"对自己"，"为自己"，有利己的原因。就说这个忧郁眼睛的事吧。那时我正烦着呢，它不就是一条丧家狗嘛，它跟我走，我又跟谁？这些念头让我一次次轰它走！但是，走着走着，我想：没有主人的家它肯定进不去了，它会怎么样呢？

会被人攥，会被人打，还会死掉？它跟着你，信任你，你却不管？我最后收留它，是我确信，如果不收留它，我这一晚上会做噩梦。

对动物如此，对人也一样。常言说"与人为善"，我以为这首先是自我的一种需要，让自己"心安"！在这个世界上做男人，还是个做事情的男人，会遇到各种事情。帮人一把，有时可能会一把拉起一条落水狗，最后被狗咬一口；让人一步，也许你好心让的那个人会得陇望蜀，步步紧逼……所以，对小狗小猫做点善事相对容易，事事真的与人为善，也许最后还落一个"东郭先生"名号，被人说是"农夫与蛇"的现实版。有时真的很让人纠结。

人其实是在两个世界里活着的，一个是充满现实利益的外部世界，一个是属于自己的内心世界。有的人在外面风光倜傥而内心不得安宁，有的人日子坎坷多舛内心平静安详。善举是人们看得见的利他行为，善良是心宽安宁的自我感受。在处理各种与人的事情时，我对自己订出底线：不要做自己都看不起自己的事，不要做夜里睡不着觉的事，不要做无法坦然面对各种议论非议的事。做事让自己心安，让自己心宽，让自己心净，这样做的事也能够与人为善了。有这样的心理底线，与人为善会成为一种习惯，能让一步让人一步，能拉一把拉人一把，能忍一下忍耐一下，这个世界就多些和平安宁。也许有人较真说："你拉起来的是条落水狗，上来就要咬你怎么办？"
其实真的遇到这样的事，再找个棍子也不迟。如果把需要帮助
的人都当成骗子，把老太太跌跤都当成预谋讹，人心也太窄小
了吧？善行是一种值得肯定的行为，千万富翁散尽钱财为慈
善，拾荒穷汉收养弃婴如己出，都是了不得的善行奇人。对于
如我这样的普通人面对事情发生，拉一把，让一步，忍一下，
成为一种习惯，人心向善也就成为一种社会风尚。

　　再回到"忧郁的眼睛"这个故事吧。那个冬天因为有那条
狗做伴，不再漫长而孤寂。我甚至想，不是我收留了这条被主
人遗弃的狗，大概是这狗看见我在车场茕茕孑立于风中而找
上门来？半年过去，春暖花开，有一天"达尔文"躁动不安，
呜呜地低吠，晚上出走了，再也没有回来。后来据老乡说，那
天有几个外庄的知青从村头路过。我知道了，那里面有它的
老主人。好狗恋旧？好心没好报！是的，开初我也这么想，然
而，事件过去越久，回想起来越有一种让自己感到温馨的安
慰，善行不是生意，也不是交易，善行出于内心而不求回报，
善行是你给这个世界的祝福，而这个祝福也让你的内心宁静而
幸福……

2013年

饭桌大过天

又是一年的春运，全国上下总动员，数亿计的中国人在铁路上大迁移。新闻媒体不断出新的焦点，关于打击票贩，关于网络订票，关于实名计，关于农民工如何留得住，关于子女随父母流行入学、关于留守儿童……每天春节前后如何一场战争演习，昏天黑地的忙碌40天的春节为的是啥？说来说去，过节也好，回家也好，归根到底是一餐饭，在大年三十全家人围坐在一张大桌子吃一餐饭，这餐饭的名字叫：团年饭。一张饭桌大于天，吃了才算全家团聚，吃了才有亲情，吃了算回家，吃了这一年才能过去！让整个中国都在车轮上飞快40天的春运，就是这么个事情：团年饭，饭桌大于天！

搞不懂吗？搞不懂。你就不懂中国。中国台湾作家蒋勋在文章中说，他在法国读书的时候，一个法国女作家对他讲：你知道我为什么要学中文吗？因为我不了解中国人为什么能坐在一张圆桌上，没有人规定每个人吃多少菜，而大家都知道吃多少菜。多奇怪的问题，多深奥的道理。到国外旅行，再大的宴会，各人吃各人的。看西方电影，就是一家人吃饭，也是当妈的端着大盆提着大勺，给每个人的盘子里分食物。真的，中国人怎么就团在一张饭桌前，筷子飞舞却皆大欢喜？这就是文化，也叫文明。

这张大桌首先的意义在吃。民以食为天，见面先都问："吃了吗？"现在有了钱，满桌鸡鸭鱼肉，全家坐在一起吃得高兴；就是穷得没有肉味，不见油星儿，一家人也坐在一起吃。吃饭是生存最重要的事情，因此一家人要认真地来解决这个问题。因此，全家在一张大圆桌上吃饭，又是一种仪式，表明这个家庭的亲密和谐，自然也形成了一种礼仪。首先，在一张圆桌上吃饭，长幼尊卑座次有序，为尊者坐上座，其余依序而排，有了客人坐在尊者主座左右。这样吃一次饭，便讲一次尊卑规矩。其次，实行礼让与克己，一张桌前坐那么多人，一盘菜端上来，谁先动筷，谁夹多少，有吃的潜规则。好菜上桌，定让长者先尝。有了客人，主人要替客人夹菜，从前菜少时，多吃碗里的米饭，少动筷子的人就会得到长辈的赞赏："有眼色，懂规矩。"还有这饭桌还是维系家庭的各种节令和各种庆典的重要道具：过生、祝寿、添丁、相亲、接风、送行、一代一代的中国人就是在这饭桌上成长，不一定人人都进过学堂，趴过课桌，但人人都在饭桌前学习做人，学会处事。

对于老百姓来说，社会发展了，求学务工带来的流动常常让一家人天各一方，这张大饭桌不可能天天围坐，但一年一次团年饭还是一定少不了，因为那是家，是亲情，是根。相对于老百姓的那张饭桌，天天没有消停的酒楼里的饭桌更有另一番精彩。百姓家的饭桌叫"席"叫"宴"，包间里各式各样的盛事叫"饭局"，以酒肉设局，妙不可言。

饭局里的规矩其实挺有深义。首先是座次，主人、主陪、主宾，及其主方及客方，座次、朝向、谁和谁在一起，大有讲究，就像开会的主席台，媒体报道的名单。主席台排座次和报纸名单排序，要讲政治。饭局上多了几条，讲政治，也讲实力，还要讲友情。光讲头一条，开会就是了，何必再酒肉汤水摆满一桌子？现在要办成事情，一要政治，二要实力，三要感情，这三条放在一起最好地方就是"饭局"。"我们不喝拉菲，要爱国，咱们唱茅台，但我们更爱家乡，老首长说了还是汾酒好！"饭局上要吃要喝，更重要的是要说，拉关系的，批条探风的，显示实力的，都在推杯换盏间中原逐鹿；求人情的，当说客的，保媒拉纤的，都在酒话笑谈中暗渡陈仓。

这里面有多少明渠暗道，我这个中国人都搞不明白，对那个想学中文的法国女作家而言，我想就是学了中文肯定也不敢说能弄明白。记得我和3位中国作家与4位英国作家组成一个叫"灵感之道"的采风团，有过半个月共同坐火车旅行的经历。4个英国作家每餐饭都在一张桌上吃，AA制，各付各的钱；4

个中国作家也在一张桌上吃，每餐饭轮流由一个人付账。为这件事进行过认真讨论，双方都认为自己的方式最能维持友情。所以，我以为看一个西方学者是不是"汉学家"，不只看她会不会讲中文，还要看他会不会用筷子，并且在饭桌上讲手机上刚接到的新段子。

比方说我手机上刚收到最新的《手机报》消息：一家新开张的酒店挂出店名招牌"犯醉团伙"，当天被工商管理勒令取下这个牌子……

2013年

接地气

写下这个题目，是因为想到鞋子，是因为读到蒋勋先生的一篇短文，说他有许多旧鞋子舍不得丢掉："因为它里面有记忆，它不只是一个物件。"好像一根火柴划燃了我的思绪。黄永玉先生最早让我忘不了他的，不是他的画，是他关于婚姻的一句话：鞋子舒服不舒服，只有脚指头知道。这话是按诗的待遇登在《诗刊》。30多年前的事了，那时说这样的话真可以说是"早叫的公鸡"，一般让人有天亮了的感觉。其实，鞋子在人的衣装里，是最能有生存状态的物品，不仅婚姻，一个人活得是否接地气，生存状态如何，脚上的鞋最清楚。如果用鞋子作为参照系，回眸看去，也还有意思。

能进入记忆的第一双鞋是小皮鞋。供给制的干部子弟学校发的。自己穿着并不觉得舒服，因为穿它，知道鞋能夹脚，能让脚打泡。但穿上精神，与众不同，周末放学回家，街上的小孩会冲着我们唱："小皮鞋嘎登响，一听他爹是官长。"听到这样的童谣，心里美滋滋："怎么样，好看吧，气死你！"记得20世纪50年代有个"整风"，有人就在会上提意见，说这个学校是培养"八旗子弟"。小皮鞋惹麻烦了，省城里的"整风"把这所学校整掉了。

不久，我的母亲从省城下放到大凉山"锻炼"，一年后没有回到省城的音讯，下放变成了流放，我也离开省城到了大凉山去陪伴孤身在那里当老师的母亲。我在那里一所叫"川兴初中"的农村中学读书。像我这样从省城来的外地人，和农村孩子一起，也要受欺负，直到我完全变得和他们一样，比方说穿草鞋。到了凉山，不要说穿皮鞋了，穿布鞋都是奢侈的事，何况同学都穿草鞋，只有家境好一点的女生才穿布鞋。在农村中学读书，天天在田坎上走路，布鞋几天就被泥水泡烂了，草鞋不怕泥水，在泥淖里粘满泥浆，走到沟边伸脚在水里抖动几下，"沧浪之水浊兮，可以濯吾足"，少年不知愁，读几句"天将降大任于斯人"之类的话，便穿着草鞋厮混在一群农村孩子中。正逢"三年饥荒"年月，上山给学校食堂割草，把操场挖成菜地种菜，到河沟里捞泥鳅，穿着草鞋走过饥饿年月，现在回想起来，大凉山的草鞋真的编得好，用一种种植的蔺草编鞋底，麻绳系鞋耳，极轻便也不磨脚，粘上泥浆，在水里涮几下就干净，省着穿，不走远道能穿一星期。记得艾芜先生《南行记》中有一个故事，说他流落昆明时身无半文，只有在路边摆出包袱里还有的一双草鞋卖……第一次读到这本书，我正穿着同样的草鞋，激动得热泪盈眶。

读高中是在凉山的西昌城里，进了城，要面子，穿草鞋的少，都弄一双解放鞋穿在脚上。胶底帆布面，结实。只是鞋臭，味大。我们是住校生，一间教室里睡二三十个学生，那味能薰死人。不知道空气指数里，鞋臭味怎么测定？好在大凉山名字里虽有个"凉"字，气候格外温暖，四季如春。高中3年，宿舍开门敞窗，从不关闭，因此也吸纳不少天地浩然之气。

读大学是福气，30岁遇上恢复高考的好事，考上了北京广播学院，那心情真是鲤鱼跳过了龙门。那时夏天流行塑料凉鞋。虽然商店里也有皮凉鞋卖，但当时实行凭北京"工业券"购买紧俏商品。"工业券"这玩意厉害，能保证首都市场繁荣，货架琳琅满目。不仅挡住外地出差者的钱包，北京人也不是有钱就个个能到手。塑料鞋便宜实惠，五六元钱一双，不要工业券，能穿一夏天。所以我的大学生活记忆是穿着塑料鞋在滚烫的柏油马路上。当然也有细节，比方说，第一次见顾城，我打量一下这个早就听说的"童话诗人"，眉目清秀，衣着利落，穿一双部队的褐色塑料鞋。我有个小发现，他的凉鞋改装过，后跟上又粘了一个同样颜色的塑料鞋跟。我想，童话诗人和我一样，也有小小的虚荣心。

对于我们每个人来说，一双鞋，不可缺，接地气，也不可少。鞋真是生活的伴侣：穿皮鞋的小学，穿草鞋的初中，穿胶鞋的高中，穿塑料鞋的大学，它们各自都让我接了什么样的地气呢？

"因为它里面有记忆，它不只是一个物件。"这句话是蒋勋说的。

2013年

梨花深处是吾家

阳春3月，得到雅安文友的邀请，参加在汉源县举办的"大渡河之春"采风活动。得到消息，心向往之。汉源是川西高原重要的古城，有史前人类活动遗址"富林文化"，是重要的"茶马古道"驿城，又是大渡河畔的水果之乡。对我而言，更重要的是，我少年时坐着长途汽车从省城出发，经过此地进了大凉山，此地留下过我少年的记忆。前往汉源，一路上有春风送我归故乡的快意。

从成都机场乘车南行，川西平原上潇潇细雨，如画师点染出一幅烟雨春意图。浓云薄雾将团团绿色从树林化开，铺展在一方方田野里，剩下的挂在车窗外，车行一路，带绿一路；在这浓浓淡淡的绿海中，盛开的油菜花如阳光灿烂。油菜花真是乡气十足的花儿，一朵朵长得细小，不招摇，颜色也朴素，不浓艳，然而一片油菜花在那儿一起使劲地张开枝叶怒放花朵，就是一片春光！春光是什么？就是金灿灿的菜花托着的喜气！这喜气驱走了旅行的劳顿，引着我们离开了成都平原，走进了雅安丘陵。从雅安到汉源高速公路基本建成了，今天真不巧，试通行的长达10公里的隧洞临时封闭，我们的越野车拐进了蜿蜒的高山公路。

雅安与汉源之间相隔一座大山，学名大相岭，又称泥巴山。泥巴山是重要的地理分界，山之北是四川盆地，山之南是汉源及大凉山西昌谷地；山之北是青衣江，山之南是大渡河；山之北温润多雨盆地气候，山之南干燥炎热光照充足。泥巴山高约3000米，是南方丝绸之路的第一关隘。车向大山行，一个接一个的弯道之后，雨丝变成雪花，越向上云越浓，浓云如山扑面来，山峦如云蜿蜒去，云山雾海之中，越来越大的雪花迎着车窗飞来，让人想起岑参的佳句："忽如一夜春风来，千树万树梨花开。"主人说："请你们来看十里梨花，想不到先看了雪花。"飘飘洒洒的雪花，唤回了难忘的往事。那年我18岁，和4个同学相约"步行长征"，从大凉山出发，泥巴山是我们翻越的每一座高山。前一天晚上借宿泥巴山南麓清溪小镇，凌晨4点开始上山，走了13个小时，才赶到了北麓第一个乡场泗坪。也是这样风雪天，两个饼一壶酒，那时真年轻啊！

一阵赞叹："梨花！梨花！"把我从沉思中唤回，车已下山，风停云散，只见漫山遍野如积雪般的洁白。回望来路，那泥巴山雪线之上，一个个山峰白雪皑皑；雪线之下，一道道坡上梨花怒放，山巅冰雪山麓梨花，让大山圣洁而吉祥。雪花退去梨花开，"柳濛烟梨雪参差"，梨花簇簇如雪涌，如银浪翻动，流进山坳山沟，如云朵飘逸，萦绕村落田舍。难怪当地老百姓，把"大渡河之春"直接叫做梨花节。泥巴山南麓的汉源九襄镇别名梨城，盛产金花梨，此梨曾获全国金奖。我们到来之时，正值两万多亩梨花盛开。这是四面八方的爱花人，来此观花的旅游好时节。"闻道郭西千树雪，欲将群去醉如何。"让我们带上酒与热爱梨花的韩愈同行于花海。"常思南郑清明路，醉袖迎风雪一权。"让我们带上诗稿与思念梨花的陆游同游于花雨。

花海花雨，对于汉源人，别有一番浓情在心里。进入新世纪，国家"十五"重点工程，装机360万千瓦小时的瀑布沟电站在大渡河汉源段开工，原汉源老城将被水库淹没，沉于电站水库"汉源湖"的湖底，2004年进入了移民搬迁，正当移民一程最紧张的时候，发生了5·12汶川大地震，汉源城区受灾严重，经专家考察，整个县城已是"立体废墟"，确定为这次大地震后县城整体重建的两个县之一。灾后4年，新县城后退上山，在原罗卜岗地区建设，灾后重建和移民搬迁，共同造就了一座汉源新城。新城雄峙半岛形的山峦上，新城依山而建，居民点、学校、医院、文化体育等公共设施、统一设计施工。电站水库汉源湖三面环绕新城，人称"鲜花碧水阳光城"。我们的向导，志愿者小欧对我们说："现在城区还有许多荒地，因为是矿山采空区不能盖房，将来全都要种上树，城区风貌就会大不一样了，5年后再来看，这就是一座花园城市。现在的夜景也很美，特别是在水库对面看新城，一排排灯火通明，就像坦泰尼克大游轮！"是啊，春天对于汉源人来说，不仅有梨花香雪海，还有一个全新的阳光之城。

汉源人知恩感恩，他们总在说湖北省承担了20个亿的灾后重建项目。但是身在大渡河畔的汉源人，枕着大渡河涛声成长起来，天生有大渡河的气魄，千难万险也一往无前。在汉源境内的大渡河峡谷国家地质公园，最大谷深达2690米，最窄峡谷70米，是《中国国家地理杂志》评出的"中国最美十大峡谷"之一。在峡谷的乌斯河乡，我们参观了大渡河峡谷中的成昆铁路"一线天"：两个隧洞一架铁桥，头上就是一线青天。"一线天"的模型放进了联合国大厦，成为中国人民精神的象征。就在这个"一线天"铁路桥旁，有一条沿着悬崖盘山而上的天路，天路上端是贴着悬崖的木制云梯。我沿着天路向上攀登，远远望见云雾间鹰翅下的云梯。2009年"感动中国2008年度人物"中有两位汉源人，李桂林、陆建芬夫妇就是从这悬崖上的云梯走进全国观众的视线。他们在这里从教20年，在绝壁上的彝家村寨里培养300多个孩子。他们在这个绝壁登天路上，送给孩子们一个宽广的前途。在天路上，我遇见彝寨的女书记阿呷斯且，她告诉我，现在政府把学校搬到乡上了，孩子们都在乡里住校生活，条件有了很大改善，彝家的下一代将走出大山。看着女书记沿着天路消失在云雾中的背影，我仿佛看见一只鹰高高地盘旋在大渡河涛声中……

听着大渡河的涛声，心潮起伏，站在这天高水长的大峡谷，我祝福汉源人民。啊，这个春天梨花又开了，这个春天新家建好了，这个春天"细雨霏霏梨花白"，梨花深处是吾家！

2013年

耐心的胜利

　　父亲去世多年了，每到清明，总会想起一些父亲的一些往事。我和父亲共同生活的时间不多，他是个忙人，儿时，我一直在学校住校，后来又在母亲的流放地大凉山，陪着母亲在那里读完中学。把我召回到父亲身边的是"文化大革命"的一张报纸。1966年初夏，北京大学抛出了陆平，南京大学抛出了匡亚明，于是省城的省报头版，以几乎一版的篇幅，点名批判在大学当校长和党委书记的父亲。大段的声讨文字中流露了这样一个信息，走资派叶某某被愤怒的革命师生包围，工作组做了大量的工作才免于一死。就这样，我赶回省城，来到父亲身边。

　　还记得见面的情形。在被抄得几乎一无所有的家，我等候从批判会回来的父亲。父亲推门进来，一身灰色的中山装，黑圆口布鞋，头上载着一顶纸糊的高帽子，胸前挂着一个大牌子"黑帮分子叶某某"。"来啦！吃过饭了？"父亲一边打招呼，一边把高帽子脱下来，放到门边，又把胸前的黑帮分子牌子挂在衣帽架上。我们这次见面，经过工作组批准。父亲以写交代材料需要为理由，从抄家的物件中要回了40多本工作笔记。大概他早有思想准备，这40多本工作笔记，在被抄走前都用毛笔在封面上编了号。父亲把它们交给我带走。见面不到一个小时，父亲说，"时间到了，你走吧。"然后胸前挂上牌子，把纸高帽扣在头上，往门外走去。突然，他转身说："今天是你的生日吧？18岁了！大人了，哦，我在你这个年龄都当团政治部主任了。"淡淡微笑着，推门出去。这曾是个家，空空荡荡，父亲不能住家里，在学生大楼里被3个学生看管同住。我也不能住这里，武斗开始后，几百米外的公路上常常有人朝这里打枪。出门前，我数了数墙壁上被重机枪打出的弹孔，正好有18个打穿进屋的孔，18个，和我的年龄一样。

省城武斗越来越升级，军管会把各厅、局和各大学的"走资派"集中在锦江宾馆办学习班。大概是怕这些"当权派"在武斗中被莫名其妙弄死了不好交代。学习班外"武斗"，学习班里"文攻"。硝烟浓烈。不久就传出医学院的院长和一位大学副校长跳楼自杀了。听说其中一位还与父亲同住一室，大白天正写着材料，推开窗就一头栽了下去。听到这消息，一连好几天我都围着锦江宾馆散步，我希望父亲万一也推开了窗，会看到我。我希望他活下去。

连连发生跳楼事件，学习班也办不下去了。上面叫各单位派人把自己的"走资派"领回去。我早早骑自行车赶到宾馆门口守候，看到有的开着小车把人接走，有的是派人和家属一道来接人。父亲的那个大学造反派威猛，开来一辆大卡车，车上贴满"打倒""砸烂"的大标语，车帮上架着高音喇叭。来者不善。一群造反派，拥着父亲出来，刚迈出大门，立即反扭父亲双臂，按着头，哈着腰，按倒在卡车驾驶室顶篷上，大喇叭狂喊乱叫，大卡车急驶而去，我一路紧追，紧追慢赶，追进大学的校医院。

我没见到父亲被打的情形，只见父亲牙齿脱落嘴角出血，浑身青紫的伤痕，一位穿着白大褂戴着大口罩的中年医生，抬手递给我一张诊断书，上有一行检查结论：长期缺乏锻炼所致劳损。这个医生的这张薄纸，让我明白父亲的处境。如果不想办法，父亲不能活着走出这个地方。大学在城西郊区，距城区六七里路，校门前是一条省道，也是造反派扼守省城的要地。学校变成了"军事据点"，校门堆满沙包工事，持枪的武斗队员日夜站岗。父亲被关押在学生宿舍大楼里，同房有3个造反派大学生同住，24小时值守。要把父亲从这样的地方救出来，是件难事。我为此找过军队"支左"当局，也找过"革命委员会筹备小组"，均无任何结果，除了"相信群众相信组织"之类的屁话，有点同情心的也就说出一句："现在这么复杂，只有家属自己想办法。"

　　大学的一位中年女老师，找到了一位姓张的工人帮助我，此人在部队当过侦察员，参与讨论的还有一位姓黄的技术员。讨论产生了一个长达数月的计划，主要实施者是我和父亲两个人。

　　我每周从城里到城郊的大学去看望父亲两三次。骑自行车，背一大包食品和必需的日用品。每次进校门，武装人员都要检查所带的东西。进到宿舍楼，通常都是有人与父亲同在屋里。每次我都带四份食品，给父亲一份药品和咸菜、水果，给那3个同屋的学生点心和水果。开始他们推却，界限划得清楚。我就把东西放在桌上，等我一走他们也就乐得享用。次数多了，当我的面也就吃起来。除了送食物，我每周还要给父亲剪一次头发。用推剪给父亲推出短发平头，不在乎样式好孬，剪完了，父亲用手抓一下，头发剪短后抓不住了，说一声："行了！"上批斗会，揪不住头发，要少遭许多罪。

　　我的努力是让父亲保持与外面的联系，而父亲的努力是用耐心争取一个逃走的机会。

　　和看守的学生关系得到了改善，父亲就提出每天早上父亲到锅炉房提开水，顺便也散步放风在校园里走一圈。原先是每天下午出去放风走一圈，每次都有一个看守陪着。现在改成早上6点起床上锅炉房打水同时放风散步。看守者睡不成懒觉了，不乐意。多说几次，多吃几次我带来的东西，同意了。秋天的6点钟，天已经亮了，走一圈回来，正是吃早饭的时间。

天天不变，清早6点准点起来，天色却越来越暗，天气也越来越冷。终于有天轮值陪同者不想起床了，父亲独自一人，照常去锅炉房打水，然后提着温水瓶再沿着校园围墙走一圈，7点前回到住处，东方才泛出鱼肚白。校门有人站岗，父亲不可能走出去。天没亮也没有人注意，走资派是独自一人在校园里走。默许于是变成习惯，早上起床后没有人跟着父亲了。6点出去，7点回屋，正点正常。

11月的一个晚夜，工人老张和我，住进了学校墙外一户人家中。早上5点，我俩推着自行车，来到校园围墙外一道小铁栅门等候。雾气浓重，寒意透心，上下牙不禁时时打战。6点半时分，父亲走到了小铁栅门前。我把一架小竹梯从铁栅间塞进去。父亲把竹梯搭在围墙上，爬上围墙，又抽起竹梯递了出来……成功了！从秋到冬，就为了这一刻！工人老张骑车在前面开道，我努力稳住神，两条腿直哆嗦！一咬牙蹬动了车子，父亲坐在后架上，拍了一下我的背，两辆自行车一前一后，沿着小道冲进了浓浓的晨雾中！

这是我一生最值得自豪的一次成功，这是耐心取得的成功，耐心做那琐碎、乏味、刻板的小事，因为爱，因为有信心……

2013年

母亲的故事

母亲去世多年了，我刚到北京不久，收到了省委干休所的电报：母病危，速回。母亲生命的最后都是在医院度过。她得的是肺气肿后来发展到肺心病。每时每刻喘不上气，最后离不了医院里的氧气管，只好把医院住成了家，一住就数年。好在她算老红军，能有一间单人病房。我在成都工作的时候，每个星期天都和妻子带着儿子去医院陪母亲。儿子一直进了北京，才知道原先他对星期天的认识是片面的，他一直认为"星期天就是人们上医院看病人的日子"。我调离成都后，在外地工作的妹妹调回了成都，照顾母亲。离开成都时，我感到母亲的不舍，但我的调动，可以让在外地多年教书的妹妹回到省城，母亲也就鼓励我到北京工作。母亲名叫张淑容，出身在辽宁西丰的大富商家庭，"九·一八"后，只身从东北流亡到了北平，参加了"一二·九"爱国学生运动，革命起点就是"北京一二·九学生运动"。按组织部门的资历年限计算，人们都习惯称她"老红军大姐"。我离开成都，两年间回去过一次，医院也发过几次病危，但都在事后才告诉我。这封电报极短，让我有不祥之感。收到电报，给妻子打个电话，我立即到东单的民航售票大厅，买了最近的一班飞机票，回到成都已是傍晚。从机场直接打出租到了医院，母亲已深度昏迷了，脉搏微弱。我坐到她跟前，喊她，连喊数声，她的眼皮抖动了几下。妹妹和妹夫说，妈总算等到你回来了。他们让我到医院门口小饭馆吃点东西，大家都一天没吃饭了，就留下长期陪同的阿姨守着母亲，出去吃饭。还是不放心，我们匆匆吃碗面条充饥，就赶回病房。前后不到半小时，母亲在我们离开时停止了呼吸。这令我深感遗憾，在她生命最后一刻，还是没有在她身边陪她。同时我也感到震撼，母亲坚持最后一丝气，只是要等儿子回到她身边，听我喊一声："妈，我回来了！"然后，就安详地走了。

怀念一座小山丘，这小山叫磨盘山，因为母亲在那里。怀念是心在颤动，总需要一种形式，否则，我们难以释怀！灵魂需要肉体，当失去肉体后，我们说死亡降临了。死亡需要坟茔，因为死亡最好的证明是人们的怀念。送别亲人，这真是人生必修的一课，自从送走了母亲，我感到又走过了人生一道门坎。是她把我送到这个世界上来，又是我把她送出了这个世界。母亲走后，常常让我从梦中惊醒，醒来以前，她还和我在一起。我每次回成都，都尽量挤出半天去这个小山丘，因为心灵需要一个实在的证明，不是证明给别人，而是自己。形式是必要的，六祖慧能说："菩提本无树，明镜亦非台，本来无一物，何必染尘埃。"这是彻底精神第一以至"空无"了，然而在这彻底之中仍需借助语言这个形式啊！有时，怀念就是这样，静静地坐着，能闻到那青草的气味，能有一片碧绿抚慰着你的心灵……

小时候我喜欢养小动物。养过鸽、兔、鸡、猫、狗、金鱼、蟋蟀还有蚕。养蚕是在刚进小学的头两年，说起来已是半个世纪前的事了，童年就是简单的快乐加上简单的忧愁。在我养蚕的日子里，我的快乐和忧愁都是蚕。看蚕吃桑是非常开心的事。盖上一层桑叶，蚕先伸出一星儿嘴，啃出一个缺口，露出一头，然后沙沙地吃出一大块地盘，当它们全爬在上面来了，桑叶已被啃得只剩下叶脉了。它们一个个昂起头，四处晃动，要吃。这副乞食的模样给我留下很深的记忆。院子里只有一棵桑树，不久便被各家养蚕的孩子摘光了，一到断了粮，我就眼泪汪汪。母亲冲我吵一句："哭什么，没出息！"便骑上车，到院里有桑树的老师家里去讨。还不能总去给一家找麻烦，我养一季蚕，母亲要跑半座城。那时，我读的寄宿学校。星期天上学校的时候，要用一只大竹篮，把一片片擦得干干净净的桑叶，整整齐齐码放在里面。上面盖一张湿毛巾，这就是我的蚕宝宝一周的食品。到了蚕宝宝长大了，变胖了，身子发亮了，吃得也更多了，一篮子桑叶坚持不到周末就空了。母亲就在星期四给我送桑叶到学校来。一到星期四课外活动时间，我就在校门边转悠，盼望母亲身影。那时我见到母亲真是快活极了，我不知道母亲为什么愿意为我送桑叶到学校，这违反了校方的规定，寄宿学校平时是不能探视学生的。

我之所以记得养蚕的事，大概因为养蚕对于一个城里读寄宿学校的孩子是有太多麻烦和太不容易了。养蚕只是让我找来这一些小东西让自己去关心，也给在逆境中的母亲添了更多需要操心的事。蚕吐丝了，结茧了，那些茧一动也不动了，我的养蚕事业也就告一段落了。不知道茧能干什么，装进纸盒，收起来。只是想到这些小黑毛毛虫就这么长大，还能吐丝，还结这么美丽的蚕茧，世界在我心里也就可爱了。这些蚕茧也真神奇，因为它们，我刚读一年级时的情形，也保留下许多珍贵的片断。记得她停止呼吸之后，我从她躺了4年的病床上，抱起她时，她轻得好像吐尽了丝的蚕，能飘起来……

建国初期旧大学进行调整重组，十三所大学和专科学校合并成"四川财经学院"，父亲在这所学校担任领导工作。四川解放后，父母从武汉一齐进川，分别在川南两个地区工作，父亲在乐山任专员，母亲在另一地区任宣传部长。1952年后，父亲调进成都组建大学，母亲也进了成都，但已被降为成都市教育局的中教科长。父母也离了婚。我和姐姐就经常在"将军衙门—青羊宫—百花潭—杜甫草堂—光华村"，这一条路线上来回往返于父母之间。

那时，这条路线就是野外远足的乡村郊野路线。公共汽车只开到将军衙门西面一站的通惠门，再向西就出了城。我们平时和母亲住在城里，寒假和暑假才到光华村，住父亲处。老百姓往来行走，只有两种交通工具。独轮车也叫鸡公车，多运货物用，也坐人，人坐在车头，推车的人在后面推。这种车走得慢，但载重大，压得独轮叽叽咕咕叫，得了"鸡公车"的名字。另一种就是人力车，成都人叫黄包车，坐起来比鸡公车舒适，两个车轮也大，拉车人一溜小跑，也快。一般人外出难得坐它，相当于现在的高级出租车。成都人称之为"包车"，可见不便宜。我们姐俩去父亲学校度假，母亲就要叫一辆黄包车。坐黄包车去光华村，相当于今天的出租跑长途了，是件大事。母亲总是在街头认真挑选，一是慈眉善目的老实人，二是要身板好的年轻人。找到车子后，母亲总是再三叮嘱，然后记下车号和车夫号衣上的号码。才扬起手与我们告别，一直在街边望着我们远去。

那时，从城里到草堂再到光华村，很长的路，路上行人也少。砂土的马路，没有铺柏油，难得有汽车开过。偶尔有一辆车开过，就会扬起满天尘土。汽车真少，汽车也没有汽油，驾驶舱旁挂着大炉子烧木炭，边跑边喘，一口气上不来就抛锚。

这样的车，一路上也见不到几辆，好在有两旁田野茅舍，"锦里烟尘外，江村八九家。园荷浮小叶，细麦落轻花。"也真是童年记忆中的美景！如今，杜甫草堂变成城市中的盆景。高楼如云，车水马龙。站在这里，真的找不回我的童年了，还有那个记黄包车车号的母亲……

我对于家庭和幼儿园外面的社会，最早接触的就是茶馆，是成都的老茶馆。老茶馆是最具成都特色的民俗生活场景，一张木桌，几把竹椅，便可开张迎客。茶馆有大的，比方说，当年的人民公园、武侯祠这些较大的公园，都有大茶馆，茶馆都是雨棚式的开放建筑，有顶没墙，房柱之间有低矮的木栏，木栏不高，可坐，人多的时候也可供单帮的茶客，坐在木栏上，倚着屋柱品茶休息。茶馆四面开放，围着茶馆的院坝也是茶馆的组成部分，摆满了竹椅木桌，院坝里的树木，便为茶客遮阳，太阳斜了，树荫移了，茶客只是把竹椅挪动一下，并不碍事。大的茶馆，茶馆里外，能摆几十张茶桌。小的茶馆，开在小街窄巷子，三五张桌子，都摆在街边上，茶馆小得只有一盘灶，摆着几只铜茶炉。

我是上幼儿园的时候，常在茶馆里泡着，因为母亲坐茶馆。母亲坐茶馆是刚解放不久在成都当教育局的中教科长的时候。她在延安时期就当过延安中学的老师，在我印象中，这一变故对于刚30来岁的母亲，并没有让她的生活变得灰暗。

工作中结交了许多名校的老师，周末常和老师们在茶馆里聚会聊天。每次三四位，一聊就半天。在茶馆里沸腾的声浪就是最好的屏风，让每张桌子上的人几乎只能听见自己同伴讲话，熙熙攘攘的茶客们便各有洞天，相安无扰。和母亲常一起喝茶的老师都是成都几所名校的骨干教师。我想，除了谈工作，还有气味相投吧？他们都尊重母亲，谈话中总用"张科长"这个称呼。大概这是母亲身上的"游击习气"？反正，在以后的日子里，我再没有见到过爱和老师们坐茶馆的教育科长了。我跟着坐茶馆，便用小人书打发时间。茶馆里有出租连环画的，1分钱看两本，5分钱便能畅快地看上半天，大人们谈什么，也就从不关心了。

想到老茶馆，是掂量母亲和这些老师的友谊，真是那句"君子之交淡若水"。据说成都的茶馆文化盛行，是与当年南征的八旗子弟有关系。清兵南征，一批满蒙子弟留在成都，他们生活的地区便是后来的"少城"，这些闲人，让成都变成消费之都，遍地饭馆茶馆让成都活色生香。刚进城的共产党不是吃铁杆庄稼的"八旗子弟"，在老百姓心中还真的很清廉。在我记忆中，不知跟着母亲进了多少次茶馆，但从没有和任何老师一起吃过饭。下馆子在那个年代是很奢侈的事情，没有人动这个念头。

跟着母亲坐茶馆的事情在1957年结束了。整风开始后，在延安整风前"挽救失足者运动"中，母亲被打成"特务"的经历，还有在土改中受到的处分，使她关心那些骨干教师，记得那两天下班后，母亲骑着车外出，很晚才回来。后来才知道，母亲那两天都在往学校跑，给她熟悉的老师朋友说一句忠告："多听少说！"记得有位老师在母亲赶到他那里的时候，他已因为经不住动员在大会上发过言了。这位老师姓黄，后来被划为"右派"。

10年之后"文革"中，我们家再次遇到风浪，我独自在成都为父亲的事奔波。此时已被下放到大凉山的母亲给我写信，信中说，如遇到困难，生活无着，可以去找这几个老师：九中的陈老师，十九中的张老师，还有附中的黄老师……他们都认识我，记得我见到他们时，他们说一样的话："我认识你，你是张科长的儿子。"

在大凉山的首府西昌城南10来里，有个叫邛海的湖，湖西有座叫泸山的山，山下湖边有一所学校，西昌师范学校。大跃进后的3年自然灾害时期，我的母亲从成都下放到这个偏僻山区当一名教师。不久，我也从成都转学到西昌，和母亲一起生活。在下放以前，母亲是省上一家刊物的副主编和某研究室的副处长，尽管在5年之前她受到过党籍处分，降了职。但下放一事，没有任何新处分的痕迹。她到西昌先是省教育口下放人员的带队领导。其他被下放者到基层劳动了，她呆在机关里闲得没事干，又不愿去监督巡视下放人员，于是就要求到学校当老师。有关方面同意了，她就来到了这所师范学校。到校后，她每月去领工资，发现自己比校长的多得多。她想，我来锻炼的，于是她交了两份申请，重新入党的申请和要求把工资降到低于校长水平的申请。入党的申请没批，工资很快降下来了。从此她在大凉山呆了20年。20年后，母亲的党籍问题得到甄别平反，恢复了党籍和职务，但她下放问题和降工资问题"无法弄明白"。这20年来她的档案一直还在省上，她是真正地"自动下放和自动降级"20年。

那时，这里真荒凉。学校没有围墙，野兽常在房前屋后蹿。大凉山刚搞过民族改革解放奴隶，社会治安也不太好，我到这里一星期后，就出了一场凶案。师范校的边上是民族干校，那天民族干校的会计从城里领工资返校，就在师范学校下面的小路上被人劫杀了。就在这个时候，我第一次读了艾芜的《南行记》，如果你今天读这本书，就可以了解我那时的心境。

比蛮荒更直接的是饥荒。我到这里后，正是全国的3年大饥荒。在延安参加过大生产的母亲，又在这里让我体会到许多难忘的事。

我们在门前的空地上种上了苞谷，长得挺好，但周围都是高大的树木，没的阳光，苞谷杆就拼命地往上蹿，老高老高，夏天第一场暴雨，它们就全倒了。我们在屋后种了南瓜。南瓜长得很大，二三十斤一个，又放得久，两三个南瓜，就让一个冬天，有了底气。

饥饿年月，冬天特别难熬。越冷越饿，越饿越怕冷。在学校里念书，一下课，大家就靠着太阳晒着的那面墙，特别觉得"万物生长靠太阳""我们都是向阳花"真是唱到心坎上了。

在那个灾年里，我开始了在大凉山里的生活，我就读邛海另一侧的一所初中，西昌川兴中学。西昌是川西高原中的一块坝子，也就是四周高山围起来的一块小盆地，盆地的中央是叫邛海的湖泊，这使西昌有了高原明珠的美誉。母亲所在的师范学校和川兴中学隔湖相望。在20世纪60年代初，交通十分不便，我从家去学校，只能沿走田埂小道，老乡说，这段路有30多里，我每次回家，都要走3个多小时路。我才是一个12岁的孩子，要在荒郊野外里走完30多里路，实在是"弟弟你大胆朝前走"，只因为路的尽头就是家，就有想了一个星期的妈妈。我在这路上走过了两年，越走越大胆，到后来就不走公路，沿着湖旁走田埂小道，这样会省两三里路，同时，走小路心里紧张，脚下的步子自然也急，总觉得能早些回到家里。直到今天，还能回想起那些田埂小路，那些蛙鸣和月色。

周末回家，母亲总要给我留一点吃的东西。开始还有糕点，后来只有些杂粮饼干，到了最困难的时候，我记得母亲从抽屉里拿出来的是一根干瘪的胡萝卜。胡萝卜都放干瘪了，可以想得出来，母亲早早地就留着它，留给周六回家的爱子。

细节，就是生命储存的文件密码，一根干瘪的胡萝卜，对于我，就是生命中一段难以忘怀的岁月和亲情中永远温馨的母爱……如果要了解中国人在1960年前后最维持生命的最低生活的最低保障，就可以去调查一下那个时候的城市居民的票证发放情况。那些邮票大小的票证，让人们感到生命的依靠。在所有票证中，还有一种叫火柴票。一家两盒火柴。火柴在那时不贵，两分钱一盒，但没有票，也买不到。两盒火柴，不足两百支，平均每天六支。烧三顿饭，晚上停电点煤油灯，点蚊香，还不是每一根都能划燃。两盒火柴，一个家庭维持生存最低的需用量。如果家里有一个抽烟的人，这就不够用了，两分钱的火柴就成了一个重大的问题，摆在全家人的面前。

4分钱，两盒火柴，在那个饥饿和寒冷的年代，让我看到了母亲坚韧而乐观的灵魂。我在一篇小文章里说过下面的这个细节。那时候每天清晨，学校大食堂烧早饭的时候，烧柴草的灶孔下，堆着从灶里落下的柴草灰烬，灰烬中还有没有熄灭的红炭渣。下放到大凉山当师范学校老师的母亲，就到伙房的灶孔去端一盆柴草灰。压得紧紧的一盆炭灰，可以从早上到下午都保持着热气，用小火钳拨开灰烬，还有豆粒般星星点点的小火炭。就这样，不仅能取暖，还能省下火柴，留在没有炭灰的时候用。

用手指捏着火柴，划一下，卜地燃起来，那火花真好看。在那个最寒冷的冬季，我们家除了每月两盒火柴，母亲还有一份特殊的供给——每月1斤肉，1斤黄豆，1条香烟。这是配给老红军资格的待遇。母亲虽然被下放到大凉山当一名普通的教师，但不知为什么，这个待遇没有取消，让我们在最困难的时候，有了这点奢侈品。买肉的时候尽量挑肥一点的，连皮带骨头的1斤肉，把皮和骨头加上青菜做一锅肉汤。剩下的肥肉熬成油，把瘦肉剁成肉末，在热油里做熟了，然后一起放在一只小罐里，一小罐有肉渣的猪油。以后的一个月，做菜的时候，用竹筷挑上一星儿，青菜就有了肉味了。

一根火柴点亮油灯，半星油花煮一碗青菜，在那个最困难的年月，在那个叫大凉山的深山里，让我感受到母爱，那么真切，那么细腻。

2013年

登泰山小记

　　突然想起要去泰山还愿。

　　上一次登泰山是23年前的事情了。与妻同行，从四川到北京去开会，途中因故会议取消了。于是在石家庄下车，东行，到济南与友人相聚，友人作陪，到泰山一游。下午上的山，在山顶的简易旅舍住下。入夜，风高气寒，5月下旬的泰山，风好像能浸入骨缝。借了满是油渍的军大衣，温和了不少。那时山上人少，几个小店也早早歇了。此行泰山，因为雾浓云飞，没有见到日出，但山顶上翻飞的云雾伴上风声松涛，留下了深深的印象。一首《泰山听天街风啸》留下了那时的泰山和那时的心境："一夜风啸人难眠，风度不凡的天风，吹我成鱼——一条在风中挣扎的鱼，在音乐中游弋的鱼，误入天堂的鱼，一条找不到自己今夜梦的鱼！游不进梦，因为风；难觅自己，因为风！风声鹤唳却有万千豪气，从天庭直落九霄的风，从石头冲窜苍穹的风，从老树中发芽的是风，从小草上跌落的是风，更有来自鼓来自钟的，才配成这天街天风！是石碑们在合唱苦难风流？是吟哦帝五巡幸的十八盘？还是挑夫的长喘，还是朝香的低喃，高亢奔放深沉委婉低回浅吟……啊，莫不是蒲松龄留下一盏孤灯，唤出万千精灵？！夜宿天街不寻梦，长卧天街听风啸——这一夜长如五千年，又短似一声鸡啼。"这是当时写下的一首小诗，今天可以唤起当时泰山天街的气象风情，也记录了那时我的心境，有时候，诗真的比记忆更有力量，如果没有这些诗句，我脑子里留下的只有"天街风大，云飞雾腾"这几个字了。

泰山极顶，一览众山小。泰山大概要算中国最有文化积淀的名山。这种文化在泰山上最为明显的标志物是两种，一是勒石为铭的各种题诗题字，这算泰山的荣耀与骄傲，泰山与帝王们有久远的联系，石碑石刻都是地位显贵者留下的痕迹。另一种是百姓的东西，庙堂外的小树上系满了各式的红布条，像一丛丛小火苗，让冷峻的高山有了人情味。

山风与许愿的红布条，这是23年前泰山留在我心里最鲜明的印象。也许也正是那特定时期我的心境。我也在这时许过愿，上了山，不许愿，好像对不起自己，对不起泰山。事情过去多年，突然想去泰山，理由是还愿。

23年过去了，我不再是那个背着一个行囊，就四处游历的"驴友"了。那时，常常与妻子俩人，背上行囊就出游。妻子知道我曾和3个同学步行6000多里从四川走到北京的壮举，所以和我出行，常常采取背包客的方式，游过泰山，去过陕甘宁最偏僻的地区，我们的蜜月也就是揣着几百元钱，逛北京，走少林，进西安，下临潼。年轻好啊，年轻是用体力和时间，证明心迹。而现在，我必须承认我不能透支体力和时间了。此次泰山行，从北京往返泰山，我只有一天的预算。

首先，我在网上查了往返的车票，上下山的路径，方式，各段时间的衔接。妻子查了5月30日是宜出行宜祭祀的日子，然后预订了出发的返回的车票。准备一只装矿泉水面包太阳镜的背包。

早上5点30分起床。6点10分在小区门口打上出租车，司机说，你们是去泰山的，我上周去过，步行爬上去，从头天晚上10点，爬到第二天上午8点，没看到日出。7点前到了北京南站。在站里肯德基店早餐。7点50分动365次开车。10点20分到泰安高铁站此段路程145元。百度搜索上说的K3公交线在这里找不到，K3是在旧车站，百度过时了。打上一辆"黑出租"，20元车去泰山天外村大门。黑车司机是原先此地村民，建高铁站后没有了土地，干起了拉客的活。泰山天外村入山门票，妻子157元，我92元，其中都含到中天门的30元巴士费。11点巴士出发，11点30分到中天门。步行约1里路乘上山缆车，上下通票每张140元。12点到达南天门，山上虽然是淡季，乌泱乌泱，人头攒动。12点30分到碧霞祠，奉上400元香火钱还愿，鞠躬叩首。13点开始往山下行走。再乘缆车，再坐中巴。在天外村大门外一出租车，拉我们去找饭店，要10元。下车发现司机还兜了个圈，其实就一条街。午餐用100元。14点入往快捷酒店，4小时收费70元。这是最有价值的支出，休息恢复体力。18点在一家米线店晚餐。19点打出租到高铁站，费用22元。19点30分乘上动366次。22点20分到北京南站。打出租回家，因为路途不远，司机不高兴，下车付款，说声，零钱不用找了，司机开口说，谢谢。晚上12点前，上床。

想了想，这一天也有意思，出租车、动车、黑车、中巴车、缆车这么接力赛似的跑，为的就是了却一个心愿。23年过去了，泰山还是泰山，心愿还是心愿。只是23年前关于山风的诗，变成了一张时间表……

2013年

老 了

　　老了。老了的人不讲究穿什么衣服了，不合体的表示他不会去上班了，油渍污迹表示他不在乎人们的观感了，老了，先从衣服开始衰老；老了，他穿得漂亮而鲜艳，他说不必再用呆板的西服套住自己自由的身体了，他说不用对付那些脏兮兮的公文，何不穿得精神一些呢？他从衣服开始，开始自由自在的新生活。

　　老了。先老了脚下的一双鞋。皱巴巴没面，黑乎乎一团，一脚蹬，踩塌了后跟，一步响一声"吧达"，来的是邋遢人；老了。老了就不用和皮鞋较劲了，穿哥伦比亚爬山，穿耐克遛弯，穿北京布鞋打一套太极拳，都说人老脚先老，把脚打扮年轻精神点，这双脚敢不变得更轻快？

　　老了。老了的人脸上布满了皱纹，没有了班可上，他觉得他这一辈子白干了，没有人叫他曾经的职务，他添一皱纹，出了门不知道朝里迈腿，又添一道皱纹，满脸的摺子，他自己照镜子都觉出苦大仇深；老了，老了的人脸上像开了一朵花，见谁都笑，见着邻居的小狗也笑，惹得小狗汪汪冲他叫，没有烦心的事了还能让人不笑吗？不用签到了，想笑，不用写总结了，想笑，不用给领导送礼还怕领导不开门了，卟嗞笑出声，想到从前那么多人管自己，现在只有老婆管自己，不笑还怕憋坏了！

老了。老了牢骚多了，谁说发牢骚是老干部的专利？老了就想发牢骚，几十年循规蹈矩做人，多少年想说不敢说的话闷在肚子里发酵，都成了陈酿老酒，这下子一股脑往外倒了！老了，老了就成了祥林嫂，成了关不上的录音机，聒噪如鸦，不管不顾，诉苦专业户。老了，老了就变慈祥了，男的像弥勒，女的赛观音，慈眉善目，别人说什么，他都微微一笑细细地听，听邻居说菜场的价涨了，他新鲜"以前真不知菜一斤多少钱啊！"听孙子说明星，他新奇"想不到那黄头发的小歌星还真有人缘！"闲下了发号施令的嘴，忙碌了一双耳，只要耳不聋，活着就有味道！

老了。老了就看谁都不顺眼了。谁说他老眼昏花，他眼睛盯住了谁，谁就不是个好东西！小保姆指甲没新剪干净！邻家的狗又在车轮上撒尿！门卫昨天还叫我领导今天就叫我大爷！你大爷的真是变得快，世风日下，人心不古啊！老了，也就发现这个世界不一样了，看电视不爱看新闻联播而是爱看中国好声音了，看报纸不光看头版还用报纸练书法了，看手机不光看短信还看微博，看电影自己掏钱买票还很开心，换个角度看世界越看越新鲜。

老了。老了的他就像一棵秋风中的老柳树，看着自己一片片树叶在瑟瑟秋风中飘落，舞动着枝叶却无法留住它们。老了，抓住什么都舍不得放下，在家抓起电话，在茶话会上抓住话筒，路上照面抓住你的手，好吧你就耐着性子听老话长谈吧；老了，老了就像一只吐尽丝的蚕，完美的茧壳在说："耐心给你一只美丽蜕变的羽蝶！"

老了？是从什么时候开始？从第一根白发，从第一丝皱纹？还是第一次领取退休金？第一次在公交车上有人给你让位？还有……啊，也都是同样是第一次啊，人生永远有崭新而陌生的第一次！老了吗？只要你还会为又一个"第一次"而动心而兴奋，你就没有老……

2013年

大隐于市之道

昨天看电视说的是一件12年的凶案故事。12年前河北农村发生一起凶案，涉案的父亲及3个儿子外逃12年无踪迹。后来，警察在涉案人之一女儿的微博上，发现一个"春天的信使"有可能与嫌犯有关系，细细追索，最终破案。这是一个大隐于市的当代寓言，在城市人口高度密集和迅速流动的今天，如果关掉手机，不发信息，不上网，基本上就"大隐于市"人间蒸发了。用时髦一点的语言说，一个人不上网，不微博，就算OUT了！

我告诉我的朋友，我不开博客。我的朋友不相信，因为他在网络上看到以我的名字开博客以及"叶延滨祭干妈"这样的博客。我说都不是我的博客，有的也许是媒体网站开的，用来上载我的作品，也许还有好事者所为，我也挡不住。不再担任职务退休后，我力图为个人保留一下安静的空间，少有打扰，不必应酬，尽管很难做到，但不主动凑热闹，不主动从幕后窜到前台，应该能做到。

　　我认为我被人叫做作家，写字这种事，对于我是应当十分认真对待的事业，敬惜字纸，尽管现在不用纸的多了，更重要的是对待写字还是有敬畏之心。我写文章，还是努力做到放一放，请编辑审一审，然后再让这些文字摆到自己以外的读者眼前。慢是慢了点，但如果写下的文字，10天半月就变馊了，还是不写的好。开初没有觉得这是一个问题。后来发现身旁的一些小细节，引起了我的注意。谈恋爱的约会男女，坐公园的一条长椅上，各自低头看各自的手机，这种"畸恋"是剩男剩女高速增加的结果。饭馆里朋友聚会，大家围坐一起，摆了一桌子的酒水菜肴，却有一半以上的人低头按手机，索然无味者必是聚会的召集人。慢一点，是我面对信息高速发展的对策。我也读微博，看博客，上网看看"博客天下""极阅"之类的网页，大约会慢几个小时至1天，像一杯泥汤，变得清澈，同时沉淀出一层层实在的沙土。

　　点击率是一种诱惑。点击，是掌声，是叫好声，也是起哄架秧子的鼓噪声。掌声、叫好声和起哄声，在现实中的我们大多能分出来，在网络世界都变成了点击和水军跟帖，能分辨出谁？网络带给我们巨大的方便，交流、信息以至生活方式。正像高速公路让我们赢得速度和时间的同时，我们需要一根安全带。

　　这是一个关于我自己的故事，我以前在一篇文章中说过这个故事，这是我做过一件十分让我后悔的事件，糗、无知甚至无赖。那是我读高中的时候，"文化大革命"前奏是"社会主义教育运动"，工作组发动学生们给老师贴大字报。学校在一瞬间进入了大字报的海洋，墙上贴着，院子里挂着一排排的白纸黑字，被严厉校规和老师尊严管束的孩子们，一下子被捧上了天，成了运动的主力、革命的先锋，激情、欲望包括邪恶同时被点燃！每天要统计每个班、每个小组、每个人写的大字报数量。这种政治狂欢中，孩子们最恰当的角色就是跳梁小丑，是随革命辞藻起舞的欢乐小丑。这种狂欢对我是一种诱惑，同时也是一种压力。由于家长也是受批判对象，所以我不愿写大字报，但"不革命"的压力和统计又让我惶恐不安，想了半天给一个姓王的老师写了一张大字报，揭发的内容是，一次到老师宿舍送作业，发现一个女子躲在老师的门背后，老师行为不端。我以为这不算"反党反社会主义言行"，是个小事，哪知道这是绯闻，对老师的伤害很大。这件事我终生难忘，人常常会因为无知而无畏地做无耻之事。人要有敬畏之心，每想到此，我都提醒自己。

博客和微博所在的网络，是自由的空间，同时也是开放的空间，当它们以如此"现代文明"的方式进入我的生活，我必对其抱有敬畏之心。网络快速地进入我们的生活，迅捷地改变着世界的样子，同时也会给我们带来冲击。比方说，网络上有人在造你的谣，你没有时间去与之纠缠。网络上有人用"叶延滨"的名字写推销性爱工具的文字，你没法说网络上只准你用"叶延滨"3个字。如此种种，有人会说，这是名人效应，是你生活的一部分，而且有人乐此不疲以增加知名度。而我知道，我能做什么不能做什么，我不能与影子作战，也不能把自己变成影子。

对写作抱有敬畏之心，这是网络进入我的生活后，让我更加明确的事情。

2013年

真相不远

　　乌龟又在新出的寓言书上看到"龟兔赛跑"的故事。为什么一个没有道理的事情，却总是理直气壮地向孩子们讲呢？兔子腿长善跑，乌龟是爬行动物，不能跑只能爬，却偏偏编出个故事，让乌龟赢了，跑过了兔子！这样的励志故事，把假的说得比真的还像，谁知道乌龟怎么想？乌龟真有想法，乌龟决不会想跑过兔子，参加比赛的老乌龟说过，它一边爬一边自己对自己说："别看你这阵子跑得欢，都知道兔子尾巴长不了！前年我和你爷爷比，去年我和你爸爸比，明年我和你儿子比，后来我和你孙子比，我一个人活过了你祖孙几十代兔子，你们一代代退场后，都跑进了厨房，我总会继续在赛场上，等待着下一只兔子上场。谁输谁赢？天知道啊！"据说乌龟一高兴，把这想法发在微博上，从此没有兔子找乌龟们叫板了。（寓言也就是人们说惯了的事情，其实，那些习以为常的老道理老寓言，常常与事物的真相有很大的差别，解放思想或探索真相，有时常因为习以为常而忽略，这种忽略使我们在假象和伪科学中心安理得地走老路。）

　　有只猴子，有超强的本领，除了会抓虱子，会吃香蕉，会荡秋千，这些一般的猴子都会的事情；它还会吹口琴，会拉二胡，还会写字，这个猴子成了猴群里的杰出猴子。杰出得让上帝都知道了。上帝说，这不是个披个猴皮的人吗？于是下令把这只猴子放到人堆里去。放到人堆里的猴子，人人见了都避之不及，呀！尖嘴狭腮，矮小委琐，毛长皮厚，还有个红屁股！哎呀，哎呀！！在人堆里呆了一天的杰出猴子，连夜跑到上帝那里去："上帝，还是让我回去当猴子吧，我再不吹口琴了，不拉二胡了，更不写字了！我甚至还可以不会抓虱子，不会剥香蕉，不会荡秋千！"第二天，猴群里多了一只什么都不会的猴子，独自在猴山下托，着腮帮子发呆。老猴王看见了，心生怜悯："猴儿们，这只猴子怎么像人一样笨，竟然不会抓虱子，也不会荡秋千，大家都多帮帮它啊……"一股暖流涌进猴子的心头，它泪眼汪汪地想："我明白了，为什么有的猴子变成了人，还有这么多猴子像我一样回到了猴山哟！"（幸福是什么？杰出才能又是什么？杰出才能与幸福有无关系，其实，我们常常并不明白。杰出的不一定是幸福的，能挣钱能忽悠的，不一定是杰出的，天天把人民挂在嘴上的，往往离人们很远。当"你幸福吗？"成为时髦流行语，这个时候哲学家不是在面对讲义，而是在化妆室里抹口红，准备进演播室。）

有个特别聪明的人，他精确地设计和安排了自己的一生：20岁前离开乡村到大城市上学，25岁前读完学士、硕士和博士，30岁前找到一个豪门女入赘当女婿，35岁儿女双全，40岁接过岳父泰山的大公司，45岁挤入世界五百强或某某富豪榜，50岁成为和潘地产一样的媒体名人，55岁换老婆娶了个"非诚勿扰"级媒女，所有的一切按计划进行，正准备和新娘出门环球邮艇来个"泰坦尼克"式的蜜月。一个没有在计划中的门铃响了，"你是谁？""我是无常。""你找谁？"无常从怀里掏出一张纸："阎王爷要我找个倒霉鬼回去，但没有告诉我地址，看你家灯还没关，来试试你合不合条件！你是20岁进的城？25岁读成博士？30岁与白富美结婚？35岁儿女双全？40岁当了老板？45岁成了五百强？"没等无常说完剩下的项目，大惊失色的他，就一口气没上来，让无常领回去复命了。阎王爷问无常："你怎么一想就想到符合他的这些条件了？"无常回答："我只是上网搜了一次：最傻最多的梦想？打印出来揣着出门了。"（经济学上有一个理论叫短板理论，大意是说，决定一只木桶装多少东西，不是由箍桶的最长的那块板决定的，而是由最短的那块板决定的。同样的我认为，一个人不自满，不是由他知道自己有多少长处，而是由他看清自己还有什么"不能做"或

"做不到"决定的，而"命运"是最无法设计而又最需要面对的问题。）

2013年

活色生香又一天开始了

　　楼上的电钻像直接冲我的脑门，突突地响着，于是那个噩梦，便像一堵被装修队打穿的石膏板隔墙，一阵轰响，无影无踪了。

　　真要感谢这不停有人装修的大楼，让我从昨晚的噩梦中逃了出来。不怪别人，怪自己，看了电视台的报道，说是山东这些年出产的姜，都是施用了大量的毒药，出售到市场上的都是毒姜。于是一晚上没有睡个安稳觉，先是算计去年到现在吃了多少回姜？后来又感到身体里的毒素在发作，一个噩梦接一个噩梦，都是毒姜闹出的连续剧。幸好有装修的民工早早地打电钻，才暂停了噩梦。昨天还准备到物业去投诉野蛮装修，现在打消了。谢谢电钻，救我出姜毒噩梦。

　　吃早点，看报纸，头条：用碱水泡半小时毒姜可减轻毒性。马上在记事本上写下，超市购碱。

　　刚埋头在饮水机里接水，电视上又曝农夫山泉不如自来水。这又是谁在闹妖蛾子？几个月前，电视上说自来水虽然安全，但对健康有影响。这个我信。烧开水的水壶不到半个月就会糊满了水垢，水垢让人想到结石。于是买桶装水喝。现在又说"不如自来水"，问妻子何原因？答："好像现在自来水净水器卖得挺火！""啊？"我决定慢一点，自从PM2.5这几个字出现以来，我们家添了加湿器、空气净化器，听说自来水有事，再加了饮水机，如再买净水机，这家里差不多也变成小型工厂了。

"等等，等净水机厂家掐完了架再买！""还是买进口的吧？姐家是买的美国货，贵是贵点，心里踏实。""且慢，你没看电视1加1采访，说进口奶粉不如国产好，进口的不合中国标准也叫不合格。美国的净水机，净美国的水容易呀，净化中国的水它能行吗？你忘记了，美国的DVD机就放不盗版碟，水土不服，不懂中国特色！"

没有回话，我觉得格外开心，有了幸福感，穿鞋出门。"记得戴口罩！""不用了，天气预报说了，六级风，今天可以不戴！"真是让人开心，想起来，四川人唱"太阳出来喜洋洋"是有道理的，虽然北京的雾霾叫人担心，雾霾还没到严重到让人见到太阳想唱歌的地步；还有"蜀犬吠日"，狗见到太阳都不知道是什么？吓得汪汪叫！这种情形，至少本小区的大狗小狗都目前还只冲人叫不冲太阳叫。这就说明希望还有：天会蓝的，白云会有边缘有云彩的样子的！想到这里，我高兴地出了门。

走出电梯，看见对面的布告栏里贴着某建筑公司的布告。早就听说小区里那块空地要建个什么中心，真的来了。楼里的小装修队比起开进小区的大建筑公司，只能算小巫见大巫，从此后打桩机、空气压缩机、搅拌机、卷扬机还有挖土机、大货车将叫这里天天演奏"时代最强音"。布告看到后面，有一条"将按（1996年）市XX号文件规定给本楼居民发放扰民费"。"啊呀，1996年的噪音哪有现在的厉害啊，过了17年了，物价都涨了10倍了，扰民费还就那么几块钱啊！"说是说，没有人表示不领，不领有用吗？没用！领了，今天的菜钱算是省下了。想到这里，我觉得这笔钱，还是可以归到"天上落下来的馅饼"之列，应该高兴啊。

从装修队的电钻噪音开始到出门去领扰民费，在噪音污染、PM2.5、毒姜闹事、可疑水质的包围中，我，一个幸福的市民，开始了活色生香又一天！

2013年

蒲居小记

　　这是我第二次到淄川蒲家庄，上一次来参观蒲松龄先生故居是10年前的事情。从张店到淄川变成了高速公路，蒲家庄外面也多了许多的集装箱式的新建高楼和仿古商号。蒲家庄依旧是窄仄的村道，两侧低矮的平房拥簇迎客："出售书画""题名室"、蒲松龄的后人们还是老样式，有文化的穷，有家谱的酸。聊斋老宅保持着原有的风貌，虽说故居也不是先生当年真正蜗居过的寒宅，现在的故居是20世纪50年代，在蒲宅老地基上盖的瓦舍。瓦屋比原有的房子高一点，免得参观者低头哈腰，还保持与周围相似的简陋朴素，让人想得到当年的酸楚。上一次来时是初春，枝上还没有多少叶子，这一次满墙的藤蔓，绿色的小园花团锦簇。想来穷书生并非一年到头都饮风声餐雨声，也有花枝俏动的时候，在这花红叶绿时，听人讲些狐仙鬼怪的故事，日子肯定算得上惬意滋润。

　　上一次是亦步亦趋地跟着导游看故居里的真假物件，这一回便悠闲地在陋室里的小院里琢磨，信马由缰，这里记下的只是与写作有关的几个想法：原创、编辑与改编。

　　说到原创，蒲松龄的《聊斋志异》，用白话文讲就是：在听故事的房子里记下的神怪事情。蒲松龄先生说得明明白白，这是我听来的故事，我只是记录者。聊斋故事90余篇，先生太老实，先生也太谦虚。老实的蒲松龄说他不是原创，但他又没有说讲故事的人是谁？记得小时候常读过的刊物《民间文学》，上面登载的是跟聊斋差不多的故事，故事的结尾有两行字：讲述者：某某，记录整理：某某。今天的可能找不到这样的刊物了，今天我们也用不着像先生守着柳泉，摆上茶碗，请人来饮泉水说故事。如今也有类似的事情：手机转发段子。有人在手机上编故事讲段子，按一下发送，就在我的手机上出现。我看段子就像听故事，觉得有趣，也按发送，传给朋友。这个过程与蒲松龄听鬼神故事记下来成《聊斋》程序流程相仿。但是，大家还是公认蒲松龄先生《聊斋志异》是原创小说，我想也有道理：一是无从考证谁是讲故事的创作者，我们知道的源头就是蒲先生的那些密密的蝇头小楷记下的故事，蒲松龄后人保留了《聊斋志异》的手稿，如今还珍藏于辽宁博物馆，黑字白字，青史为证；二是蒲先生用文言文写作完成这些故事，从传播角度和写作角度讲，都是一次真正的创作，因此，蒲松龄创作了《聊斋志异》，而今天在手机上许多精彩的当代《聊斋》何止90篇？9000也不止，只是人们不知道作者是谁？电讯公司挣了钱，写手们得了稿费，也就不在乎那署名权了。或许还是某大编剧大作家的手笔呢。只怕是手机上的段子算小儿科玩意，羞于认领。是啊，当年的蒲松龄只是个屡考不第的穷秀才，真要是高中成了举人进士，手上的笔恐怕也无暇顾及狐仙野鬼们了。

再说编辑，蒲松龄是个大作家，也是个好编辑。他将这些几乎不太相干的狐仙、道士、花神、贪官编到一部书里，让小鬼们有了大舞台，让小人物有了大牌场。有些事是无法先知先觉的，比方说手稿，今天当编辑不太乐意作者寄手书的文稿，因为读来不便，要用也麻烦，还需录入，费时费力。电子稿件的传输方式，作者和编辑都省了不少心力。只是这样，手稿便成了稀缺物件，尤其是名家手稿，更是藏家花钱抢购之宝。记得20世纪80年代我在《星星》当编辑，每个月要读几十斤甚至上百斤的稿子，最后都交给废品收购站统统化成纸浆了。现在想来，那些顾城、阿来、苏童们被编辑用红笔涂来抹去的稿纸，若能保留下来，不就是个收藏家了吗？那时有个文学编辑成了收藏家，他叫马未都，只是他也没有藏名家的手稿。都说编辑培养了作家，其实也不全对，真知道谁能成大家，那一筐筐稿件，谁舍得一角钱一斤卖了？

再说改编。《聊斋》这部不算巨制的文言文短篇小说集，越来越吃香，得益于改编。20世纪新文学运动后，许多文言文名著束之高阁，灰扑虫啃。《聊斋》得到鲁迅夸奖，也因篇什短小，故事奇诡，部分篇目被改写成白话文流传。后来又改成连环画风靡全国，再后来又成了电影电视追捧的题材，虽说电影《画皮》与《聊斋》里的《画皮》说的不是同一个事情了。不断地改编，让《聊斋》真是一个"讲故事的房子"，永远有讲不完的故事。

　　也许这是一个启示：原创的、认真编辑完成的、经得起岁月不断改编而新意盎然的作品，就是一口"柳泉"之井，清冽之水，润泽一代代人心……

2013年

气　息

　　天坛曾是皇家的园子，现在是公园，重要的皇家建筑如祈年殿、回音壁、天坛依旧保持着七彩勾画，金碧辉煌的皇室气息，吸引着来自全世界的观光客。因为面积大，又是北京南城最大的林苑，所以，天坛也成了附近居民遛弯散心的去处，冬去春来的时间久了，这座皇家园林也就渐渐有了民间的气息，亲近、平和、散淡而温馨……

　　最让人感到温馨的是天坛里自由自在的鸟。天坛的树林里的鸟，较多的有黑喜鹊、麻雀、灰喜鹊、乌鸦，它们不怕人，树上吵，草上跳，让这个长满了百年老树的老园林，显出新鲜活泼的气息。天坛里的树，好像也有阶级和辈分，靠近祈年大殿和古建筑的是古柏林。老气横秋，铜干铁枝，那些皱纹凸鼓的树干显出一种皇亲国戚的老迈。这片柏树林中许多柏树都挂着特制的牌子，编着号，显出尊贵与地位。这片林子上多的是乌鸦，不时成群地在林子上盘旋，还呱呱地叫着，让人想见是定时巡航的值班飞行，不让其他鸟儿进入它们的领地。灰喜鹊在天坛靠南的松林里最多，这些马尾松树，也只有三四十年的树龄，大概灰喜鹊是和这些后来的松树一起搬家来到这个园林，据我所知灰喜鹊是松毛虫的天敌，有了娇小的灰喜鹊，这片松树长得枝干虬劲，树阴浓密。鸟儿们的自在，让人羡慕，在这儿，人不再是它们的敌人，连猫儿也和它们和平相处。天坛里不准让狗进来，在这座宽敞的园林里，到处可以看见慵懒漫步的猫。这些猫也许是园林管理者放养的，面积如此广大的园林，容易发生鼠害，我想这是猫儿能在昔日皇家园林里自在往来的主要原因。猫儿在这里无天敌，一旦生儿育女正经过起日子来，也会妻妾成群，让这里变成世界上最大的猫园。能像公子哥儿在这里浪荡闲逛，大概猫儿们也付出生育的代价，让人想起那些宦官。天坛里的猫儿不与鸟儿们为敌，是因为它们确实是饱食终日。喜好施舍行善的人，在这里找到了施与的猫，每天都有人定时来投放猫食。常常可以看到猫儿们朝一个地方聚集，它们的饭点到了。长得肥硕的猫儿们让园林里有了民间的气息，同时飞翔和歌唱的鸟儿让这里有缥缈的无忧天堂的气息。

只是小鸟的鸣唱常常被一阵阵歌声打断，各种歌声让天坛不再是虚幻的天堂。北京公园里近年来有成群的歌者，他们聚集在一起唱老歌。老歌大抵有这样几类：20世纪50年代的苏联歌曲《三套马车》《红莓花儿开》《莫斯科郊外的晚上》……

60年代的群众歌曲《我们走在大路上》《英雄赞歌》……"文革"时期的样板戏以及20世纪80年代的《牡丹》《桃花盛开的地方》……在天坛公园里，每天下午特别是周末的下午，一群群歌者聚在一起，此起彼伏的歌声，传递着不同时代的气息。歌声是时代的气息，无论这个时代离我们多远，歌声都会把它召唤到耳畔，撩拨你的心绪。眼下时兴的流动歌曲在公园里唱者不多，几乎都是老歌，于是我也知道唱者的年纪，他唱的是他的青春，他人生中最值得回味的那段岁月。时光荏苒，而歌者在一群经历相似的歌者中，浸泡着那岁月的气息，甜蜜抑或青涩？我常常在散步中，听见不同的歌者从公园的各个角落送来的歌声，那歌声是风，风中飘动着人生的落叶，真是奇怪的事情，青春远逝，而让人温馨的歌声的叶片，带来多浓的青春气息啊，不同时代的青春混响在天坛的园林里，如梦如幻织成一张丝网，暖暖地裹紧着我们的情感。真是让人惊奇的事情，天坛的古树们用树干里的圈纹年轮记录着岁月，而我从飘扬在天坛空中的歌声听到这个时代的一圈圈的年轮，和这些年轮散发出来的气息。

这些年，每周我都要去天坛散步两三次，时间久了，有些特别的人和事总让我难以忘怀。西门大道边，每天下午都会有一个中年男子在这里拉提琴，他的水平不高，音不准，因为刺耳引起了注意，后来天天见，就让人猜想他的身世，想得让人

亲近。过了一年多，他突然消失了，走到这里都不习惯："是
到西门了吗？"园子西北角杏树下木椅，去年一对老夫妻，在
雪花般的花树下晒太阳，幸福得让人嫉妒。今年杏花开的时
候，又看到他们俩还坐在那条椅子上，一股暖流从心窝流过。
这样的小事，就像春天的小草一般，不招眼却散发着春天的气
息，青草的气息最是感人，因为那淡淡的草香味里，是生命对
太阳的感恩，对大地的依恋……

2013年

简单的快乐

快乐总是简单的，就像散步，散步就是简单的快乐。

穿一身简单的便装，领带、皮鞋之类让别人看起来舒服而自己受罪的东西，散步可以丢在家里。丢在家里无须带着上路的还有烦恼，烦恼就是不简单的生活留下的垃圾，职场竞争以及人际往来的龃龉，都让它们留在公文包里依着沙发休息吧。上路散步，是简单的快乐，让身体动起来，同时，让头脑清空一下，像一只中过病毒的磁盘，格式化之后，还要请清风和白云来清扫痕迹。

散步是简单的快乐，在简单越来越成为不合时宜的老旧物件的时候，简单的快乐也是散步者自己才领略到的天赐之物。能穿着西装革履散步吗？也成。只是那绝不可能享受到简单的快乐，因为那一身行头，会让你的脑袋装满纠缠不清的官司，让你如负重载迈着沉重而坚实的步子。好的，穿上宽松的休闲服，倒不一定是运动装，能让步幅轻快就好。此外，还需要一个简单的环境，比方说，草地，一片碧绿的草，别无它物：树林，林间一条安静的小道，最好不要红绿灯；沙滩，还有海水或湖水……总之，简单的环境是散步最好的地方，因为这环境就足以让你有可能快乐起来。只是我们人类太能"作"了，大有作为的人类，把环境搞得无法简单：红绿灯、斑马线、下水道、高压线、广告牌、霓虹灯、地铁口、救护车警笛……我往窗外一张望，就有这么多五光十色的现实涌进我的眼帘。因此，简单成了奢侈品，成为观光产品：海滨3日游物价！沙漠奇观！虽然这些都打上的惊叹号，仔细想想，海滩与沙漠不正是一句话就能说清的最简单的环境吗？在北京，经过多年的不简单的实地行走，我们发现在城南的天坛公园是散步最好的去处。

　　天坛是世界著名的风景名胜，也是北京最大的皇家园林。天坛著名的是这个巨大的方形园林的南北中轴线上的建筑群：祈年坛、回音壁、天坛……像一串糖葫芦让游客们品尝，游人如织，如果从天空高处往下看，就像一队队蚂蚁爬过这巨大的糖葫芦。这是北京重要的旅游线，也是密度最大的观光区。然而，这个巨大的皇家园林，除了这条线，还有一大片面积宽广的林子。天坛园林的树林，靠近这一串皇家建筑的是老柏树林，都是有数百年资历的老前辈，要想知道老态龙钟是个什么样，到这里一看就会明白。远离建筑群的多是近几十年长起来的晚辈柏树，成行成列，规规矩矩，也就少了神气。再偏一些的则是核桃、银杏、柿子之类的杂树，百姓凡种，全退尽了皇家的神采。说明白了吧，如果沿着中轴线看皇家建筑，那是世界最热闹的一条观光线，满是全球各地来的观光客，在各式导游小旗的带领下走进夕阳一般金色的历史；离开这条线沿着公园的四方围墙在园内行走，春天杏花白，夏日绿荫浓，秋日落叶黄，如同走入城郊乡野间一条简单而平常的小道，在这里散步，你遇到的只有如你一般简单的散步者。

常与妻一道去，多少次已经记不得了，多得让公园验票的人都认得我们，不看我们的年票。从家开车到天坛的东门，进园沿着四方形的园林走一圈，整整1个小时。进了东门向南，是一片不算高大的松树林，松林里处处可以看到跳来跳去的灰喜鹊，据说灰喜鹊喜食松毛虫，所以这里是树鸟相伴共处的地方。再往南是柏树林，碗口粗的树干告诉我们他们正年轻，纺锤形的树冠里满是叽叽喳喳的麻雀。柏树叶细枝密，大概正适宜身材小巧的麻雀进出，夏天有荫，冬日避风，小麻雀在这儿找到了天堂。再往西是老柏树成林的地带，远远地听见乌鸦的噪呱，听得多了，知道不是乌鸦报警，而是在宣示这片老柏树林是它们的领地。柏树活了几百年，乌鸦也噪呱了几百年，简单的鸦噪让我们想到历史，也很有趣味啊。在繁闹观光胜地里也有一个简单的散步天坛，在1小时里，和树和小鸟们在一起享受简单的快乐，真好。

其实，简单的快乐绝不只是散步，也许在冗繁杂乱的烦恼旁，只是那么几步之遥，一个简单的快乐正等在那里……

2013年

宁都莲花赋

　　友人邀我去赣南的宁都采风。正值初夏时节，几年前在这个时候去过赣南的石城。石城的莲花曾让我入迷，我想与石城相邻的宁都也一定是漫山遍野莲花盛开的时候吧？想到莲花那婷婷而立"绿荷扶夏出，嫩立如婴儿"的样子，没有犹豫爽快应邀，我成为中国作家出版集团采风团的一员前往宁都。

　　又是7月赣南的宁都，天蓝如洗，青山逶迤，绿树成荫，如同天造地设的一个舞台，迎接那些初夏的热风招来的婀娜美人们——漫山遍野的莲花灿烂了初夏的日子！这些芙蓉仙子，当我们来到村庄的时候，簇拥在村落四周，举着一枝枝绿荷的伞。"荷花入暮犹愁热，低面深藏碧伞中"，这是杨万里的名句，只是扬诗人的名句在这里要改一下，宁都的莲花好像不怕热，一个个伸长脖子打量我们这些远来的访客，阳光下分外娇艳妩媚。这些凌波美女，在我们乘车在宁都的四野行走时，站在道路两旁高高低低的田畴，让我们放眼望去，一片莲花的世界，当我们一天的行程结束，驱车返回城里，回首望去"荷笠带斜阳，青山独归远"，此情此景，令人动容。

初夏宁都，莲花盛开，让人恍若置身莲的世界。什么是人间仙境，此时此地的宁都，就是我们在无数文字中读到过的天堂，也是在无数关于天堂描写的图画中看到过的神仙境地：步步莲花，"白云堆里泼浓蓝"；处处芙蓉，"青天乱插玉莲花"！

青山绿水的宁都，地处赣江之源，其美如王安石的名诗："一水护田将绿绕，两山排闼送青来"，好山好水间又逢莲花遍野盛开，谁不说这是天下神仙境？然而，就是在这样宁静和美的土地上，曾经腥风血雨，这方土地上的生活的百姓，父辈祖辈都是从刀刃上走过来的！这里叫苏区，这里也记在每一个中国学生的历史书上："宁都起义"。我第一次知道宁都这个地名，是在一张照片上，这张照片挂在40年前的"延安革命历史纪念馆"。那时，我在延安插队，在延安凤凰山麓下的延安纪念馆，我看见的这照片上面有毛泽东的题词："以宁都起义的精神用于反对日本帝国主义我们是战无不胜的"，照片里一排扎着绑腿、束扎腰带的军人站在延安凤凰山麓的窑洞前。当时就这么一张照片，没有更多的解说词，这张照片让"宁都起义"4个字留在我的脑子里。今天来到宁都，走进宁都起义指挥部旧址，一幢曾经是耶稣教牧师宅第的两层小楼。在这座经历80年风雨洗刷的房间里，我走进了宁都历史上最重要的一页，这一页写着：1931年12月14日，原国民党第二十六路军在宁都宣布脱离国民党，投向共产党，举行了震撼中外的宁都起义。二十六路军原为西北军的一部。该部队是受蒋介石嫡系部队所排挤的杂牌军。1931年2月被调入江西"围剿"红军。7月，该军奉命参加第3次"围剿"，8月初进占宁都县城。第3次"围剿"失败后，蒋介石不许它撤退。二十六路军被困在宁都，进退两难，陷入绝境。"九·一八"事变后，官兵满腔义愤，纷纷要求北上抗日。中共党组织抓住该军反蒋抗日的情绪，进一步抓紧了宣传鼓动工作，促进起义条件的早日成熟。10月，经中共中央批准发展了该军总指挥部参谋长赵博生入党。11月底，二十六路军地下党在南昌的联络关系突然遭破坏，二十六路军地下党组织的两个文件落到了当局手中。12月初，蒋介石的南昌行营发出火急密电，并派飞机将蒋介石查拿"共犯"的手令送来二十六路军。赵博生获悉即和特支成员果断机智地应付这一突变。决定于12月14日组织该军全部起义，加入红军。起义各部计17 000余人，携带2万支枪参加了起义。这次起义使红一方面军由4万余人一下子猛增到6万人。宁都起义是国民党中具有较强战斗力的正规军第一次大部队在战场上起义投向红军的行动，对抗日民族统一战线的形成产生了深远的影响。历史就这样让赣南一座不出名的小县城从此成为中国历史上重要的一页。这一页也书写在这座小楼的灰色墙面上，那是当年歪歪斜斜写下的标语："白军兄弟，穷人不打穷人，士兵不打士兵"。这样的标语在宁都许多的重要历史遗址的旧宅老屋里反复地出现，它们出现在硝烟战火中，就是穷苦的底层士兵心上的"莲花"，让他们看到得以从苦难中解脱的新生希望！

宁都因经历第二次国内革命战争被称为革命老区，这4个字给了宁都光荣，这4个字更是苦难的记忆：在这一时期，宁都有56 304人参加了红军，其中成为烈士登记在册者就是16 725名。除了红军中的牺牲者，被迫参加围剿苏区的敌方军队中的底层士兵以及民团还乡团中被胁迫的穷苦百姓，同样有难以计数的人丧失了生命。"穷人不打穷人""士兵不打士兵"这是菩萨语啊！读懂了这些用毛笔用炭灰写在墙上的士兵标语，我们也许会更加珍视今天我们同样写在乡间墙面标语里的"小康""和谐"这样的字！80年前，"暴动""起义"是要在刀尖上找一条生活下去的路！80年过去了，"小康""和谐"是要让老百姓生活得更好！宁都百姓珍惜用无数牺牲换来的今天。今天我走出这些写着当年士兵旧宅老屋"历史旧址"，迎面而来的一朵朵莲花，让人感到圣洁，感到清凉荷香送出的祝福，"荷风送香气，竹露滴清响"，好山好水间生活的宁都人啊，祝福你们能过上好光景！

说到过光景，宁都是过光景的好地方，宁都人是最会过光景的"客家人"。宁都是中原先民南迁的早期居住集散地，现县境内有130多个客家姓氏。我也算半个客家人，所以对宁都丰富的客家文化十分欣赏。

在宁都最能体现客家文化特点的千年古村要算东龙村了。听说我对客家文化感兴趣，主人特地陪我们驱车到县城外50公里的东龙村采访。东龙村位于高山环抱的水乡盆地，四周青山黛绿，村中清溪环流，千顷良田，百口池塘，其间有气势恢宏的明清豪宅，更多小巧玲珑的农舍民居。引领我们参观的是东龙村小学退休的老校长，从他的介绍，我得知东龙有世代相承的耕读传统，自明代成化年间李氏草堂公"首倡义学"，建学堂供族中子弟读书。

明清以来，在外做了经商做官的，纷纷回乡开学堂，东龙子弟取得功名者数以百计，其中不乏文学家、科学家以及今天在海峡两岸重要机构担任要职者。耕读之风盛行，使宁都有了深厚的人文精神的传统。耕稼得温饱，读书明道义。求温饱，担道义，正是当年中国革命"星星之火，可以燎原"，最能照亮人心的两支火炬！苏区的老百姓深明大义，追寻真理，这是生活在这块土地上的人们世代养息的"民风"。

说到这里，旅行车的音响里正放着"送郎当红军"的歌谣，陪同的主人说了一句："这里做女人不容易啊！"是啊，80年前，多少女人失去了丈夫？多少母亲失去了儿子？男人们在硝烟厮杀的生死场上离开这块土地，留下女人们扶老携幼，守着这片土地，"三秋庭绿尽迎霜，唯有荷花守红死"！今天为了摆脱贫困，男人们再次离乡背井，到远方的城市去打拼闯荡，又是这些客家女，再次扶老携幼，守着这块祖辈留下的土地，"荷叶罗裙一色裁，芙蓉向脸两边开"。宁都客家女啊，是这块土地上永远开不败的最美的莲花！

初夏宁都，莲花世界，宁都之美尽在莲中。主人说："我们现在推广种植的莲籽，是搭载在神舟飞船上，上过天堂的。这种莲籽，盘大籽多，品质优良！"我想这是具有象征意义的事情，愿搭乘过神舟飞船的莲籽，带给这块土地上新的梦想、新的奇迹！青山秀丽，赣江清幽，莲花盛开的宁都，我祝愿它早日成为百姓天堂。那些圣洁而美丽的莲花也好像对我说，心若似莲，心就是天堂……

2013年

开机关机

每天都有这个动作，电脑打开，看看邮件，上上网，写点东西，然后关机。开机关机，好像睁眼闭眼，一天过去了。这是信息时代我的基本生活姿态。我不微博也不微信，因为我知道，那样的结果会让我完全成为信息链条上的一个结点。手机24小时开着，但它控制不了我。

开机关机，能关机很重要，像读书，能打开，也能合上。放在书架上，不声不响地陪着你，不响铃，也不病毒，更不索要你关注转发，大概在今天，能这么绅士地与你相处的，也就是这些书了。

这是我的小世界，一间书房，6架书架上一群沉默的书，还有地上的桌上的书，围住一台每天开机关机的电脑。开机和关机，把这个小世界分成两个世界，开机的时候，这是一个工作室，关机的时候，这是一间书房。

这台电脑用了3年了，应该算在书房里坚持的时间最久的了，它的前辈，不到3年就退休了，我用电脑20年，用了3个台式机和7个笔记本，除了电脑太迅速的更新换代，还有我的喜新厌旧，电脑是工具，是工具中的朋友，也是玩具，是朋友中的玩具。

而书不一样，一辈子守望，守望成你的故事，你生命的一部分。

母亲在我读小学的时候，从省城被"下放"到大凉山"锻炼"。一年后，她没有回来，留在了那里当一名师范学校的语文老师。第二年，我转学去大凉山陪我的母亲。老掉牙的道奇改装的长途客车在高山峡谷中呜呜地轰着油门，跑了3天，在我骨头被抖散架之前，我到了母亲的身旁。山坡上的简易宿舍只有七、八平米：一架床，一个书桌，一只竹籐椅，两只旧皮箱，书上桌上有个两层板的小书架。书架上除了课本讲义，还有《安娜·卡列尼娜》《复活》《少年维特之烦恼》。书很旧，还是竖排板的。母亲是这所学校里极个别的，自费订阅报纸杂志的老师，订了一份《人民日报》，还订一份《人民文学》。报纸送到家都是一周前的旧报了。杂志上常出现的名字现在还记得的是茹志鹃、刘白羽、杨朔……在那个小屋里，我开始了一生中最初的阅读经历，把从这所学校图书馆能借到的所有书几乎读了一遍。从《林海雪原》《青春之歌》到儒勒·凡尔纳的系列冒险小说，从福尔摩斯到列夫托尔斯泰……在那个饥饿年月的大凉山，我却凭借书之舟，在另一世界中成长起来。那是我一生中读书最多的时光，如果没有书，那间小屋就是真正的"囚室"，而一本又一本在这小屋里陪着我的书，让我在另一个世界里穿越。常常是饥饿驱赶我，让从书上抬起头来，抬头就看见窗外山坡上的阳光，从青枫林的枝叶间泻下来。神秘而宁静的美，又催我埋头读书，带着阳光一样的心境，重新走进书页打开的世界。

那是个非常年代，边地的蛮荒，四处漫延的饥饿，还有跌落于社会底层的无助，笼罩着母亲和我同住的这间小屋。如果没有书，这小屋无疑是间囚室，囚禁着母亲的不幸和我的童年。然而，母亲带着她的《安娜·卡列尼娜》，在这里骄傲地过着一个乡村教师的生活。我抱着一本本芜杂而没有选择的书，喂养着精神和身体的双重饥饿。

想到那间小屋和我的读书状态，真如那个成语：如饥似渴。少年不知愁滋味，世事艰难，身处逆境，捧上一本书，就全然沉浸于其中。能有其他的东西，代替书为我解忧与我为伴吗？没有！这个经历让我一辈子无论在哪里，都有一个底色：读书人。

读书人读书与学历无关，从小学到大学，规定的教材虽然可以烂熟于心，但那样的书读得再多也与读书人之读书不同。一种是禽鸟的野觅食，或是鹰，或是雀，食肉或食谷，都是天性；另一种是鸡或鸭，流水线配餐或填塞，与快乐无缘。

　　也许这是一种命运，在没有其他选择的时候，唯一可以做出的选择。所以，我以为，在今天以读书抑或不读书，去评价和观察一个人，不合时宜。

　　开机，这个世界多精彩，有那么多机会和秀场，也有那么多牢骚和错愕！关机，这个世界多安静，一屋子的书守着我，宽厚而沉默地守着我的心事，他们能听懂我的心事，因此才不离不弃。

　　开机关机，这就是我的生活，一边是电脑和它的那个自信心十足的信息时代，一边是书和它们的那个书生气十足的精神世界……

2013年

文玩笔筒

晚上看电视节目"一槌定音"，这是个模拟的文物拍卖节目。我有时间爱看这个节目，一是长一点文物鉴赏知识，二是看到民间百姓也有许多好玩的文玩，开心有趣。今天这场节目中，一位姑娘拿了一只黄花梨笔筒，据说上面有清代名士方某亲自雕刻的竹枝图，要价30万元，参与竞拍的投资人，对这个价位也认可。小小黄花梨木的笔筒，居然要价30万，足以见日下的文玩收藏风气之盛。

盛世喜收藏，这话不假。兵荒马乱时，什么传世字画珍稀古玩，不如一块金条一块银圆方便踏实，往怀里一揣，撒腿就走路，走到哪里，能用银两换口吃的，租间小屋安身。古玩字画其实就是富人的游戏，说是有文化，说是藏国宝，都是往精神上提拔高度，归根到底，是手上有闲钱，钱还不少，"钱多了烧得心痒"。有房有车有工厂，挣下了一堆票子，投股票怕熊市了，投房地产房子多得只等税务局收房产税了。于是古玩文物市场火，一只半尺高的笔筒，去年花了3万元买的，今年就叫30万，几位文物专家一起忽悠，成了！这比盖工厂开商店快多了。富人玩的游戏往往让穷人动心，于是制假业兴盛起来，以满足全民收藏的新高潮。笔筒算是文房用品，笔墨纸砚之余。笔、墨、纸、砚，都有名品，如宣纸、徽墨、湖笔、端砚。笔筒好像没有这样的出身标记，因此，能算得上文玩的笔筒，一是质地好，如黄花梨木所制，二是用家有名，如宫廷造办，如名士所用。这样的东西存量极少，是小众所玩，其价格炒起来容易，掉下来也容易，造假容易，被人识破更容易。这是另话。

现在有谁还用笔筒？现在用笔的都不多，笔筒有何用？

我算是还用过笔筒的人，只是笔筒在我的经历中，已经变味了。

我最早用的不是笔筒，是文具盒。笔筒是摆在桌上的物件，文具盒是可以随身携带的用具。小小儿郎背起书包上学堂，这是一个活动的场景和流动的形态。现在的读书郎还用文具盒，因为现在读书以及读书后的形态，仍然是流动的，比方说叫北漂。我有了第一张桌子，是我从插队的农村招到了部队的军马场。我那时在延安的李家渠插队当农民，离开农村有3条路，头一条是当兵，我们村里的知识青年，最早离开农村的就是当兵走的，这些孩子的父母都在部队当官，"上阵父子兵"，自古这个道理。第二条是上大学，"文革"中上大学不考试，只考察父母的资格，这叫"培养红色接班人"，叫响了，也不藏着掖着。第三条是招工。我在"文革"中够不上前两条，只有等招工。在生产队的驻队干部有天兴奋地告诉我："这一批是总后勤部招工，我们推荐你！"总后勤部是多大的单位啊，能不去吗？后来，一直等到招工领人的单位，把我们塞进一辆辆卡车，我才知道这个招工的单位全称是："中国人民解放军山丹军马场局富县延安军马场"，距离插队的地方不算远，从延安向南到富县，然后向西钻进一条更深的大山沟再跑60里。这里原来叫"任家台林场"，把我们招进来后换成了"军马场"的牌子。我在军马场的甘沟二连劳动3个月，伐木盖房，开荒放马。机缘巧合，被场部供应科的周科长看上了，调到场部供应科当仓库保管员。当时我的成就感和幸福指数高极了，在几百个新招马场农工中，我是5个提拔到场部的工人，不用下地干活了，有办公室了，有一间桌子了，桌面上还有一只笔筒。

虽然每月只有27元工资，但属于"以工代干"，享受干部待遇，标志就是找我的人不叫我的名字，叫"叶保管"了！后来我才明白，我和另两位知识青年有机会调到供应科，是场部对原林场的人员不放心，因为他们在当地亲朋好友太多。所以，我到岗后，所有重要的物质：全场人员的服装以及几十辆汽车拖拉机的零配件，全都由我管理。仓库里的服装是部队换下来的，有新有旧，几十辆汽车大多数也是从一线部队淘汰的，破旧老车，于是，几个仓库保管员也就数我最忙。军马场是个讲规矩的地方，比方说，如果电话响过5声还没有人接，那么，可以上告到场首长处，全场警告！再比方说，牧马工爱喝酒打老婆，于是规定，打一次罚款5元，于是马场流行语："看老子发了工资再收拾你！"下面连队的人还有司机来找我办事，总先要递一支烟，不接不行，不接表示"你的事不能办"，接了对方就放心了。接下一支又一支烟，摆在桌上不好看，于是便丢进笔筒里，笔筒装烟是个好物件，又方便又不显眼。到了临下班的时间，我把一笔筒的香烟倒出来，孝敬老会计，分给其他两个保管员，笑脸相迎，其乐融融。

在17年以后，我戒了烟。

这也许是我个人的经历，然而这也许是个象征，笔筒在我的人生中改变了它的用场。虽然以后在我的桌子上还有笔筒，但只是个装杂物的用具，不再有文气了。我如实向你报告我桌上这只笔筒里的东西：一把圆珠笔、签字笔、铅笔、水彩笔、直尺、剪刀……一看就是码字工匠的用具。

另有一只朋友送我的黄杨木雕笔筒，因为雕工精美，好像从来也不曾装过笔，算不算文玩，我不知道，只好放在书架上，好像是个文化人……

2013年

快乐的事

　　快乐的事都是小事，它们让心情变成天上飘动的云朵，而那快乐的事，是一阵风，吹动了你的心，在阳光下，让金色的丝线给云朵镶上一环金边，然后，变换着身姿在蓝天上徜徉。快乐的事就是小魔术师，在别人没有察觉的时候，让你周围的一切都不再是以前的样子……

　　散步湖畔，看到昨日从荷叶间伸出来的莲花苞，今天变成娇嫩的粉色花蕾，一只蜻蜓像诗句一样，翘起细尾。骄傲地站在莲花的尖顶上，而在一旁，一只青蛙，也按照诗句的指引，两只后腿一弹，从宽大的荷叶上，跃入水中。上上下下，多少年了，还是这个游戏，它们玩得快活，我也看得快乐。

　　正在写文章，收到一短信："叶先生，谭医生的护士提醒你，做牙根管手术后，会有肿胀感是正常现象，注意尽量避免要用这颗牙……"短信让我记起两天前刚看了牙医，也让我发现的牙没有疼痛，收到这条小小的短信，温暖而快乐。

　　网上读到一篇文章，引用了叶延滨的两行诗句。叶延滨这3个字对我不陌生，这两行诗，写得不错。只是我竟然记不得是什么时候写的了？是我写的吗？写了我不记得了，读过的人还记得，这真是让人快乐的事。也许是借用叶延滨3个字，作者自己诌了两句？诌得还有韵味，想想也让人快乐。

　　昨日刚洗过的车，上车前，发现车顶了有一摊鸟屎，晦气。抬头一望，小鸟正在枝头啾啾地叫。小区里好久没有见小鸟的影子了。小鸟回来，让树木好像都抖擞起精神，擦鸟屎算什么，听见鸟儿在头上鸣唱，真是快乐的事。

　　车出城区，上了高速，两边的树飞快地向后退，因为一座小山缓缓地迎我而来。缓缓迎我而来的小山，当我接近它的时候，小山侧身退到一旁，又缓缓地站立送我离去。山岭无论大小高低，都那么可靠、宽厚而大度。这是朋友中最好的朋友。虽然一辈子也没有一次交谈。这是对的，李白游历天下，也唯有山能"相对两不厌"。世上有"相对两不厌"的朋友，真好，真让人快乐。

　　这是一本批评家说了许多好话的诗集。我觉得必须认真把它读完。当我读了八九页后，我觉得我走在沙漠的边缘，我极不舒服，我怀疑自己有没有体力走过这片沙漠。我深吸了一口气，想用坚持表达我对批评家的尊重。继续的努力使我如陷泥沼，双腿沉重如铅。我必须选择读还是不读？我选择了，不读。伸一个懒腰，窗外阳光如泻，窗台上的竹叶正努力捧起它们。放下，这是正确的决定，这个决定让人快乐。当然还有一点小小的歉意，批评家竟然说了那么多话，多不容易的工作啊。

闷了一整天，傍晚远远地响起了雷声，越来越响，越来越近，而且在雷声前有了闪电，接着噼噼啪啪地下起了雨，阵阵清凉随着雷声从窗户送进家里。想到明天会有一个阳光洒满的早晨，想到阳光下的云朵会有清晰的边际，禁不住快乐地笑出声。

回想过去的一天，想出7件让人快乐的事，这一天是快乐的一天。人是活在记忆中的动物，每天有各种各样的事情纠结缠绕成我们的生活，喜乐哀怒，生活常态，但我发现，每天回忆一下让自己快乐的那些事情，甚至是细碎片断，会让自己慢慢变成一个快乐的人。这是我今天回想起的7件快乐的小事，今天我算过得很好，这条七色彩虹不算太耀眼，但它让我的心快乐敞亮，这就够了，谢谢！

2014年

端砚余墨

听专家回答一位民间收藏家的对话，十分有趣。

民间收藏家送上的字轴，被专家认定是嘉庆帝的真迹，虽然嘉庆帝的字写得不算上品，而且这幅字评论也有可能是代笔，但有嘉庆的印信。藏家问："这字现在的市场价大概值多少？"答："大概在多少万，皇帝写的字总要比皇帝吃饭的碗更有文化含量吧？"

这话说得有理，皇帝的字比皇帝的碗有文化。但现实的情形是皇帝用过的碗，官窑货比字可是值钱多了。当然还要看谁的字。退一步讲，也不能说写出的字就比盛饭的碗更有文化含量。中国是瓷文化大国，官窑瓷器的文化不光与宫廷有关，还是瓷文化链条上的文明有关。听在电视上鉴宝的专家们讲文物收藏，长了多少收藏知识说不好，听他们的议论分外有趣，就像读黄永玉的文章，比看黄永玉的画有味道。黄永玉的画好倒是好，价钱比画好。黄永玉的文章好，也和其他作家的书一样的价，叫性价比更高。

有文化含量的不一定值钱，就说收藏吧。文房四宝就比不上闺房里的首饰珠宝。湖笔、徽墨、宣纸、端砚，好像上拍的不多，价码也不高。当然纸上有名家泼墨的字画，笔墨纸砚都有份，但最后价钱高低，还是与写书做画名家的名望行情有关。

笔墨纸砚，与当下人们的生活远了。凡能用毛笔写几个字，都自称书法家了。那还是不太遥远的年代，上小学时，我住在成都，每天要走过一条街，叫学道街。学道街这名字不是白叫的，一条街都与学道有关，一溜的笔墨店。笔是毛笔，羊毫狼毫，大楷小楷，前店后作坊，上学路上，站在店铺外看工匠做笔是有趣的事情。制笔工序繁多：选料、除脂、配料、梳洗、顿押、卷头、拣齐、扎头、装头、干修、粘锋、刻字、挂绳。概括起来则是在水中操作的"水盆"和晾干后的"干活"使每只笔头要求达到4德：尖、齐、圆、健。这些制笔工匠在我眼里都是高人，羊毛或其他兽毛，经他们之手，一堆乱党最后梳理成君子。制墨多暗箱操作，一阵捶打后，一方方墨锭刷上金字"胡开文"摆进柜台。这些都是老成都的风景了。现在的学道街高楼巨厦，寸土寸金，哪能有笔墨店的影子？

笔墨纸砚文房四宝，能够随着物价升值，跟着楼价起舞者，是排在老四的端砚。端砚属于转型有道，转型后此砚不是用来磨墨写字，是收藏品。决定端砚市场价格者，一是材质，肇庆老坑石料，还有特殊的"眼"或"纹"，石质较有特点并且产地资源有限，能将石头当宝玉卖。二是砚有年代或是名家用品，有年头或名家用过有来头，就当文物卖。中国的名砚很多，但唯有端砚炒出天价，当然与端砚产自商业发达的广州肇庆有关系。

20年前，我第一次到肇庆，在肇庆参加全国广播电视节目的评奖活动，住在有名的鼎湖山。山上塑有包公像，是山中一景：包公掷砚。包公像是新塑的，掷砚亭子是新盖的，导游姑娘的解说词当然也是新编的，说是包公巡查到此地，当地官员献上石砚，包公拒贿，在此地将砚台掷下山岩，于是包公在此充当了端砚的形象代言。这是一个极有效果的公关包装实例。在包公正气凛然高大形象背面，是两个潜台词：端砚从来就很值钱，端砚从来就是雅贿之选。有包大人开路做代言，有"掷砚"表达的潜台词，古为今用，引得端砚这些年疯涨得离谱，点石成金，不用笔墨的计算机时代，独独造就了一方端砚！

引起我写这篇短文的引子，除了"包公掷砚"这个导游故事外，还有我亲历的"包悦赠砚"的故事。包悦是何人，佛山一诗人。此诗人原是一位警官，因为痴爱诗歌，觉得天天与黑道打交道实在与诗歌难以共处，便辞官自己做事，有了更多时间亲近诗歌。因为诗，我与包悦相识成友。包悦说："叶老师，我送你一块端砚摆在你的书房好吗？"想起包公的故事，我坚决表示不能接受。在场的诗友张况说："没关系，是包悦自己到肇庆山上背回来的！"原来包悦辞官之后，开车到肇庆的石料场，在朋友指点下，从废弃的料石中挑出一块块形态各异的砚石，装了半车运回佛山。多年过去，这些当年不上眼的毛料石头，包悦请来雕匠加工，制成了一方方精美的端砚。包悦的端砚不卖钱，专门送诗朋文友。于是我也有幸得到一方，摆在书房的桌上。

看着这硕大的砚台，心想，端砚非砚。一是包公所掷之物，二是包悦所赠之物。身为官员的包公所掷，让人看出了其中的利益；包悦赠砚给我这个退出官场江湖的诗人，让人看出了其中的情义。

有利益亦有情义，砚台也就有了故事。

2014年

行吟大九寨

深秋时节，受"美丽中国大九寨"采风组委会的邀请，我和一群年轻的摄影记者、旅游达人，一起完成了"大九寨行"采风活动。"大九寨"在哪里？就是以四川著名的九寨沟为轴心，在川西北高原的一串珍珠似的风景名胜。如看地图，简单介绍一下路线，从长江流域的都江堰灌区成都平原出发，经汶川地震重建区，进川西高原，最高处登上海拔约5千米的达古冰川，穿行于当年长征经过的红原草地，在若尔盖草地与九曲黄河相遇，折返到九寨沟旁的黄龙景区参观，下一站去青川的唐家河自然保护区采风，最后南下回到成都。我自己简单的概括就是12个字：从长江，到黄河，爬雪山，过草地。

这次旅行之初，我设想要完成一篇万言游记，一路走来，同行的摄影达人、旅游达人、拍客们不断地拍照，随时上网，让我深感用文字去追赶这些飞向互联网的图片是件吃力不讨好的事情。好在主办方给我布置了任务，让我从记者和拍客们拍摄的图片中，挑选几幅有感觉的配上诗歌。这个任务给我启示，在画面之外看不到的地方，恰恰能展示文字的魅力，也叫画外音吧。我为四幅风光照配了诗，诗都不长，但这四处风景可以算"大九寨"这串珍珠上4颗明亮的宝珠，我把写作时的心情告诉大家，管中窥豹，也许会有另一种情趣。

我配诗的第一幅图片是在茂县羌寨牟托村拍下的祈福仪式风光照，我配诗《为高原祈福》：

就让语言变成一片片绿叶

蓊蓊郁郁，像晚装

穿在自己的身上

晶亮的叶片上还有露珠

木头的芬芳带我们走出城市

群羊的犄角在树丛中闪现

让我们忘记了

高原应有满头的银发……

让彩带像一团火焰

划燃了希望，空气变成彩虹

为高原祈福

舞蹈的火焰是不平静的心

而我和你匆匆变成木柴

也希望自己的梦想

飞出一天火花

火花像蜂群扑向星星的花蕊

为明天的朝霞命名……

　　牟托村是汶川地震后完全重建的羌寨，在原来的旧址上矗立的新牟托，羌族风格的新路、新房、新碉楼，让这个村成了著名的旅游观光点。给我们当导游的小伙子，原来在外打工，现在回村当导游，"整整跨越了20年"，他用这样的话来表达对新村寨的喜爱。拍摄这幅图片者没有直接地拍摄新羌寨，而是拍下了羌寨用来祈福的经幡仪帐。因此，我的诗也想象了一次祈福狂欢，让我为震后重建的羌寨的那份感动和喜悦成为流淌的诗意。

　　我配诗的第二幅图片是达古冰川。我以前没有听说过达古冰川，此次留下了深刻印象，是此行大九寨最明亮的珍珠之一。达古冰川位于黑水县境内，据专家介绍是"是中国最年轻的冰川"，也是距离成都这样的大都市最近的冰川。从成都到达古一天的行程。冰川景区内，有秀丽的彩叶区，安详的藏寨，宁静的达古湖、圣洁的神山……当我乘坐高空缆车，抵达约5000米的雪山顶峰，天地茫茫，冰雪皑皑，空气都像凝结了。走在我前面的电视台女记者身子一软，倒在地上，缺氧了，大家尽快把她扶到游客休息厅吸氧。我也觉得头晕不适，赶紧到小卖部卖了一罐氧气和一杯热奶茶。风光奇绝，但要注意身体，虽然山顶的休息室有氧气和热饮。我为一幅达古冰川景区的照片，配了这样的一首诗《达古冰山》：

> 你说色彩，在达古，色彩OUT了
>
> 你说线条，在达古，线条0UT了
>
> 你说构图，在达古，构图OUT了
>
> 你说意境，意境还有一点靠谱
>
> 不过应该改一个字：梦境
>
> 此刻，我们走进一座雪山的梦境
>
> 别按快门！雪山正梦见你和我向他走来……

从达古冰山下来，乘车过了红原草地，在草地经过一个山口，山口路边竖有一牌："查针梁子　海拔4345米"，另还有一牌："长江黄河分水岭"。深秋的草原，草地一片黄色，四周是白色的雪山，在这单调色彩中变化着一群群黑色牦牛，它们星星点点地散在草地上。在若尔盖女县长的陪同下，我们来到了九曲黄河第一湾。大地安宁，天空辽阔，黄河在草地上弯弯地流出几道曲线，像一条彩带铺在草地上，神秘、圣洁、祥和、温馨，于是我为拍下这少女般黄河的照片，配上这样的诗句：

    一个神话变成现实的地方
    一个现实中永远属于神话的地方

    一个少女变成母亲的地方
    一个母亲永远如少女美丽的地方

    一个天堂变成人间的地方
    一个人间永远高贵似天堂的地方

    一个梦境变成圣地的地方
    一个圣地永远纯洁像梦境的地方

    一个灵魂皈依自然的地方
    一个自然永远召唤着灵魂的地方……

    写下这十行诗，我很满意，我觉得我开始找回诗歌的自信了。

    我配的第4幅图片是黄龙景区的雪景。黄龙是离九寨沟较近的风景区。黄龙这条沟，从高山向下，一路上是如同梯田的五彩池。这是一种喀斯特地貌，只不过它不是在山洞里形成的钟乳石，而是富含矿物质的流水，在山坡上造就了梯田般的五彩池。我们一早乘缆车登上黄龙沟后山，然后绕行两公里山路到了黄龙沟。这是很有益的缆车线路设计，免了游客高海拔地区的爬山之苦，又不因缆车索道影响黄龙沟的景观。昨晚景区刚下过大雪，游客不多，但木板行道上的雪已打扫干净。每距一里路还有一座休息亭，里面有椅子，还有免费的吸氧设备，让人感到温暖贴心。风雪过后，拍摄照片里的黄龙，天地间一片白茫茫的雪，五彩池格外醒目。与达古冰川的千古冰雪荒原不同，照片里还有黄龙寺的金色屋檐，让我感到另一种人文情怀。于是我想到柳宗元的诗，我将其改写发挥，为黄龙写下《题黄龙大雪》：

千山鸟飞绝，是吗？
它们忙啊，它们要去驮春天回来
万壑人踪灭，这就好了
扫雪的员工用扫帚迎接游客笑脸
孤舟蓑笠翁，错了！
那是黄龙寺在五彩湖边的倒影
独钓寒江雪，没有鱼竿
钓上漫天风雪的是你的相机镜头啊……

也许是我感到笔力不够，请来柳宗元大师与我共同咏唱雪中的黄龙啊！

美丽中国的大九寨，处处美景，如果你也想来此一游，请带上你的相机，当然，也带上你的好心情，如我，如我的诗……

2014年

原生态

突然想到乐府里的那首《上邪》。想起这首诗，是在阳澄湖边的一个诗歌颁奖会上。会议在湖边一个叫"小树林"的农家乐举办。诗人开会就有这个好处，哪里都行，在都市的五星酒店或是在政府的会议大厅，市井的咖啡馆乡野的农家乐，都与诗人相宜，不违规，也不跌份。

在农家乐开诗会，来的人也放松，不论文人与商人，不管在政府里当差还是在政府里管事，都一样不用排秩序、摆桌牌。高谈雅论之中，老板端来小吃："本地的，原生态的，绿色食品。"我手上拿着当地编写的《阳澄渔歌》，翻看一下，觉得也够原生态："倷勿要看勿起我老渔夫，我是阳澄湖格活地图。我晓得湖底落条沟浅，落条沟深，落个潭里捉起鱼来最最多。"另一首也像原生态："山歌勿唱肚皮胀，开口一唱心里爽。落怕皇帝伯伯派人勒我嘴浪贴封条，挣脱子封要还要唱。"这两首歌，都挺有原生态味道：当地口语、百姓生活、平民言说方式。第一首更像完全没有加工痕迹的"原生录制"。第二首言说方式很像，当地口语，但有意识形态色彩，也许原来就如此，也许是经当地的文人修饰整理。难说。纵是修饰过，也是原生态加工，算是好东西。

于是想到了乐府诗里的《上邪》。《乐府诗集》由宋人郭茂倩所编，收入汉魏两晋南北朝在民间采诗配乐的诗，文学史家萧涤非总结得十分精到："由两汉之俚巷风谣，一变而为魏晋文人之咏怀，再变为南朝儿女之相思，三变而为有唐作者不入乐之讽刺乐府。"乐府诗在官方正统的文学史上地位不算高，但在诗歌史上，乐府诗里接地气的原生态民间歌谣和表现底层百姓心声的诗作，非常可贵。可贵之处，就是在相当程度上，反映了那个时代生活的原生态。《上邪》就是这样一首情歌："上邪，我欲与君相知，长命无绝衰。山无陵，江水为竭，冬雷震震，夏雨雪，天地合，乃敢与君绝！"这首诗几乎收入了所有的文学史，因为它代表了乐府诗的原生态性质。这首诗急急风把要想说的话，一口气说尽了："天啊，我就是要和你相好，好一辈子！除非山崩为平地，江河干涸见底，夏日满天飞雪，冬天雷声大作，天翻地覆世界到了尽头，我才会与你分手啊！"淋漓尽致，震人心扉。之所以能有这样的效果，是因为这首诗，与人们熟悉的文人诗歌，完全不是一个路数。文人诗歌温文乐雅，敦厚含蓄，知情达理，稍稍出格一点的情诗，最多也是情意绵绵或者香艳华丽。哪能这样呼天抢地，诅咒发誓，无遮无拦！

好就好在乐府诗做了这个工作，这首原生态的诗歌收入了
《乐府诗集》，也就登堂入室与文人翰林的高雅诗篇同样摆进
了正史。如果不是这样，换一个地方，换一个场景，也许我们
会熟视无睹在农村生活多年，也见到了不少哭丧的场景。丈夫
去世了，办丧事，妻子不会躲起来掉眼泪，而是要在大庭广众
亲朋好友面前哭丧，一边哭，一边用唱腔诉说："天哪，你这
个挨千刀的啊，你怎么丢下你的妻儿就去那边了啊，你怎么不
带上我啊，没有我谁给你做饭啊，你走了我的天塌了，天塌了
你也不管了，你这个挨千刀的啊，你走了我的泪都流成河了，
我的心成了河里的石头了，冰凉的石头谁都不待见啊，你走了
我也要去找你了，你千万在那边等着我呀，没有你拉我的手我
怎么找得到路呀，天啊，你这个挨千刀的啊！"这样的场面在
我插队的时候，常常会看到，哭得死去活来，唱得酣畅淋漓，
细心倾听，我常被那些惊心动魄的言说感动。现在难得见到
这种原生态的哭丧场景了，纵是还保留着哭丧习俗的乡村，哭
丧也职业化了。红白喜事，除了吹拉弹唱，鞭炮花圈，专业的
哭丧者和主持人一样，成为了一种技艺，在这种场合听到的哭
唱，已经不是原生态的感情道白了，是经过民间的文化人加工
的文化产品。

民间的文化产品对于商业化制式生产的文化而言，有时依

然会散发出民间的智慧和民间的情趣。这次到阳澄湖参加诗会，能算得上采风的收获，是看到一户农家乐饭馆，写在门面外的一副对联。对联的上联是："天不管地不管　蟹馆"；下联是："官也吃民也吃　吃吧"。上联气魄不小的"天不管地不管"，谐音引出"蟹馆"，突出了主题：本店主要卖大闸蟹。下联亲民有趣的"官也吃民也吃"，引申出"吃吧"，两字多义，一是请吃的意思，二是作为名词的"吃吧"与上联的"蟹馆"呼应。16个字，天地官民，在此同乐，真乃有文化的农家乐也。

原生态有营养，无论是食品，还是文化。

2014年

跳房子

儿时的游戏里，最让人回味的游戏应该是"跳房子"。

现在的孩子不玩这个游戏了，因此，还必须先做一个简单的说明。在一块平地上，如果是泥地，就用小棍，画出一个跳房子的场地。如果是水泥或三合土的硬地面，就用粉笔画出跳房子的场地。打个比方，画出的场地，就像现在开发商广告上画的平面结构图，孩子们就在一个画出来的"房子"里做游戏。跳房子的"房子"有不同的样子，基本的元素是一个个方格，有时由八个方格，一排四格，两排并成一个长方形的"筒子楼"，有时拼成一个"干"字形，就像现在的单元套房。参加游戏的孩子自己还要准备一个小瓦片，瓦片要找坚硬而光滑的碎瓦，自己打磨成用来顺手的形状，随身揣在衣兜里。放学后，几个小伙伴聚到一起，找个平坦的场地，画好房子，便可玩得满得大汗。跳房子有各种规则，基本的动作就是掷瓦片，单腿在格子间跳，用脚踢瓦片到不同的位置，领先者，便会拥有一个方格成为自己的房子，其他人则必跃过这个方格去完成规定的动作。最后拥有"房子"最多的孩子便是这场游戏的赢家。

这是只需要一小块空地，再加一小块瓦片便可尽兴玩耍的游戏。在那个时候，房子很少，空地很多，废品很少，瓦片很多，跳房子应运而生。房子少，空地多，这好理解，空地也就属于孩子了。废品少，瓦片多，也许你就不理解了。在我还是孩子的时候，没有废品，一只铁皮饼干盒，当宝贝用十年八年，放在平时舍不得吃的几块糖，来了客人端出个饼干盒就很体面了。旧报纸能糊墙，空酒瓶能打酱油，酱油店的酱油都盛在大缸里……在我的记忆里，除了地上扫起的灰土，家家没有什么东西舍得倒进垃圾箱。啊，还有瓦片，破瓦片没有用也不能卖给废品拾荒匠，因此，便成了孩子们跳房子的装备。这就是人的天性，穷得只剩下破瓦片的年月，孩子们也能找到快乐。穷开心！也许说对了，开心不开心，与穷富无关。"跳房子"这个游戏也叫穷开心游戏。青天在上，黄土在下，手持一片破瓦，便想象自己一步一步跳出自己的"房子"！多有寓言意味的游戏，当然也是"房子"重要性的启蒙课。

说到启蒙课，回想一下这辈子，如果用房子来做主要参照物的话，我的履历也是一串跳房子的经历：

从幼儿园到中学毕业，从一个集体宿舍到另一个集体宿舍。也有区别。幼儿园里小背心小裤衩上用线缝出我的名字，其他都是公家的东西。上小学后加上书包是自己的了。上中学后，被褥是自己的了。有首歌"打起背包就出发"，毕了业就背上自己的背包下乡去。城市没有一片瓦片与自己有关系，只有背上的行李卷跟着自己走。

插队，和一户农民生活了一年，插队干部来了，又回到知青点住集体窑洞。

招工到了军马场，和来自不同地方的知青们，同住马场的集体宿舍。马场在林区，所以我们每个人有一个属于自己的大木箱子。

提干，在某工厂当了政治处干事兼团委书记。团委有一间办公室，办公柜后两条凳子支个床。领导说不要搞特殊化，于是再加了个同室，两人住半间办公室。就是这样，也有当领导的感觉了。

上大学，又回集体宿舍。毕竟改革开放了，宿舍也有新气象。我们这个宿舍，俩东北人带头，每周提塑料桶到校买一桶散装啤酒，回宿舍就着黄瓜大酱，尽情开喝，于是得名：酒吧。对面宿舍忙着学跳舞，得名：舞厅。斜对面有俩烟瘾大的同学，让这宿舍蒙冤：烟馆。隔壁宿舍有桥牌高手，雅室得俗名：赌场。听起来吓人，一群穷学生穷开心。我算最有钱的主之一，带薪大学生，每月42元。

大学毕业分配到省文联，领导说，你爹妈有房，回家去住。我说，那是组织分给他们的，与我无关。经过努力，得一间古董级老宅，一半做保管室堆满纸，另一半刚好放下一张单人床和一张写字台。只要有人走近，地板响，桌子晃，床也摇。安全，防贼。

提为副主编，给我分了一套无厅小三居。于是准备婚事。单位老同志王某找到我，他妻子有精神病，儿子还没工作因为神经也不太正常，他希望我把这套房让给他。比我大10多岁的人开了口，能不让吗？

调进北京，到北京广播学院任教。学院大方，给我一套向阳新三居。房子刚住得有人气了，又被调到作家协会办杂志。退了学院的向阳三居，搬进城里朝北的背阴三居。刚住进不到一月，夜里进了贼。6层从窗户进飞贼，财物受损。邻居见面，个个好像贺喜："万幸万幸，你们都没醒啊！"

两年后，我从这幢楼的6层调到15层，还补给我一间房，说是按规定落实政策。那一年我快满50岁了。单位实施房改，交上钱款，发给我一红皮房产证。唉哟，年过半百，从无产阶级变成了有产者。换句话说，这个红皮房产证向我宣布：叶延滨，你这一辈子的"跳房子"游戏从此结束了。

安居，大概就是说有了房子才好过日子。然而，当了大半辈子无房户，大半辈子在玩"跳房子"游戏，真的还另有一番滋味在心头。房子是个好东西，但若一开头就有一套房子压在背上，这"跳房子"的游戏还会好玩吗？

2014年

时间爬得比蜗牛还慢

在我的记忆里，饥饿不是一种肉体的感受，而是时间。肉体感受到的那种饥饿，是随机产生的临时的感受。啊，有点饿了，吃点什么好呢？是对这一类饥饿的应激反应。当然，这是来自身体正常健康的反应。现在，最流行相反的东西厌食症，厌食症的流行，发出一个明确的信号，饱食终日正在侵占最可宝贵的每个人的内在空间。

那是并不遥远的记忆，当饥饿成为一种常态，我也生活在这种常态中，我的肉体已经懒于或者说不能向我自己发出来自肠胃的信号了。这个时候，我关注到了另一个信号，时间爬行得比蜗牛还慢，时间因为饥饿，也走不动了。

饥饿的时间在哪儿？那是在教室窗上爬行的阳光。在专业术语中称为"自然灾害"的年月，我的记忆是小学高年级的早自习。小学高年级，再加早自习，这意味着充满阳光，布满清新空气，空气中飘散着露水浸润后的花草气味。是的，就是这样，我的高中早自习也是如此，只是多了一个定语，那是饥饿的年月。饥饿的年月也有阳光，也不缺雨露滋润花草，空气清新透亮。只是阳光总是爬得那么慢。因为粮食紧张，我所在的那个地方，机关和学校都将一日三餐改为两餐。早饭在两节自习之后。第二节早自习的下半段，我的脑子里就是一碗马上双手捧着的一碗稀粥。说脑子里是一盆糨糊，意思是什么都不清楚了。一碗稀饭同样能达到忘掉一切的效果。一碗稀饭什么时候能到手上呢，阳光知道。我早就记住了阳光昨天、前天和大前天告诉过我的那一刻，那一刻，阳光会爬到窗台上一个细小残缝。阳光爬到的时候，下课的电铃就会像我的心房，高声地欢叫：下课了！开饭了！今天的粥好啊！更稠！只是今天的阳光好像比昨天爬得更慢。不看！数一百再看！云彩快走开！……啊，真的，我无法告诉你饥饿的感受，但我可以对你讲早上的阳光，讲一讲阳光怎么爬得比蜗牛更慢。

饥饿的时间在哪里？是在粮店前静静地排队的小椅子。电影里演的在灾荒年代，人们抢粮仓，场面如同打仗。我记得的不是这个样子。我们是和平年代懂规矩的市民，大人告诉孩子，高鼻子的洋人逼我们还债，用火车拉走了白面、大米、猪肉和苹果。我们懂道理，排队就是懂道理的行为。排队是因为粮店据说要出售红薯，1斤粮票可以买5斤。这个消息让粮店前的小椅子、小菜蓝和报纸包着的砖头排成长长的队伍。排多久粮店会开门？不知道，听说拉红薯的汽车早就出城了。小椅子和小菜蓝排成的长队，像放学回家的小学生守规矩，一个跟着一个。只是小学生，会有说有笑地走着。而小椅子、小菜蓝和大砖头静静地呆立在队伍中，一动也不动。我看着这长长的队伍，心想，他们一定饿坏了，如果他们吃饱了，就会像变魔术一样，变成一队欢蹦乱跳的小人儿，唱着歌，跳着舞，让这条街成为神话世界。也许这是我最早的创作。只是饥饿打断了我的念头。我望着越来越下坠的夕阳，用双手支着下巴："看来今天是不行了，明天会来吗？"我不想丢掉希望，没有希望的话，我也许就会变成那把排队里的小椅子。我看着小椅子，恍惚中，听见小椅子向我打招呼："您吃了吗？"我一定神，四周看，没人啊。

多年以后，读到小说家贾平凹写的一首诗。诗的题目是《题三中全会以前》。我看了题目想，这个贾平凹，外国人读了，一定不知道他说的是1978年中共十一届三中全会，再说了，题目像社论，这是诗的题目吗？但当我读到题目下面这几行诗：

在中国
每一个人遇着
都在问：

"吃了？"

这4行诗，让我的眼眶一下了潮润了，我相信，他和我一样，知道为什么阳光爬得比蜗牛更慢啊！

2014年

流动的家

我想如古人那样周游世界

一匹马驮半袋诗书

半壶酒伴一把长剑

任阳光把身影缩短拉长

随月色引我潜入梦乡

过去很生态

现在很奢侈

还是妻子对这个世界更了解

每当我要出远门就只问一声：

钱包？手机？钥匙？

——任走遍天涯

都能找回家！

这是我最近写的一首小诗《行装》。这首诗里有3个关键词：钱包、手机、钥匙。出了门带上这3件东西，一般就能平安无恙。这是我新的体验。自从不再守着一个办公室当差，从主编的位子上退下来以后，我出门旅行的时间占了我几乎一半的日子。在此之前，有公务缠身，虽也常出差，但总是像风筝，来去匆匆不利索，纵有好山秀水，也难叫人忘情于山水。现在有了大把的时间，趁着还跑得动，四处走走，应该说四处飞飞，坐飞机的时间多。坐在办公桌旁上班与将来躺着养老之间，我将旅行放进生活的重要位置。我也把我的旅行记录晒一下。打开手机上的"航旅纵横"，去年的纪录是：总共飞行153小时5分，总共飞行里程95 952公里，总共飞行次数62次，评价：你就是为飞行而生的！出门的次数多了，妻子出门总挂在嘴上叮咛的"钥匙、钱包、手机"3件宝，也让我有了灵感，写成了这首小诗。其实，还有一件重要的东西，没有在诗中出现，它在妻子的手上拖着，在电梯口递给我，一只旅行箱。

拖在身后的这只旅行箱，也就是一个流行的家。这个流行的家，会告诉你，无论你有多大的家业，其实最基本的需要和最重要的细节，就在这个旅行箱里。一、卧室物品衣物袋：冬天出行，主要的衣物穿在身上，衣物袋里是内衣内裤等小件的换洗衣物。夏天需换洗的衣物多，都轻薄，也不占位置。上班时出差要带西装皮鞋，箱外要多提一个西装带。现在好了，不费那事了，无官一身轻，这话有理。二、书房用品，电脑，如果时间不长，只带小平板机，上网及收发邮件即可。移动硬盘，再加一本书。读与写，到那儿都一样。三、卫生间用品，电动剃刀，小药盒，这两年小药盒越来越大了，提醒我注意保养身体开始磨损的各个部件。四、客厅用品，以前带烟，现在戒了带茶叶，喝茶无瘾，出门仍喝自家的茶，自在。带名片。以前拿出名片不印职务，装作有"天下谁人不识君"的自信；现在的名片上印一堆副主任、副会长，一边递给人家一边说：都是不拿钱的虚职，电话有用！邮箱是真的！一只旅行箱就这些东西，卧室、客厅、书房、卫生室全带上了。不管走到哪儿进了饭店的房间，拉开旅行箱的拉链，就依旧是个家。虽说旅行箱是个人隐私，越封闭越好。我用旅行箱，总要选箱子外层有一个不用上锁的外袋。外袋随时可以拉开，里边放墨镜，人老了怕太强的阳光；里边放茶杯，走到哪儿都离不开水，进机场安检可能方便地取出；放报纸，虽说手机可以上网看新网，但有一张报纸更让旅途惬意。更实用的功能是过机场安检，可以把衣兜里的3件宝，钥匙、手机、钱包，一股脑放进去，像放在家里的桌子上一样的稳当。

拖着一只箱子走天下，就像带着一个流动的家上路。这好像是一种行为艺术，无论你事业何等辉煌，最后有一只旅行箱跟着你，去四处走走，那你才算有福。无论你有多大的产业多宽的豪宅，真正你离不开的需要的东西，装满一只旅行箱就够了。

我的旅行箱在头顶上的机舱贮物箱里，我坐在舷窗旁，望着云下黄土高原，飘浮的云朵把我的视线带回到40多年前，我看见，有4个少年，在山路上爬行，他们4个人的名字是：叶延滨、陶学燊、张云洲、王守智，他们从四川徒步走来，要向北徒步去北京，这是他们人生第一次旅行，当时叫"步行串联"，他们青春的岁月中有4个半月在路上跋涉，他们第一次外出旅行的记录：步行6700里，他们的家是背在背上的一个小行李卷，一条薄棉被，几件衣裤。我好像看见那个步行的叶延滨望着我说：瞧，那些坐飞机的，他们飞到哪去呢？人生其实就是一次并不遥远的旅行。在路上，背着行李卷或是拖着旅行箱，我们就这样看不够路上的风景，我们也变成别人眼中的风景……

2014年

襄阳的封面与唐诗的封底

襄阳是个好地方，早早地相遇多次，在小说里，电视剧上，还有诗词中。2012年有机会专程到了襄阳，参加"襄阳好风日"诗歌大赛的采风活动，身在襄阳走了几天，心在吟咏襄阳的唐诗中浸泡了几天。着实为唐诗中咏叹襄阳的清诗丽句所迷倒，采风结束时，交上的卷子是一组八首自由体的襄阳采风短章，因为心在唐诗中浸泡久了，这八首自由体的短章，也是八首藏头诗，每一首自由诗的头一个字，组成一个唐代名家的诗句。

第一首写襄阳习家池：

山外有山，天外有天
公路引我来到这绿树成荫的山峦
常听说这世外桃源
醉眼满是幽馨的树木花园
习习山风更是令人心清气扬
家国千秋，汗青几卷

池水波浪跃动阳光灿烂

藏头是孟浩然诗句："山公常醉习家池"，引自诗《高阳池送朱二》。

第二首写襄阳古隆中：

白云悠悠飘过额头
鸟儿啼醒谁的残梦
双眉悄悄舒展
飞扬的眉梢露出心中的欢欣
意气风发指点汉江襄城
自由如诸葛先生手上的羽扇摇动
闲趣几寸 遗志几分

藏头是欧阳修诗句"白鸟双飞意自闲"，引自诗《和韩学士襄州闻喜亭置酒》。

第三首是远眺汉江：

遥遥迢迢
看看停停
汉江如练牵动了诗的雁行

水波如茵如镜

鸭儿嬉戏唤回大堤几多往事

头一次登临，尽眼望

绿了两岸的早春

藏头七字是李白诗句"遥看汉水鸭头绿"，引自李白诗《襄阳歌》。

第四首写襄阳古迹的怀古之情：

山上才响过如鼓的马蹄

遥望岁月那一头

树梢挂雾，朦胧了史书上的标点

远天的月色穿透云阵

才轻轻落在了我的诗稿上

成败功名的三国风云

点染我诗行中的唏嘘几声

藏头为元稹诗句"山遥树远才成点"，引自诗《渡汉江》。

第五首写怀想当年的汉江风情画：

一条汉江如练

片片风帆如笺

芙蓉花是谁家的女子

蓉莲花开

含情脉脉望我

日子就在这花朵上开始

开始飞翔在这汉江的风中

藏头是皮日休诗句"一片芙蓉含日开",引自诗《习池晨起》。

第六首写风雨后的襄阳:

万千心绪洒遍青山

里外上下都是情

风吹散了,云带走了

帆影点点如梦

水里漂走了

着迷者收不回痴狂的心

天下美景还要数这襄阳初晴

藏头七字是黄庭坚诗句"万里风帆水著天",引自诗《戏赠米元章》。

第七首写襄阳城楼：

酒浓诗好山水美

旗呈七彩插遍古城楼

相约襄阳今日游

望前方三千年

大道上多少风流客，急行缓走

堤上堤下丝弦悠扬

头一回是醉，再来还是醉

"酒旗相望大堤头"，引自诗《大堤曲》。

第八首是这组诗的总结：

清清汉江依旧碧波粼粼

诗歌是江上千年的浪花

名扬天下者可抵得一首诗

句句如诗可觅天下一知音

尽才子情，尽山水意

堪有一颗童子赤心

传与谁人

藏头七字为杜甫诗句"清诗名句尽堪传"引自诗《解闷》。这八句古代大家的诗句，又连成一首咏叹襄阳的七言：

山公常醉习家池，（孟浩然）

白鸟双飞意自闲。（欧阳修）

遥看汉水鸭头绿，（李白）

山遥树远才成点。（元稹）

一片芙蓉含日开，（皮日休）

万里风帆水著天。（黄庭坚）

酒旗相望大堤头，（刘禹锡）

清诗名句尽堪传。（杜甫）

襄阳一游，也在唐诗里神游一回，同行者皆是神交的大家名流。唐诗是襄阳的封面，读过那些歌咏襄阳的唐诗，引领我走进一个气象不凡的襄阳。

襄阳好啊，有如此多的文人墨客为襄阳添色增彩，让我再次于今年夏天又到襄阳。这一次行走于襄阳，我有了新的发现，我发现襄阳聚会的历史风雨、岁月云烟、百姓江天，是唐诗的封底，凝重而丰厚。

襄阳的著名历史景区古隆中，是西汉三国时期诸葛亮居住过的地方。一次"隆中对"，三顾茅草庐，从此三分天下。按理说，从古至今，成大事得天下，良相何止百千。从业绩和成败而言，说到底，诸葛亮是个出师未成身先卒的悲剧人物。然而罗贯中的《三国演义》，把他塑造成一号英杰，一位人格完美又几乎无所不知的军事家与政治家，并且是修身齐家平天下之楷模。不以成败论英雄，鞠躬尽瘁，死而后已，是我们这个民族家国情怀的最高评价尺度！当我冒着细雨，走过古隆中布满绿苔的石阶，仿佛感到历史的风雨在这里一层层叠落堆积，变成这满眼苍翠的世界。这绿色是象征，也是启示，一个民族的生命之树长青，是因为这个民族之树的年轮中，刻录着凝聚人心、高贵忘我的奉献精神！在初夏的风雨中，我们走进了古隆中，也走进了习家池和米公祠。习家池为东汉襄阳候习郁所建，习郁后裔东晋著名史家习凿齿曾于此读史诵经，写出54卷《汉晋春秋》，一方不算大的池塘园林，蕴养着千年的风雨和史家的心血。米公祠始建于元，是纪念宋代书法大家米芾的祠堂，后虽战乱焚毁，再建又重建，像不断重生返青的大树，呈现了襄阳敬重文化的风尚。重史敬文，薪火相传，这种文化正滋养着我们民族生命之树，使它繁茂长青，生生不息。

啊，这就是数千首唐诗在这里像春草一样长出来的土地啊！襄阳，在初夏的细雨中，我的脚走在你的今天，我的心走进你的昨天，我走进了唐诗的封底，触摸到一个盛世的精气神！

2014年

不带手机的约会

对于恋爱中的人，手机太重要了，约会必备。在今天有不带手机约会的吗？没有。不带手机是玩失踪，不是约会。约会必备的利器，只有一件，手机。其他都不重要。其他，包括约会者？是的，约会者都比不上手机！天天看新闻，说是网上聊上的网友，可以没见面，可以用假名网名，一切都可以虚拟。只要有带手机，肯定能约上会面。所以连约会对象都比不上手机重要。在今天，无论是与至爱亲朋，还是网上白马王子，要约会，必要的约会利器就是手机。没有手机，难道会有约会？在今天确实如此，没有手机就叫"失联"。手机帮你约会，手机也参加约会。在公园散步，常见约会的情侣坐在长椅上，各自低头玩自己的手机，看来俩人之间话不多，只好打理自己的手机。生活中，各自玩各自手机的约会，多了。在饭馆里，各自吃各自的快餐，碗筷边放着手机，嘴吃着碗里，眼睛盯着手机里，好像对方与自己没关系。当然，手机是个好东西，就像亲儿子亲闺女，也像宠物宝贝，走到哪带到哪。带着手机的约会，就像带着各家的宝贝见对方，一个只顾给儿子打理玩具，一个忙着给闺女梳小辫，这事能成吗？

约会是干什么？男女之事，无非涉及两大类别，生命本能与精神需求。先说本能。青春萌动，异性相吸，男女结合，生儿育女。这是正事，也是大事。没有这生命本能的需求，其他都成扯淡的事。除了本能，现代社会的新人们，从五四大时代到当下"小时代"，还讲个精神相通，情感相融，这就需要恋爱约会。中国的大文豪胡适，是新文化旗手，也是旧道德的楷模。新文化旗手，地球人都知道；旧道德楷模，全世界也惊讶——胡博士婚姻3句话：奉母之命成婚，进洞房之前还没有见过女方一面，婚后与缠小脚的太太厮守终身。胡适先生一生鼓吹自由民主，却在婚姻上克己复礼，也是无人能效仿的千古话题。胡适先生是个特例，中国新文化的一个个先行者和追随者，最早最鲜亮的行动纲领：生命诚可贵，爱情价更高，若为自由故，二者皆可抛。这首诗，大概是在中国传播最广的外国现代诗歌了，尽管用了五言旧体的形式改装了裴多菲，但装进了爱情和自由的烈酒，点燃了无数新青年的新生命啊。对于青年，新旧两个时代就这样界定了：父母包办与自由恋爱。父母包办的是活在旧世界的人，自由恋爱是走向新世界的人。

没有手机的时候，那时的人怎样谈恋爱？男女异性相吸，是本能，无须学习。但恋爱与约会，是精神生活，也就需要训练和学习，也就有异性伴侣生活的游戏规则。

男女相遇，互相钟情，写情书是常见的必修课。相恋的男女，除了青梅竹马邻家相居，就在同一城市，也不能天天见面。写情书便是必修课。就像现在出国考托福考雅思，因为对方不了解你的能力，只有托福雅思帮忙。情侣们在上一次约会与下一次约会之间，漫长的时间如何打发，无尽的相思怎么消化，写封情书一并都寄给对方。写情书事小，不算国家大事，只是关乎个人幸福。写情书就是"综合素质测评"，写作水平、才华大小，修养高低，感情深浅，手上一支笔，托付一张纸。于是在那个时代，爱情小说吃香，爱情诗疯传，舒婷一首《致橡树》，让多少痴情男女抄写？两次约会之间漫长的时间，就在期待和书写训练中度过。青春的荷尔蒙，转化为期待中的想象，想象中的文学情书训练。幸福是什么？谁也说不清，但幸福感是什么？我知道。幸福感就是期待，就是期待中对幸福降临的各种想象！写信，收信，等电话，就是在同一城市，也要两三天，这两三天的心啊，就是两字：思念。换成3字，单相思。

等相见、等信、等电话都是甜蜜酿造过程。没有手机的时代，恋人约会，常常是鸿雁传书。柔情蜜意的表达后，要紧的是相约下一次见面的时间地点。因此，恋爱中的人，等待是幸福而甜蜜的系列过程，先等到约会后的情书，读完情书后，最后的一行约定又将幸福推向下一段等待。进入有线电话时代，电话往往带来惊喜。在没有手机的时代，电话也是奢侈品。一个大杂院，大门口有一部传呼电话。一幢宿舍楼，一层楼有部公用电话。一个机关，一个处室有部办公电话。恋爱中的人们，总会利用可能用到电话机会。刚收到的情书最后有一句："星期三4点到5点我给你打电话。"办公室不用专门守，省劲，但也有不省心的时候，偏偏这4点到5点，领导叫去谈话，眼睛盯着领导的嘴，耳朵支着听办公室的电话响没响。什么叫心不在焉？就这。耳朵听见电话响了，忙对领导说："对不起，闹肚子！"捂着肚哈着腰就奔电话去！小区门口等，招眼，进进出出的阿姨叔叔们都看见你，快嘴的还来一句："又等电话啦？还是那姑娘？"最惨是守大马路上的公用电话，偏偏这4点到5点，用电话的人多，甚至还排上了队，这就让你想骂人了，骂天老爷，天老爷让约会不成！这个约定时间等电话的心情啊，叫热锅上的蚂蚁，热恋的热度在这个时候自己最有体会。等信，等电话，最后在约会地点等人，甜蜜、焦急、祈祷、轮流在心里涌动，直到那个人的身影出现！幸福是可以衡量的，幸福的长度就是长长短短的等待时光。所以在手机出现前时代谈过恋爱的人，心底收藏的幸福，一定是那些等待的日子。

等人。说好了时间，说好了地点。到时候早早到了，等吧。一次长相思，快到终点了，让人高兴的事。想了一个星期的人影儿，快要变成一个实在的大活人了，伸着脖子张望总觉得时间走得慢。等上了是晴天。等不上了也是可能的，黄了？出事了？忐忑不安的日子怎么过？有时也会有事故，等上了的甜蜜过了也忘了，有事故的约会一辈子忘不了。记得和妻子约会在玉龙街公交站，结果过了两小时还没有等到人，垂头丧气回家生闷气。好在我们在一个大院里上班。见面一问，才知道这个玉龙街是三岔口，有两个公交站，我们各自守着一个站台傻等。在没有手机的时代，情人相聚，互相倾诉，有说不完的话。恋人定义之一，就是心里话想倾诉又能倾诉的对象。在两人上一次约会后所发生的一切，有多少事可说？又有多少事可问？这里有个设定，就是对方将会是世界上最能接受自己倾诉的人。无论将来的情形是否真的心心相印，恋爱中的人们都沉浸于倾诉的快乐之中。在手机出现之前，人与人之间最理解的沟通方式，促膝交谈。能促膝者的最好状态，互相热恋！

没有手机的约会，是一次次"爱情游戏规则"的训练：思念、等待、守候、盼望、原谅、理解、交流、倾诉……这些让两个陌生人变成亲人的必要元素，在一次次热望和一次次焦虑，一次次失望和一次次守候之后，这些元素变成共有财富，那个以前与你毫无关系的人就成了你感情世界的全部。没有手机的约会，只能带上一颗心去。有人会说，你讲得太"柏拉图"精神化了，难道恋人不想更亲近？当然，没有手机的时代，也是住房紧张并且物质紧缺的时代，想在一起吗？家里没条件，大街上没地方，住店男女"请出示结婚证"。想再进一步的人们，紧赶慢赶地去办证，于是恋爱便成了婚姻的热身动作和必然前奏。

有了手机的年轻人真幸福啊。约会多方便，也不用写情书，更不用心急火燎地盼邮递员了。心里想了，先摸手机；想说点什么了，先打手机；想一起吃饭了，先看手机；两个人到一起了，该说点啥？还是手机……啊，现在好了，没有我们那时候的约会之苦，手机领着人们快乐而便捷地约会。没有手机的约会在今天几乎不可想象。带上手机！谁在提醒你。你笑着说，不会忘的！只是，要带上一颗心，有人会忘了，可惜也没有人提醒。手机时代的爱情更丰富更多彩，只是一些"用户"，删去了几项爱情"价更高"的项目：期待、想念、等候、理解、倾诉……

2014年

成为风景的猪蹄

你也吃过猪脚，也叫猪蹄。我看那个叫"舌尖"的电视片，我发现导演聪明，因为他把舌头和肠胃，变得有记忆了。是我说错了？我理解错了，那好，就这样说吧，这部电视给我的启示就是：舌头和肠胃是有记忆的，这种记忆藏在你内心最深的地方，用那些味蕾感知的世界的味道，连同那美味产生时的风景，都收藏好，等你老了，闲得发呆时，翻肠倒肚地去想。

到了东川的桥儿沟，就可以看到宝塔山了。看到了，就算到了。在延安插队的日子，每月有一天进延安城。进延安城是件快活的事，休息的日子，不想再窝在沟里。从落户的曹坪出沟，到公社李渠七八里。到李渠就到川道了，川比沟宽，沟里的河叫溪，溪流进了川叫河，川道里的河叫延河。在川道的公路上再走20里，就到了延安。上一次延安来回走六七十里，图啥呢？看一回电影？逛一回延安的马路？还有，还有就是到桥头那个饭店买一只卤猪脚。从插队的小村子，走到卖卤猪脚的饭堂柜台，是一个稍有点漫长的过程。好吧，两个词，卤猪脚再加延安，就像一个命令符号，打开一串风景……

洗脸、刮胡子、换一身干净的衣服。一出窑洞，村头的婆姨就招呼上了："延滨哟，今天不出工了，啊呀，上延安啊。家里汇钱来了，烧得坐不住了。嫂子没瞎说，看你急得脸都红了，不叫你稍东西，放心去逛吧！"一边打招呼，一边流星大步往村外走，生怕这些大嫂子小媳妇说出什么更"骚情"的玩笑来。人说这里妇女地位低，买卖婚姻。然而村上的习俗是女子出嫁前，和男人一样出工。女子结了婚就是全职太太，一个月最多出工5天，其余时间都在家里管孩子做家务。闲下了身子，闲不住嘴，和知青男孩开玩笑是婆姨们最开心的集体娱乐，用今天的话来形容叫"精神广场舞"。

逃离婆姨们的笑声，沿沟底的小路往外走，心情也渐开阔。山峁越走越低，眼前的沟口越走越宽，天蓝蓝任云飘，那些云好像是从心窝口溜出来，看着就亲，望一眼就不自禁地咧嘴笑。笑什么，不知道，知道也不告诉你。沟里的风景就像村庄里的亲戚，简单得用不光手上的指头：山峁、水沟、窑洞、青苗、数得过来的几棵树、几条狗、几只鸡，数不过来的是这天上的云。

路是越走越宽，走到李渠就是公社所在的场镇了。那时不叫镇，就叫公社。我们村第一个上调的插队女知青张桂花，就招到了公社，当了公社广播员。张桂花长得漂亮，老乡夸"一笑两酒窝"。所以她老笑，笑着就不下地了，在公社的石窑洞里，说说话就挣钱。那时真羡慕这女子，主要是悄悄也喜欢那两酒窝。"酒窝"刚到公社，我还去看望过这同村的插友，坐了10多分钟，东拉西扯，没盐闲说。楞没见到人家露出那两酒窝。以后再上公社，就只想，不见了。

走过了李渠，就是直通延安的大川道。公路没有铺柏油，汽车一经过，就扬起一堆尘土。早先还有梦想，招手挡车。后来发现这是最不可能的事情，如像招工一样，可望而不可即。好在路上车不多，所以，失望的机会也少。一个人走大路，比走小路还寂寞，寂寞就喊，走过村子，啊嗬一声，回应是汪汪的狗叫。没狗叫的地方就唱："我们走在大路上，意气风发斗志昂扬……"那年月这歌挺流行，现在回想起来，悟出一点味儿来。

进了城，如果有电影，休管演什么，也看一场。那时还没有什么可看的，连样板戏都还没有上电影。电影院里除了西哈努克，就是阿尔巴尼亚。西哈努克亲王不在柬埔寨呆着，《西哈努克访问西北》《西哈努克访问东北》西哈努克专职当我们的新朋友，虽是纪录片，却是彩色的；阿尔巴尼亚是老朋友，老故事片，都是黑白的。票价都1角钱，想想还公平。就这样，也不是回回能瞅上。停电，那么这一天无黑白，更无色彩。

最后的高潮是桥头饭堂。那年月，饭堂人少，吃饭要粮票，一张大拇指般大的纸片，把饥饿挡在门外。天不绝人。穷得叮当响的陕北，有穷人的穷讲究。当时的当地老百姓不爱吃下水和头蹄。贱得很。桥头饭店里卖的卤猪脚，一只3角钱。除了知青，当地人几乎无人问津。我怀疑，这卤猪脚也是插队知青到了这里以后，这个饭堂的重大新举措。

递上3角钱，然后，大师傅用一张黄色的糙纸，包上一只酱红色油亮并散发香气的脚猪。接过这只猪脚，我坐在靠窗的长条凳上，望着宝塔山，想起那老电影里的台词："面包会有的，牛奶也会有的，一切都会有的！"手上的猪脚真香，窗外风景如画。

想到此，我觉得我还没有老……

2015年

高峰时刻也挤了回地铁

　　高峰时候挤了一回地铁。挤出一身的汗，也挤出了脑袋里的一些念头。往地铁口走，人与人，擦肩接踵，像全世界的人都在这一刻，想乘地铁。这些人是从那里冒出来的？电视上说，北京每天有1000万人在地铁里。天啊，1000万人，这就是一个国家啊，北京的地铁人口比许多国家的人口都要多。"唉，多受罪呀，这些年轻人，不在自己家乡呆着，都挤到北京来，天天在地铁里转车，图什么呀？"自然而然地冒出一个念头，要是北京少了这1000万，多宽敞，多舒展，多和谐啊。打住！我提醒自己，这是"地域歧视"。昨晚的香港消息，有个别香港人认为香港地铁拥挤是自由行的访港大陆人太多了。这让我回忆起一个画面。

　　前些年，我从香港机场过关进香港，关口通道，分香港本地、持外籍护照与持港澳通行三种通道。前两者通道多，通关快，而港澳通行者通道少，通关人又多，大家排着长队熬时间。突然工队里有一位操着地道京腔的中年人士，冲着海关人员大叫："搞什么地域歧视，我们是来给你们送钱的客人，空着那么多通道，让我们排长队，脑袋进水了啊！"这位有见识的土豪，那阵子叫款爷，声大在理，众人骚动。轻言细语惯了的海关官员，见势不对，交头接耳，随即把几个空闲的通道打开。众陆客雀跃，扬眉吐气地举着港澳通行证走过了通道。想到这里，我立即打消了刚才的念头，进地铁口，加入到1000万人的洪流中。

　　进站就排着长队，一步步朝前挪。"北京就没有不挤的时候！"是啊，我从外省调进北京，是20年前的事情了，那时，地铁不像今天这么挤。不挤的原因：一是少，就两条，不像今天快20条线路，坐地铁在那时，绝没有今天这般方便，想去哪就去哪，所以乘客少。二是地铁票贵，不发售月票，坐地铁对大多数人是奢侈的事。那年月，一个月挣百十来块，一趟地铁两元，坐得肉疼！那年有一篇著名作《公共汽车咏叹调》，讲的就是北京人挤公共汽车的悲欢苦乐。那时候的北京人，进家门，挤在胡同大杂院里，三代同室，八户用一个自来水龙头。出了门，挤公共汽车。挤虽挤，见人还很客气："叶先生，你说话有口音，是哪儿的？浙江还是江苏。"就那么挤，还见缝就挤对人有口音。我记得我刚到北京的心情，听到这样的问候，我心里也嘀咕："北京刚解放时，人口就100万，够宽敞了吧，可有一半人挤在龙须沟那样的臭水沟贫民窟！"想到这里，我抬眼一望，基本上都是有口音的年轻人，年轻好啊，天天挤都没事。我这老家伙，挤一次，就犯怵。

挤到车门口，再挤一步就上了车。这一步，可就因人而异了。年轻力壮者勇往直前，伸脖蹬脚，腰一挺，牙一咬，关上门了，差点挤成相片了，也乐。是啊，年轻人在家乡那舒心宽敞爹妈伺候的日子不过了，到北京挤地铁，不就是咬牙上前争取一次机会吗？挤上了是机会，挤不上，退一步，也是机会。上一趟车，我放弃了，于是我自然在队列前，成了第一个。下一趟车来了，不想上，都不行。不上那叫"倒行逆施"，我没那本事对付身后的地铁大军。只因退了一步，列车进站，我就被年轻人"拥护"着向前走。被人拥护的感觉真好，哪怕出一身汗。怪不得那么多人，不顾一切地想被人拥护。看来，无论是被拥进地铁车厢，还是被拥上某个总裁或局长的位置，不是那个位置非你莫属，而是许多双手有力量。

有力量的许多双手，在地铁车厢里都做一个动作：手持一只手机，埋头看屏幕。这是当今最多人重复的动作。这个动作让马云和马化腾们成了亿万富豪，也让许多小明星一夜成名。我不做这个动作，我怕被小小的手机控制了。我只打电话、发短信、最多上一下网，我已经过了想出名或想追名人的年纪了。挤进车，有点累了，抓住扶手闭目养神，幸福啊。可这幸福太短了，衣兜里的电话响了，看来我也得举着手机听：

"叶先生，您是名人，我老崇拜您了，我是某某报记者，想请你谈一下怎么看待……喂！喂！您听得见吗？你是叶廷滨先生吗？"我没有说话，说名人叶廷滨不是这个手机？说我也不认识叶廷滨？叫小记者多害臊啊。关上手机，闭目回想今天高峰时刻坐地铁，真挤！挤出这么多想法，真值，也真好……

2015年

腿的自由

突然想到这个题目，因为医生对我说，年纪大了，要爱惜腿。我像打量一件需要关注的物品，有点歉意地想，真是关心太少了。腿就是自己，自己的腿，好像头一次给了特别留意，也觉得这两条腿了不起。腿于我，就是自由的体现：自由远方，自我救赎，自行其是，自得其乐。

自由远方，这是双腿给我的自由。这个观点记得还是小学老师告诉我。他说，从猿变成了人，站立的双腿让我们看得更远了。所有长着四肢的动物，它们四肢着地，因此，眼睛朝下看，看到自己的生存地盘。生存法则让每个动物都天生具有维护和标注"地盘"的行为，从老鼠到老虎，都会圈定自己的地盘。让我记住它们这种天性，是每天在社区里散步的宠物小狗，专心地跷起腿朝汽车轮子撒尿。人站起来，眼界变高了，更重要是从盯着脚下的那块地方，变成朝前看，看远方天空与大地相连的那条遥远的线。这条被我们叫做地平线的天地相连线，吸引我往前走。我朝前走，地平线也向后退。就这样我把远方当作了自由，我在走向远方的过程中享受了自由。我的少年时代，人们常唱这样的歌："我们走在大路上"，"好男儿志在四方"，"打起背包就出发"，"祖国处处是我家"……少年的中国还穷困，少年的家境多浮沉，少年却志盛。总想"走出去会有新天地"，总安慰自己"没有迈不过去的坎"。就这么几十年过去了，回头一望尽风景。真的是"路是人自己走出来的"，不假！

自我救赎。学走路就是学会摔跤，学会摔跤后要爬起来。摔了跤就哭，就喊娘，因为哭喊是求救本能。扶自己起来的第一个人是亲娘。长大了，长大的衡量标准就是："离开亲娘，走向远方"。走远了还会摔跤，喊娘哭爹就没用了。有时还会掉进坑里，有的坑叫陷阱。掉进坑底，心慌，胆怯，无助，最后定下神来，还得自己往上爬。年轻时曾掉进一场"运动"的坑底，花了几年时间，才爬出那场"运动"的坑。怎么办？先得相信自己能爬出来，然后靠自己咬牙蹬脚，自己给自己加油。喊爹喊妈喊上帝都不灵的时候，想起那句歌词"从来就没有什么救世主"。掉进坑底最大的好处是，每一点上升都是双脚拼出来，只要双脚用力就会有上升！也还有另一种体验。有次发现自己被人算计了，我还正帮着算计我的这个人改善他的处境。我不解地责问他："还在帮你，你竟然这么坑害我？"此人双手一合，答道："人都想往上爬，你老兄在这里是站稳了的人，所以才借你的肩膀一用。你要没站稳，我也不敢踩哟。你桩子稳不会有事。多包涵！"一个人能如此逻辑严密地表明他的厚颜无耻，让我终生牢记，并受启发：自我救赎，一定有个底线，不伤害他人。做人若无底线也就无可救药了。

自行其是。底线是人内心把握的一条线，守住了就有了自己的尊严，丢了也丢掉了自信，就找不到自己了。善行者远，善行者久，善行者安。今天城市里人头攒动，车水马龙，要在这样的世界里生存，守章遵规，必不可少。走人行道，过斑马线，也就是常说的循规蹈矩，按部就班。但人生一世，这么活着，也有点无趣，还有点没劲。因此，在不违法不损人的前提下，不按规矩出脚，让人家瞪眼，走自己的路，成为失败者和成功者同样的起点。于是有了亿万富豪马云，尽管有人说他没长一张亿万富豪的脸；于是有了大导演姜文，尽管有人说他与大师永远有一步之遥。

自得其乐。姜文自行其是的导演风格，别人怎么说，我看他是自得其乐。人长一双脚，除了求远行，求生存，还要求欢乐。人什么都好，万物之灵，其实还有不足，没有翅膀不能飞。神话中那些天使，背上长出对翅膀，可见创造天使者，内心对飞翔的艳羡。于是我们看到了舞者，那些双腿如翅一样旋舞者，在享受飞翔的欢乐。于是我们看到了竞技场上的飞人，百米飞人博尔特还有跨栏世界冠军刘翔。于是这10年我常常参加一个叫做"中国诗歌万里行"的活动，带着诗情走万里，也是一种飞翔啊。

谢谢这双脚，你带我走向不一样的人生……

2015年

细嚼慢咽

医生没有开处方，笑着说，不年轻了，今后吃东西，一定要细嚼慢咽。对肠胃有益，更重要的是保护牙，牙也老了，掉一个会少一个。医生的话让我想起那个笑话，有牙时没豆，有豆时没牙。有没有无妨，其实人的一生，细嚼慢咽地就品出来有滋有味。

我们到这个世界，都是张着没牙的嘴，哇哇地叫喊着来。有嘴没牙，开初吸奶，后开吃稠乎乎的粥。常常看到当母亲的女人，细细嚼碎那些美味的食物，用勺子喂到婴孩嘴里，别急，慢慢吃。替孩子完成细嚼慢咽的工作，那叫哺育。最形象的哺育，鸟巢里的小鸟，争相朝天张着大嘴，迎接捉虫回巢的母鸟。嗷嗷待哺，是人生的第一阶段。无齿的婴儿时期，让我们记住的是哺育这个词。

开始长牙了，也就开始会说话了，呀呀学语。孩子努力是听别人说话，最重要的成就是学会说话。牙长没有长？长出来多少？孩子自己不注意，注意者是与孩子最有亲缘的人。关心孩子的长牙的人，所做的事情，叫做监护。在孩子长牙时期最关心长牙的人，叫监护人。

开始换牙了。这时我们才自己开始关心牙："妈，我的牙掉了。""下面的新牙长出来了吗？"用手指头摸一摸："鼓鼓地顶上来了！"关心换牙的少年，开始关心自己的身体了，叫做有了自我意识。这时少年的身体也有了变化，少年的我们，最爱说一句："我自己来！"这是一个漫长的成长时期，直到最后的那个智齿开始朝外顶。我的智齿出来得不规矩，斜着拱，拱不出来，却让整个腮帮肿得好大。没办法，只有请医生帮忙。为了对付一颗牙，白色的盘子里摆满了钳、凿、锥、锤，医生打了麻药后，又撬又拔又敲，整整一个多小时，才将那不守规矩的牙收拾了。看来，青春期和智齿，都是让人头痛的记忆。

青春期最大的烦恼就是有牙没豆。有了一排好牙，可是没一个好钱包，于是记住"咬得菜根做大事"。有了一叠毕业证，可是没有好位子，于是咬牙耐心地听呵斥听指派听数落，咬牙相信明天会更好。有了丰富的情感，却没有知冷热的情侣，看别人亲热，一咬牙一拧头，走自己的路。

总算走到了有牙又有豆的人生阶段。在这个阶段，我和你一样，都很忙。忙着挣钱，忙着升职，忙着成家以及成家带来的系列活动，看房、买车、置家具、走亲戚……成功的标志之一，就是忙得像过山车，在各个饭局间穿梭，让自家的厨房守着打盹的丈母娘。

就像过山车在最高点的时间呆的时间最少，不知不觉中有豆有牙的日子就成了历史。血糖升高，血脂升高，血压升高。三高的加法和牙的减法同时出现。龋齿以及让我们一次次找牙病的补牙和镶牙，让我们发现生命进入一个新的阶段。一次又一次地对别人说："牙疼啊，谁说不是病？疼起来要命！"面对一桌子的小碟大盘，重新掂量那两个词："舍得""放下"。"舍得"美食，"放下"佳肴，拾起卡路里。

人老了，啥都变了。抽烟抽黄的牙，喝酒喝缺了的牙，这位老兄干脆把他们全请走了，换了一口的义齿。假牙虽然不管用，但好看，白白净净，难怪他向我打招呼，满脸堆皱纹地咧开嘴笑，为了露出那两排白得晃眼的牙。我点点头，想夸他的新牙漂亮，但我没好意思说出来。我知道，这种恭维听了会产生歧义。这倒让我暗自关心自己嘴里的牙。都跟自己几十年了，有进过医院修理的，有带伤工作的，不白净了，也不算整齐了，好在还聚集在一起，像开"同学会"的老朋友，丑了，老了，不嫌弃地一个挨着一个。我想，我要好好地待他们。

怎么个好法？细嚼慢咽嘛。

2015年

写作者的姿态

　　回望过去一年，想到一些逝者。记得听到张贤亮离世的消息，我脑袋里冒出的第一个念头：他怎么会死呢？写几段文字，从张贤亮谈起，追念几位逝世他们留在我心里的写作姿态。

　　精卫填海式的写作。张贤亮的写作让我想到这个"不死鸟"的影子。少年时代的张贤亮迷恋文学，14岁开始创作，21岁因在《延河》发了一首《大风歌》，在一场政治风浪中淹没了。刚下海，就被呛死，不就是那只精卫鸟吗？正如老话所说"再过二十年"又是一条好汉。因文学而蒙冤22载，在这个世界销声匿迹的张贤亮再出文坛，其势不可挡地"填海壮举"让我惊叹。那一个个的文字就是张贤亮衔在嘴里裹着心里的血，丢进文学这大海的石子，成千上万的有血有肉的字，在这片淹没他22年的海上，出现了他的领地《绿化树》《灵与肉》《男人的一半是女人》《肖尔布拉克》……精卫鸟一般地活着，他不仅叫曾淹没他的海上出现了他的文学领地。他还投身商海，把西部的荒凉打上"影城"的商标换了不少的银子。他还周旋于情场，关于张贤亮的情爱传说成了他的气场。复活后的张贤亮在书海中是大师，在情场中是浪子，在世俗生活里就是一个俗人。我多次与张贤亮同行，他见到重要首长就送上他的新著，见到漂亮姑娘就递上他的名片，并用笑声回答朋友们的调侃。只有回到文字中，我才真正感受到他内心的强大与执着。他离去了，但他在文学的海洋上，留下了他的领地，用文字填出那一个个属于张贤亮的岛，一上岛就会处处看到他的身影！

夸父追日式的写作。路遥的写作正像他的名字，就是漫漫长途上的夸父追日。我是20世纪70年代初认识路遥。头一次是在西安东木头市14号《陕西文艺》的小院里。那时我从秦岭大山里的工厂借到编辑部当"工农兵"编辑，他从延川来，也做过这件事。后来是他的《人生》引起轰动，好像是在《延河》的小院里又见了面。好像是开了一个什么会，会后我们聊天，还记得他说过的话，大意是，延滨你看着，我会超过那些人的。大概指的是会上到场的一些文坛名宿。那年月讲的是"夹着尾巴做人"，路遥的话具体讲的都忘了，但这句很狂放的表白，留在了记忆中。路遥真是有远大目标的人，就奔着地平线上那太阳去的，写得辛苦，活得也很累，一只手捏着笔爬格子，一只手夹着香烟燃日子。平凡的世界里做着夸父的梦，等到《平凡的世界》完成了，路遥也累死了。累死了夸父，太阳照样升起，温暖着平凡世界的芸芸众生了。

柳毅传书式的写作。像精卫填海那样创造世界要有足够的精力和天赋。像夸父追日那样完成写作要有足够的野心并敢玩命。而世界上还有给我们传递爱和温暖和写作者，他像柳毅传书，以一介书生的良知与情怀，给这个世界足够的温馨。诗人蔡其矫就让我想到，他是来这个世界传递爱与美的使者。我是1980年在《诗刊》举办的第一届"青春诗会"上认识蔡其矫先生。在游览十三陵的大巴上，我们并坐一起。他与我交谈融洽，谈话中对我说，延滨你看我的小相册。他从衣兜里掏出来递给我，一本相册里是几十个漂亮姑娘的照片。好看吧，你看看喜欢哪样的？我没想到蔡先生会有这样一本照片册，他的问话让我先脸红了。这就是高喊"少女万岁"蔡先生。记得在都江堰，我们正在饮茶，蔡先生看见一位漂亮姑娘，便离席追上她，举着照相机对她说，我给你照个相可以吗？将生命与诗歌、爱和美连在一起的蔡先生，为爱受过罪，因诗而命运坎坷，终不后悔。2006年，在蔡先生的晋江园板村老家，已经88岁的蔡先生依然精神健矍。他健步带路，领我看他花了几年功夫在村里修的流水小丘的大花园。我想这是他留给乡亲最后一首诗了。他请我到他家的老宅，品尝刚成熟的杨梅。在书房的书架上，摆着诗集和一叠相册。几十年了，许多姑娘都成了婆婆大娘了，而他们的青春笑容还留在这书架上。几个月后，蔡先生逝世了，我想他把爱与美都传递给他的读者和朋友了，他应该是笑着离开的吧？

　　他们的书在书架上，而这些写作的姿态在我心中，依然有温度，依然会呼吸……

2015年

倦　意

　　飞机巨大的轰鸣声，已经让耳朵麻木了。局促的座位虽然十分努力地适应我的身体，但加上一根安全带，就让身体姿态僵硬地承受倦意的叠加。刚刚起飞不久，倦意引来梦境，飞机的轰响单调而平稳，揉着我的耳膜，让空姐蹩脚的英语如同巫女的魔咒，让我在一架巨大的钢铁机器腾空冲天的把戏中安然入睡。只是这睡眠不会持久。因为头会偏倒，身体不习惯这样正式地摆着姿态睡。要命的是双腿开始酸胀，两只脚被鞋帮一点点地挤疼。这疼痛让我从梦境里出来。出来又怎么样？不能走动，不能解开安全带。无法改变必须承受的倦意，是旅行的代价。这个代价确有标价，头等舱的票钱是这座的这个位置的4倍。闭目养神，熬过这倦意的时间。时间因为被倦意控制而格外地悠长，今天这个时段，浮现在我脑海里，是母亲充满倦意的脸：孩子，今天妈妈把你从学校里叫回来，是要给你说一些事情，这些事情你要记住，也许我只会讲这一次……

　　那是1964年的一天，母亲把在高中住校读书的我叫回家。

我们的家在大凉山一所学校的教师宿舍。母亲从省城下放到这里已经6年了，我头一次在她脸上看到6年都没有的倦意。从省城到大凉山要坐3天的长途车，在这偏僻小城的学校里，有一位说着东北口音普通话的老师，本身就是一个引人关注的角色。"一二·九参加革命又被开除出党的知识分子"，是贴在母亲名字后的最简短的标签。6年来母亲总用满脸的笑容面对高原的阳光和阳光下的人们。因此，喜欢上她课的学生，让她当重点对象的领导和运动工作组，是母亲笑脸迎接的两个主题。但这一天我见到母亲脸上全是倦意，电压不足的灯光下，浮动着沉重的阴影。

　　母亲说她明天要去省城，有些事要给我交代，她说，妈妈这么多年拖累了你，不是一个好妈妈。孩子，今天妈妈把你从学校里叫回来，是要给你说一些事情，这些事情你要记住，也许我只会讲这一次……妈妈出生在辽宁西丰一个大粮商兼大地主家，你的外祖父是当地的商会会长（你不用记住他的名字！）你的姥姥以让妈妈到北京读书为条件（那是从满洲国回到中国啊！）同意外祖父纳妾……在北京妈妈在中学参加了"一二·九"学运，参加革命就从那一天算起……妈妈随东北军到了西安，妈妈的第一个恋人是东北军的年轻军官……妈妈和他一起到了延安，"抗大"毕业后，他留下了，妈妈被送回西安，（据说是家庭背景复杂）……妈妈在西安"救国会"当了义工，从山西来的"抗日决死队"招兵，把妈妈招去了……在决死队里，妈妈与从延安派来的你爸爸结了婚……阎锡山反共后，爸爸妈妈奉调回到了延安……在延安"挽救失足者"运动中，你爸爸和妈妈都打成"特务"，审查了一年……东北光复，急令妈妈这东北籍干部和爸爸同赴东北，你姐送进了保育院，你哥太小只好送给老乡（他现在叫曹延光！）……回到东北妈妈太想你哥你姐就疯了，住进了长春精神病院……大军南下，随四野从哈尔滨（你在那里出生！）一直到了武汉……你爸爸想念你那孤身一人的奶奶，于是全家从武汉向西进川，（天不长眼，你奶奶几个月前去世了，没见上！）……我和你爸爸分别派到川南两个地区工作，我在内江地委会议上说，土改中打死人多过激了。（惹了大事，开除了党籍）……我从部长降职到成都教育局当科长……下放到西昌，是妈妈申请的。（没人整妈妈！）母亲最后说，孩子你受苦了，是妈妈拖累了你。妈妈是资产阶级小姐出身，参加革命跟着走，越来越走不动了，今后你要自己多关照自己。

那天晚上，我瞪大眼睛看着满脸倦意的母亲，我从来没有听见过这么多事，我觉得母亲的经历比我的中学历史还复杂。但那些话，一个字又一个字地钉在脑子里，钉得脑门嗡嗡响。第二天一早，母亲便离家上省城了。后来才知道，那天母亲是从医院的病房回到家里的。母亲身体不适，一个人住进了医院，检查完了，母亲自己走进护士办公室，看到了"疑有子宫癌需再复查"的病历。母亲立即自动出院，顺路又到学校叫我回家。这是母亲生命中一道坎，她决定自己面对。她担心上省城后再也回不来了，她决定对15岁的儿子，说明白"一二·九参加革命又被开除出党的知识分子"全部内容。母亲满面倦意，因为她实在不知道儿子能否理解这次谈话。她说完了，就那么走了，独自去迈那道坎！半年后，母亲回到了大凉山，她顺利做了手术，又满面笑容地面对大凉山的太阳和太阳下的一切。尽管以后有了漫长的10年"文化大革命"，母亲脸上再没出现那样的倦意。母亲让我惊奇，"文革"以前，每次来运动，她都在检讨自己。"文革"来了以后，她不检讨了，她一次次申诉，要求平反。这在旁人看来几乎不可能的事，倒像让母亲生活有了目标。我不解地问："妈，你不疲倦吗？一次次没结果！"母亲回答："儿子，以前我的检讨是为你写的。现在你大了，我要为自己搏一回！你懂吗？"她的申诉在1976年赵紫阳任四川省委书记期间得到了复查，恢复了党籍和职务。

　　我闭着眼睛。闭上眼睛，母亲的脸就在我的面前。得到平反通知的时候，医院的诊断书也确认母亲"气管炎已发展为肺心病"。她靠在躺椅上，鼻子里插着输氧管，笑脸里夹着倦意。像个长跑者，后半生的坚持使她得到了那张纸，换来的还有离不开氧气管的晚年。鼻子里塞着氧气管，咧着缺牙的嘴笑着，努力驱赶从眼角散开的倦意，老人家坚持用这样的笑脸面对了这个世界20年……

先生，飞机下降了，请调直座椅！空姐一边招呼我，一边推开飞机的舷窗。阳光涌进机舱，我抖擞精神，驱走倦意。生活又一次在下面等着我，好吧，我也会准备好微笑，迎面走过去！

2015年

面对动物像小学生一样的思考

蜗牛背着它的小房子，缓慢却自由地在世界上游走。人们却常常因为有了一间自己的房子，趴在那里被人"按揭"，变成不会游历的蜗居者。

螃蟹永远在为对面的来者让路，举着两把大爪子，就像公民面对警察举起双手表示没有歹意。然而人们对这个谦谦君子却有另外的解释：横不讲理地举着凶器到处横行霸道。弱者得恶名，总有原因，因为秋日的蟹肉实在美味，食之有味，还要食之有理。

和平鸽被叫和平鸽，因为它们在广场上飞翔漫步，一定是和平时期，没有枪声的惊吓，它们才会在空旷的广场上，悠闲地陪着坐在长椅上读书的老人。现在老人不坐在长椅上看书，而是在广场上像鸽子一样地起舞。鸽子对这样的广场不知所措，飞得远远地如避战火。西式的和平方式，遇到了东方的和平气象。在东方的史书上，这种和平气象有专用词：歌舞升平。

　　在我赶着毛驴去山那边的小煤窑驮煤的知青岁月。崎岖的山道上，我有一个诗人的梦想，那就是"坐上轰隆隆的社会主义列车日行千里！"今天在我坐上安静平稳的高铁，望着窗外青山，我觉得如果再骑上毛驴在青山间漫游，真有诗意。请别以为我在讲一个公式：毛驴（加减）速度（等于）诗意。

　　母亲对我说，你看蚕自己吐出的丝缠住了自己，这是自找的麻烦。它用嘴咬开了茧壳，自己解决自己的麻烦。它就变成另一个模样，开始长着翅膀的新生活。什么叫长大了？就是自己解决自己遇到的麻烦！今天看到30多岁满脸胡茬者说"我作为男孩……"以及把胸挤得像个圆球者说"我们小女生……"我知道问题不在他们，在于宠物店里没有蚕。

　　母鸡是聪明的推销员，它对自己的产品，在生产出来以前保持沉默，一旦把蛋生出来了，就在场院里咯哆咯哆的自我欢叫，让全世界知道一个伟大的作品产生了！至于后面是孵出小鸡，还是变成锅里的西红柿蛋汤，从不去追究。它总是憋足劲等待下一次生产后的欢叫。我发现电影商学了母鸡，他们也是在电影拍完还没有上银幕之前叫得最欢，上银幕就都哑巴了。

　　蚊子在叮人以前，总是要嗡嗡地叫，这是一种宣示，叫师出有名。人向蚊子学习，飞机轰炸以前总要搞点动静，发表些声明。后来人们发明了无人机，不声不响地干见不得人的事。炸了就炸了，炸了没商量。青出于蓝胜于蓝，人道高于蚊道。

一群老虎在一起开会，主题是：凭什么叫我们纸老虎？我们的敌人该叫什么？争论得厉害。各种提议：纸人类，纸是他们发明的，还有纸猪纸狗纸鸡……最后达成的共识是：肉人、肉牛、肉羊、肉鸡、肉耗子……实用主义占了上风。

长颈鹿去找整形医生，说这脖子太长了，想换马鹿的短脖子。河马说自己的身子太笨了，想换斑马的条纹身。医生说，孩子们，回去吧，你们是上帝创造的杰作。不要学人类。人类发明了机器，做出了零件，也就以为身体的零件换一下好玩。换零件的人退化为可能换零件的机器，灵魂就无处安放了。

一肚子墨水，不等于有学问。我们这个世界常常被一些学问搞得昏天黑地，暗无天日。就是因为这些学问家是会搅事的墨鱼修炼成精。不信，你上网查一下，就知道了。

所有的答卷都这么写着：最美的颜色：绿。最美的皮肤：长满疙瘩凹凸不平。最美的体形：尖头、大肚、细腿。最美的姿态：蹦。网上查一下，原来本届公务员考试的美学指导教授是癞蛤蟆。

2015年

无来由

讲格调的人常挂在嘴上：啊哟，这个人气质不错。气质好从哪儿看出的？衣着服饰。衣着服饰当然要紧，穿衣戴帽显出一个人的审美趣味，人靠衣裳马靠鞍，衣冠不整自然不入眼。同样的名牌上身，张三是贵族，李四是土豪。比外包装重要，还是相貌身材。讲这点也有误导消费之嫌，现在"冰冰"型女，韩星型男，已经风行得让我们麻木了。比相貌更重要的是精神，饱读诗书，满腹华章，大爱慈悲。这有点靠谱，但也不完全，饱学之士中，不乏不谙世事的迂腐夫子。气质是一种人生的人格呈现——对生活充满追求饱含热爱，同时也自信地享受命运对他的那份宠爱。

一幅好画让整个房间在面前充满光亮，老话说叫蓬荜生辉。一曲好的乐曲，会让瞎子也能感受到扑面而来的光芒。一首好诗能让读者内心一下子敞亮，好像胸口里揣着个太阳。一部好小说的亮光在远处引着你，好像在一个长长的隧道里，向着远远的透出光亮的洞口走去……如果不能让人感到光明并走向光明，说上天去，那样的作品有用吗？

美国人没什么历史，他们是全世界移民的后裔，所以美国人最大的本事，是折腾全世界。中国人历史悠久，在我们的劣根性中有一条，折腾老祖宗。一个孔夫子，扶起来再打倒，打倒了再扶起来。一本《论语》半部"逍遥游"，你批注完了我再解，说的孔孟老庄，其实自古就有人用"装孙子"的方式想充当新祖宗。

活在这个光怪陆离的世界，一天到晚，千奇百怪的念头像潮水冲上沙滩的螃蟹泥鳅，在脑子里活蹦乱跳。下一次涨潮时，这些生鲜欢快的小精灵就消失得无影无踪了。时常动笔写几句，就是赶紧抓几只看上眼的存放起来。写作的好处之一，就是读到那些曾经写下的文字，确认这个脑袋不是寸长不生的光秃秃的沙滩。

别嘲笑老头子靠回忆活着。人类就是世界有回忆的唯一生命体，人类那么自信满满地面对世界，不就是腋下夹着一本叫做历史的书吗？年轻人没什么好回忆？是的，好好干，大胆闯，眼光朝前，走得越远将来值得回忆的也就越多。幸福就是像我此刻，坐在窗前望着远山，我的回忆就在山那边，当它们重新回到我身边：辛苦的渗出心田一丝馨香，甜蜜的酿出眼角一滴酸涩……

自由对于我们永远是一条捉不到手里的鱼，换句话说，自由也永远像鱼所遇到的问题。比如说海洋馆的大鱼缸也许是鱼最完美的家园，安全、温暖、清洁、食物和阳光充足。可是没有自由啊，那么就放归大海。自由啊，我的大海！在"啊，自由！"的感叹结束后，跑快点，有渔网撒下来了，还有鲨鱼追来了……朋友，想象自己是一条鱼吧，那么你遇到的打击、挫折、不平与失意，这一切都是你拥有自由的最好证明。

　　小说家其实就写两个人，好人和坏人。但是小说家要进步，于是好人和坏人越变越复杂。就像西洋画，用的色彩，赤、橙、黄、绿、青、蓝、紫，原本各自装在一只颜料管里。互相调和，出现了粉色、灰色、褐黄色、铁青色……最后成一团墨黑，分不清面目，也叫人性的复杂性。诗人其实就写一个人，有感情的人。但是诗人也要进步，有感情的那个人也进步。就像用中国画，开始就是白描勾线条，后来有了皱笔、枯笔、有了泼墨、浸润、飞白，于是人的感情也复杂起来，有了浓淡、深浅、强弱、缓急、张弛……以至于当人们无法表白自己的感情时，只好求助那些写在纸上的诗句。

2015年

云南的云

朋友邀我走云南，同行的都是相熟的文友。

接到电话，一口就答应下来，因为京城的窗外满是雾霾。

云南这个省名，细想起，真是好名。中国的省名，大多是山川要津、江河湖海，只有云南例外，天上飘着，像一朵云，让你想它。

云南的云，就是和其他地方的不一样。科学家说，叫"云象"好，换句话说，就是云南的云，长得与其他地方不一样。是长得不一样。云南的云，水土好，天空瓦蓝瓦蓝，衬出云朵，有边有缘，有模有样。在这样湛蓝明净的天穹上，云朵也不像其他地方那样的慵懒，格外的精神十足，像花样滑冰的演员上了冰场，云南天上的云，扭动腰肢，张开臂膀，跳跃旋舞，霓裳飞扬。到了云南，只有傻子才低着头，抬起头，看天上的云，你就会知道一方水土养一方云，云南的云，是天上的精灵。如果真有天堂，那么神仙们一定在云南的云朵里快活！

叫云南，云和南相连，有人说是彩云之南，我倒以为，南面吹来的风，送过来的云，滋养了这方土地。北方吹来的风，干燥的或是带着凉意的，古代让人想到"天高皇帝远"，今天让人想到常常晚点的飞机航班。说是云南四季如春，其实还是有旱季和雨季。雨季是南面的云带来的，携带着风雨雷电，轰轰隆隆地让这方土地，匆匆发芽，急急开花，慌慌结果，云朵所到处，弥漫芬芳的生命气息。云啊，飘在空中叫云，降到半山和山谷成雾，渗进田野和心房就是雨露。

　　天上飘着的是云，地上走着的是人。到过云南多少次了，记不清了，也是，谁能数清天上的云？记不清多少次，但记得第一次，那是快30年前的事了。一辆中巴车，拉着一队"中国作家代表团"在云南跑了半个月。那是一次接地气的旅行，没有高速路，更没有支线飞机，在边地沙石公路上颠簸的旅程中，汪曾祺的故事和韩映山的笑话，让旅程谈笑风生。汪曾祺讲当年西南联大的轶事，让我难以忘怀。韩映山保定乡音说出的段子，带着乡间野趣。时过境迁，他们俩是回到天上，也许就是我头上那洁白飘逸的云。当年坐在车上的两个年轻人，叶延滨和李锐，如今不再年轻。今年与李锐在新疆偶聚，突然让我想起"苍狗白云"这4个字。浮云人生，人生一世，飘逸过，疯狂过，沉稳过，呼风唤雨过真能如云南的云，也就无憾了！

　　云南的云，带着大洋的水汽，一路匆匆，飘过群山列阵的高原，携雷挟电而来，云淡风轻而去。昨日的云已无迹可寻，只是云朵投下影子的山峦，变绿了；只是云朵照过影子的湖泊，变清了。历史也是飘飞的云，风云变幻，我等眼前花红柳绿，何处寻觅刀剑上的血斑，老城墙上的弹孔？

云南的云化作急雨，在西南联大铁皮盖的简陋教室上，如奔马般敲击那铁皮屋顶，响在耳畔也响在心上，家国危急，倭鬼欲亡我……

云南的云化作朝露，在腾冲国殇墓园那列队排列的士兵墓碑上，如泪痕绣出思念。谁说灵魂无形，灵魂站立不倒，儿孙就有明天……

……云南这个地方，天上飘着的名字，来多少次都不嫌多的地方，走了也会带着它走，入梦也入心，像一朵云，飘在天上，让人仰头望它，飘在心上，让人低头想它！

2015年

享受失败

与小说家王刚同游新疆，正在忘情于如奔马的流云，王刚冒出一句："自古来游历山水的知识分子，大多是失败者享受着他们的失败。"

此话让我心动，惊奇而后感动。

回望中国历史，有两点是最有中国特色的，其一是封建集权。高度集权，有两句游戏规则，帝王将相宁有种乎？成者王侯败者寇！其二是"学而优则仕"。贵胄与庶民似乎都可以通过科举走向为国效力，同时实现自我抱负的顶端。这两个特点相加，最后的结果，就是抱着鸿鹄展翅的之志，仰天大笑出门的知识分子读书人，也就是当时的文化精英，绝大多数最终都铩羽而归。能从竞技场"归去来兮"，已经是幸事。

失败者有两种：一是阵亡者，二是幸存者。

阵亡者，或许是真的失败者，志大才疏，飞蛾扑火；阵亡者，也许是命运不济的旷古英雄，"既生瑜，何生亮？"亡者，当然也有知不可为而为之，挽狂澜于既倒，成了不肯过江东的楚霸王，或是为过气王朝尽忠的文天祥！

幸存者们从正史中败退，出路何在？独善其身，这个"善"字有讲究。或隐，或逃，或另辟蹊径一展身手。中国文化的大智，就是有入世的儒家，也有看透世相的老庄。儒道互补，进退自如，我们这个民族前行的路上，早就在精神上安装了"换挡变速的离合器"。那些每天思庙堂之高者，"进亦忧，退亦忧"；那些从书本中抬起头读懂世态炎凉的者，悟出人生一世，"进未必优，退亦能优"。

所谓失败者，就是在仕途进取这独木桥上，挤不上，过不去，或被挤得掉下来的人。其实，大千世界哪能一条道走到黑？但独尊儒学，也就让许多聪明人迂腐得以为只能在求仕进取这棵树上吊死。庄子其实是个心理学家。庄子知道，不能像孔夫子那样正襟危坐的打官腔。开导读书人，他擅长讲故事，用故事启发"失败者"换个活法试一试。

故事一，"昔者，庄周梦为蝴蝶，栩栩然蝴蝶也。自喻适志与，不知周也。俄然觉，蘧蘧然周也，不知周之梦为蝴蝶与。"（《庄子·内篇·齐物论》）这是有名的"庄周梦蝶"故事。在梦中，庄周梦见自己是一只翩翩飞舞的蝶，醒来却想？是我梦见了蝶，还是蝶梦见自己成了庄周了呢？庄周在讲物化，也在讲你是谁？还在讲你换个活法也许很快活？

故事二，庄子在濮水上钓鱼，楚王派两位大夫前来请庄周去做官，庄子持着钓竿头也不回"吾闻楚有神龟。死已三千岁矣。王以巾笥而藏之庙堂之上。此龟者，宁死为留骨而贵乎，宁其生而曳尾于涂中乎？往二大夫曰，宁生而曳尾涂中。庄子曰，往矣，吾将曳尾于涂中。"（《庄子·外篇·秋水》）庄子回答也在讲故事，听说楚王有一只死了三千年的神龟，包在绸缎竹箱里供于神庙。你说这龟是愿死了留下龟壳受供奉还是拖着尾巴活在泥淖中呢？大夫答道，当然是活在泥淖里爬。庄子答，那就请回吧，我还是"曳尾于涂中"。这是对自由的解答，也是对生命意义的解答：各有各的活法！

庄周的故事，有人读懂了，这个世界对于许多知识精英关上了"学而优则仕"的门，庄周的智慧给产开了另一扇窗。回望千年，历代知识分子精英中最高明者，皆是那些"享受失败"的人们！于是有了李白、杜甫，于是有了徐渭、米芾，还有蒲松龄、曹雪芹……老天在他们身上睁眼了，他们在享受失败的过程中，没有辜负老天赋与他们的才华，在世俗规定"兼济天才"的竞技场上碰得头破血流，却在享受失败中战胜了时间，让那些轻如鸿毛的诗词、字画、小说、戏曲，像流云彩虹，在时间的天空成为风景。

享受生命而"吾将曳尾于涂中"。也许庄周只是讲了自由的可贵，其实也是所有成才艺术家最好的生命状态。庄周是最早的善于讲中国故事的人，当然需要会听这故事的耳朵。

2015年

烛光在前

一次和一位小朋友谈理想，说到向往光明。他说，不理解，难道人也和飞蛾一样？我知道他不理解的原因，是因为他们这一代对黑暗没体会。我笑着对他说，我小时候最高的社会主义愿景就是8个字：楼上楼下，电灯电话。我记得的第一个领袖格言是列宁说的，共产主义就是苏维埃加电气化。他也笑了，他说，按照你们那时的理想，今天住地下室的农民工都过上共产主义了：住高楼下，有电灯照，人人都揣着手机找工作。他的话引出了我对于光和灯的记忆。

我从省城去到大凉山是1960年的事。那是"三年困难"时期。学校在山上大庙里，住校，晚上没有灯。农村来的孩子，带来两种照明的东西。一是"松明"，松树的松，明亮的明，就是松树干上松脂较多的枝干，凝着橙色松脂的木条剖成小指头细的小棍。晚间需要时，划根火柴，忽啦就能引燃。举着照亮，像举一根大号的火柴。还有另一种光明器，油料植物蓖麻的结籽，黄豆大，外面有层硬壳，剥去壳，将蓖麻籽用竹签穿成串，火柴一点，也能照明。因为蓖麻籽里有水分，会噼噼啪啪炸响。豆粒大的光，却也让黑暗退去。当然，家里会藏有蜡烛，但不易买到，谁都不会带到学校来。

读初中上晚自习需要稳定的光源，稳定的光源就叫灯。最早都用墨水瓶改成的煤油灯，一角钱能买一只。用过的墨水瓶，瓶盖上打一个小孔，安上一根薄铁皮卷成的细管，里头穿过一根细棉线的芯，一头浸在盛着煤油的墨水瓶里，另一头从瓶盖上的细管里伸出来，点燃就有了亮光。装满煤油的墨水瓶小灯，能燃完两节自习课。晚自习结束时，每个人的两只鼻孔都被煤烟熏得黢黑黢黑。虽然灯芯小，光焰弱，媒烟也呛人，但省油，买煤油凭票，限量供应。

比墨水瓶光亮的是罩子灯，就是有一个大葫芦形玻璃罩的煤油灯。不仅光亮，还少媒烟。用上罩子灯，实在高兴，直称赞："真跟个小电灯一样！"闲下没事了，就擦那玻璃灯罩，擦得明光透亮。那是我的少年时代最光亮的一段时光，面前一盏灯，手上一本书，四周一个宁静的夜。还有什么更让人向往的吗？在贫困的年代，说真话，大家都一样，什么都没有的时代，你却有一本书在手，真让人心满意足了。

比罩子灯更好用的是马灯。马灯从字面上讲是赶马的马帮用的灯。我用过马灯，那是我在农村当工作队员时的用具。

"文化大革命"，最快革掉的就是我们上大学的梦。怕学生闹事，把我们派到山里当了工作队员。工作队员最当紧的用品是一盏马灯。在没有电的大山里，马灯跟人寸步不离。在家照明，出门照路，到了村里召集开会。生产队的社员们看见的队部里马灯亮了，就聚拢过来。每周一次上公社开会，把被子打成背包挂上马灯，一路上的乡亲看见马灯，就打招呼："工作同志开会了？""工作同志上公社打牙祭吃好饭食啊！"受人尊敬是件开心的事，为人踏实地做点好事，才能真正受到尊敬。工作队员几个月经历，这是让我走入社会明白的第一个道理。

从松明棍、蓖麻籽，到墨水瓶油灯；从罩子灯到不怕风雨的马灯。我觉得光明就一点一点地像发了芽的种子生长起来，黑暗就一步一步地离我远一些。对光明的渴望，对于我来说，是实实在在的生活愿景。让生活中光亮更多一些，黑暗更远一些，是切切实实的前行目标。

现在好了，楼上楼下了，电灯电话了。然而在小康的灯火阑珊处，许多东西却依然寻它千百度而不能见！认真想一下，光明之灯，不仅是眼前各色灯火霓虹，还有心灯。心上有一盏照亮心际的灯，人生才透亮，才会胸中无雾霾。是啊，光明是艾青笔下的《灯》：

盼望着能到天边

去那盏灯的下面——

而天是比盼望更远的！

虽然光的箭，也把距离

消灭到乌有了的程度

但怎么能使我的颤指

轻轻地抚触一下

那盏灯的辉煌的前额呢？

2015年

你的位置

我记得的第一个中国以外的世界上的国家名字：不丹。奇怪吧，夹在中印之间群山中那一星点的地方。怎么会第一个记住呢？因为位置！不是不丹的位置，是我的位置，而且是我小学放学时排队的位置。我读的那所小学叫"二师附小"。记得学校有一条特别的规矩，放学排队要求各班迅速到达操场，每天要评比。规矩都是人定的。放学集合一般是校长或教务长训话的时候，所以不能让首长们等得太久。孩子们也最欢迎这个规定。为了保证迅速在教室外排好队，再跑到操场集合，下课钟声一响，不论老师讲到哪里，值日生会喊："起立！敬礼！老师再见！"大伙一溜烟窜出教室。从不压课，准时放学，让我一生难忘的好规矩。我们每天在教室外的山墙旁集合，山墙上画着一幅中国地图，我站的位置刚好对着喜马拉雅山。离我最近的就是那两个字：不丹。我一辈子没去过这星点大的神秘国度，不丹对于我，是返程车票上的地名，每一次都准确回到童年。

　　位置就这样奇特地导向你的目的地，不都是地图上的那个地方。位置有时还会让你记往一个时代。那是我在中学时代的排队故事。上体育课，老师总是批评我："延滨，你又站错了，往前排。"那一年我正在长个头，奇了怪了，噌噌往上蹿。我好像说过这事，时间是20世纪"三年自然灾害"结束后那一年。"三年自然灾害"对于我，就是从身高1.49米长到1.51米。正该长高的年纪，蹲苗了。灾荒年总算过去了。过去了的标志，满大街都在卖两样食品：头一样是陈年老腊肉，说是给苏联还债，"不合格退回来的"；另一样是伊拉克的椰枣。这两样食品不要"供应票"，不要肉票、粮票、糖票、豆腐票、香烟票、煤油票，更不要布票、工业券和外汇券。有钱就成！到来太快的幸福，让我的老妈每个星期天用大锅给我煮腊肉。她的办法和老农民种庄稼一个道理，追肥。这一年我从1.51米长到1.75米。于是也就有了一上体育课就挨老师埋怨："糊涂小眼镜，连自己站哪儿都记不住！"你瞧，就这排队的位置，让我记住了那个年代，记住去过西伯利亚的老腊肉和伊拉克椰枣。

　　位置不仅会让你记住自己和经历的岁月，有时还会让你得到精神上的满足或冲击。我是"文革"结束后才上大学的"老三届"，我的大学是中国传媒大学的前身——北京广播学院，大家都称为北广。北广是个"小学校"。我上学时，全校只有几百个学生。一个图书馆，一个食堂、一座教学楼，教学楼里有个小收发室，收发室门口挂个小黑板。谁有挂号汇款，收发室的老师就用粉笔在黑板上写出名字。我的名字常趴上小黑板，常有报刊社寄来的稿费。今天这叫什么？叫"晒"。那时候，在哪个报纸上发了块小文章，哪个刊物给你评了个奖，心里喜滋滋，又没法子像今天这样在手机上显摆。谢谢小黑块！歪歪扭扭的粉笔名字，真有用，晒得学校里都知道新闻系有个叶作家。这当然很浅薄。

老话说得好，人怕出名猪怕壮，这个"怕"是见到真刀子的贼光以后，才会明白。我在大学里，得了中国作家协会的全国奖，被吸收成作家协会的会员。美滋滋地还没有两天，就接到在京某机关工作的好友高伐林先生电话。他告诉我被某位报者搞了个"内部材料"，现在这东西就摆在他桌上！这件事，让我好多年不得安宁。现在有个词"拉黑"，我觉得用来形容我那两年的光景，就是整个地被人"拉黑"了。报纸不点名的批你，你却无嘴申诉。原先抢着要你的单位，全都把你无理由退货了。你知道写你黑材料的记者是谁，但无法找他算账，因为他是在工作，写的是"内部"，不能成为呈堂证供。天啊，人生最无奈的竟然如此：一下子悬空失去了位置，拉黑你，让你落在陷阱里。在陷阱里的日子，你只能从头开始，开始审问自己："我是好人吗？"问得自己敢相信自己了，把自己位置再找到："是个好人"。两条腿才有点劲，才一点点地从坑底往上爬。

我低头看手机上的信息，我想，那时我要有个手机，我从那个家伙挖的陷阱爬上来，一定用不了那么多的时间啊！我发短信，我发微博，我让全世界知道我的掉进陷阱了！难怪人人都紧捏着自己的手机，在今天，没有了它，你真的会失联，你在什么位置？你在朋友的手机上，手机上是你的电话号码，正一遍遍拨打："对不起，你要的号码暂时无法接通！"

2015年

童年小忆：麻雀

一句聊天中的闲问："小时候印象最深的小动物？"我的脑子里出来就是它，小麻雀。

麻雀是与童年最近的外部世界。它从天上飞到面前，又叽叽喳喳地跳出你的想法，你的想法是"抓住它"。像一个教员，是朋友也是对手。童年的淘气和恶作剧，都与麻雀有瓜葛。用弹弓射出的小石子打碎邻家的玻璃，其实是上了麻雀的当，麻雀让你手痒，然后让你的屁股被扫帚把狠揍一顿。把笸箕翻扣在一根小棍上，笸箕下面上洒上米粒，这是捉麻雀的经典图案，结局却总是麻雀把米粒吃完了，笸箕的战果是零。小麻雀大概算最聪明的鸟。距人最近，分享人的食物，却不是让人宰的鸡和鸭。和人亲密，只逗小孩玩，面对弹弓而远离鸟枪。它知道弹弓后面是傻小孩，鸟枪的主人也绝不肯浪费昂贵的子弹猎杀一只可以忽略毫无经济价值的小麻雀。

小麻雀没想到，有一天它们从小孩的玩伴，变成了"人民公敌"。书上怎么讲的"晴天霹雳"。这霹雳是上课时老师的讲话："全国人民将开展轰轰烈烈的除四害运动。哪四害呀，不是地富反坏，也不是蒋宋孔陈，谁叫蒋宋孔陈？啊，你们还没上历史课，以后再说。四害是老鼠、苍蝇、蚊子、麻雀。"麻雀一下子和人人喊打的过街老鼠排在一起，日子难过了。老鼠知道挨打的滋味，不会轻易上街散步。麻雀自由自在几十辈子，全民公敌的滋味它还没有领教过。孩子们盼过老师给一人发一只弹弓，打麻雀的战场大显身手。老师兴奋宣布的是另一种战斗："明天上午全市总动员，消灭麻雀。全班都参与，负责校园球场，请大家带上锣鼓或者脸盆，还有竹竿和扫把，准时到校集合。"准点是几点，现在记不起来了。记得那天集合完毕，老师神情庄重地拎着双铃闹钟。我脑子里响起电影话外音："准备开炮！"

闹钟铃响了！分散在球场上的同学，咣咣地敲锣，咚咚地打鼓，叮叮当当地敲打铜盆铝锅，竹竿和扫帚伸向空中胡乱挥舞。此时在四周同样响起奇怪而热烈的声音。什么叫轰轰烈烈，经历一场轰麻雀的人民战争，一辈子记住这词！这是一座有百万居民的省城，百万人的呐喊，百万只盆和锅的敲打，麻雀只能惊恐展翅四处逃窜。展翅容易，着陆困难，难于上青天。我这里不是说反贪官，我是说那天的麻雀。飞上天就安全了吗？飞又能飞多远？当一座城市处处敲盆击锅，处处皆是竹竿和扫帚乱舞。"下来了！下来了！快赶走它！""飞不动了！飞不动了！掉下来了！"就这样，不到一个钟头，全城的小麻雀，这些小人民公敌，像冰雹一样砸落在城市的各个角落。

战斗胜利结束。除四害运动的每次活动后，老师都要认真总结成果。打苍蝇要用火柴盒装上死苍蝇上交，打老鼠要把老鼠尾巴上交，然后才郑重地登上光荣榜。这次光荣榜上没有数字，榜前的小桌子上摆了一长排小麻雀，这是全班，不对，是全市人民的光荣战果。小麻雀虽然掉在校园球场里，但把它们赶到这里的是整个城市的居民啊。

好久，好久，我发现，这个城市的早晨没有了鸟啼声。好久，好久，我也发现，夕阳下原先黑压压归巢的乌鸦再也看不到了。渐渐地这座城市的学校、机关和各种单位，习惯了用大喇叭告诉人们作息时间。

又过了几年，在读高中时，我在一堆"破四旧"的书堆里，看到一本书。这书大概是美国一家智库公司的外交报告，书名记不得了，封面封底都印着"内部资料"。随手匆匆翻一下，竟看到关于轰麻雀运动的一段文字。大意说，这件看起来荒诞的轰麻雀运动，有力地证明了，新中国政权已经深入了社会每个细胞，并且有着超强的社会动员能力。本书作者的结论是，建议美当局不要支持台湾的蒋介石"反攻大陆"的轻率冒险。正读得入神，有人喊："不准看，那是封资修！"我的手一抖，那本书被铲进火堆里。谁说过，南美一只蝴蝶扇动翅膀会引起一场风暴？我想，小麻雀那最后扇动的翅膀真的也扇动了大国博弈的风云。

忘记了是哪天，小麻雀不再列入四害名录了。此处不叫平反，叫做与自然和谐相处。

2015年

简约生活

接电话，我读高中的班主任杜老师。杜老师说，到北京来看生病的姐姐，给我打个电话。杜老师多年不见，上一次还是2002年，也是他来北京看姐姐。我说我去看他，一定的，下午就去。杜老师当过我的班主任，是50年前的事情了。我读高中三年，三年住校生，住校生的班主任有格外的意义，学校就是半个家，班主任就是全班同学的家长。

那3年是我一生中不平常的3年，也是简约生活的3年。我至今都保持着那时养成的一些生活习惯。洗脸习惯用双手合拢，在水龙头上接水，呼啦呼啦用清水把脸洗干净，然后用毛巾擦干。从来不在脸上抹什么护肤品，清水洁面，素面朝天。这就是3年中学寄宿养成的习惯。那时全班20多个男生，挤在一间教室改成的宿舍里。宿舍外，阶沿旁，安一个水龙头，这就是我们全班男生的"洗漱处"。早晨广播喇叭一响，起床，10分钟后做操，晨跑。就像汽车点火后，马上加速换挡，让人没有时间停下来。水龙头前排成队，都一个样子：手上拿一个搪瓷杯，肩膀上搭一条毛巾。轮到接水，低头捧水洗脸，然后接一杯漱口水，让下一个。没有时间容你慢条斯理地接满一盆水。不说洗脸了，洗澡也就是这只水龙头。学校没有洗澡间，女生怎么解决我不清楚。我们班男生，全在这水龙头上冲澡。天天洗凉水，从夏到冬，冬天的凉水，一浇上背脊，立马腾散出一团热气。再说了，二十几个半大小伙子，睡在一间教室里。上下床，床挨床，打鼾咬牙，出汗放屁，那味儿就能熏倒人！所以，一年四季开着窗，敞着门。晚上有谁想偷懒，不到水龙头那里把自己的臭脚冲干净，全宿舍都要闻他脚丫子味，就等挨揍了！

在这个集体里，每个人也有自己的一块床板，这就是个人专属领地。摆在这床上的东西，都是一个背包卷就背来的。每人的床上物品基本相同：一床草席，冬天在草席下加一床稻草垫。一床被子。一个枕头，或只是枕套里面填上换洗衣物。个别的同学还有一个小木箱，放在脚下一侧，装些零星用品。多数人都是一只书包放在枕边。3年生活，没有同学掉东西，也没有出现过小偷。能有值得偷的东西吗？家境好的每月要交6元伙食费，农村考来的多数有助学金。特别困难的同学，冬天能从学校借一套棉线绒衣。

生活极其简约，就是说，不可再少的最低生活需求。一双胶鞋穿得露脚趾了，自己用破排球上剪下的皮子补上。再穿得磨透鞋底了，花5毛钱，掌上轮胎鞋底又抗半年。那年月号召学雷锋，雷锋干的，我们都能干。雷锋有一张给战友理发的照片。我们班的生活委员李代友，用班费买来一把理发推子，从此后，全班男生就在他的手下统一发型，全推成小平头。

简约生活是那个时代的特点，今天说叫短缺经济。10元钱活一个月，你不简约，行吗？简约生活也是学校的校风。想来也是，大凉山里的穷孩子们要和外面大城市的竞争高考这道门槛，我们的西昌高中也是响当当的省重点。那时清华大学有个为祖国工作50年的口号，传到我们这里，就变成了"斯巴达精神"，文明其心灵，野蛮其体魄！全地区就这么一所重点高中，这是当年10多个县的山里孩子上大学的唯一通道。同学都是各县考来的尖子，一个县两三位。说实在的，不拼命进不了这学校门，进了学校不拼命出不了这学校门。支撑着每个孩子的，是梦想，进了这所学校，才有资格做上大学的梦，梦是简约生活的最好享受。

"文化大革命"的风暴吹破了我们的大学梦。而3年简约而拼命的青春岁月，留下了另一段记忆。"文化大革命"暴发，红卫兵风靡全国。我和班上4位"家庭出身不够条件不能当红卫兵"的同学，心有不甘。4个人一商量，贴出张"我们也要见伟大领袖"的声明，深夜从学校出逃。在接下来的4个半月，风雪兼行，步行了6700里，从四川西昌走到了北京。

　　关了高考门，吹破大学梦，多谢3年简约生活青春岁月，收获一条6700里风雨路。这条路让一生有了另一个支点：底气。

2015年

山上的水

　　刚从省城进到大山，发现被群山围在一个小盆子似的坝子里。坝子其实不小，一天也走不出去。"看山跑死马，懂吗？城里娃。"乡下孩子就这样开启我的知识，这些知识像蒲公英，不知哪股风吹来，落进耳朵就在心里发芽。南方的山都好看，一年四季绿荫笼罩。也不全一样，朝着太阳的阳坡，树少，有时还秃露红褐砂石，砂石上长着焦黄的茅草。这就和歌里唱的不一样，万物生长靠太阳，在大山里，阳坡日照强烈，早晚吹拂热风，喜水的草木无法存活，只有焦干的茅草能迎风抖动如刀片锋利的叶子。我知道茅草的厉害。山里人主要的燃料就是它。陪乡下同学去割草，没割两把，手上全是血道道，裤腿扎满了尖草籽。草有草生长的地方，那些地方没有大树立足的土壤和水分。长满大树的背阴山峦郁郁葱葱。绿色的山坡上，东一簇，西一堆，村庄高高低低地散布在群山怀中。为什么这个村子在半山腰，另一个却在山坳里。因为水，山里的水。山多高，水多高，有水源的地方，就有人家。大山真神奇，天下的水都往低处流，而山里水会爬得高高的，从石缝冒出来润泽一方，草尖挂满露珠，树枝伸向天空。

我初次亲近山上的水，小学六年级。转学到大山里，从省城楼房堆里的学校，穿越到山脚私塾里的教室。学校本部是一所旧宅第，挤不下，便把高年级毕业班放进宅子后的这座私塾老学堂。有大宅还有学堂，主家一定风光过。民国时代的建筑，虽破旧，还能用。窗子和柱廊的油漆斑驳脱落，青苔和地衣却把石阶绣得颜色黑绿，沿着黑绿石阶，转到教室的后面的一角，一汪碧玉般的山泉，从石板砌成的方井突突往外涌。掬一捧，喝下去，透心的凉，凉滋滋的，又有丝丝甘甜。泉井望不到泉眼，井沿石缝冒出来的水，掀动泉水里苔藓的发丝。孩子们趴在井沿上低头喝水，不用手捧，直接用嘴吮吸，像跪饮的小羊。泉水从井沿缺口漫出来，流进山石砌成的小水沟，孩子们便在沟畔洗脸洗手，扬起的水让笑声也清丽晶亮。再往下，流进一个小水塘，便蓄存起来。早年是防火塘。我们上劳动课，就在水塘里打水浇菜园。那年头闹饥荒，凡能种菜的地方，都种上了菜。有了这口常年不干的水塘，菜园子一茬菜接一茬菜，像毕业班的同学，红辣椒紫茄子，喝山泉长成好模样，走过的人夸："比学堂娃儿还逗人爱哟。"

我的初中在一所大庙。半山腰上有名气的古刹，山门上有个大匾"光复寺"。学校叫西昌专科学校附属中学。专科学校是当地最高学府，附属中学头一次招了4个班，就放在大庙里。正是3年自然灾害时期，和尚全遣散回乡种地去了。和尚走了，我们来了。全校200多号师生全部住在庙中，想一想，大庙香火旺盛时的光景一定壮观。200张嘴要吃喝，水从何处来？大庙没有自来水，靠山吃山，还是山上的水。我写过一篇短文《老庙》，回忆我在光复寺的那段求学生活，印象很深的就是上山取水："生平头一回知道简槽这种东西。山泉在高山顶上，多年来，人们把碗口粗的棕树一剖为二，然后掏去树心，做成了一截截的长水槽。水槽与水槽相接，引来的山泉水。山泉水越沟过坎，跳崖穿涧，径直流进大庙的灶房。简槽是一槽尾搭在另一槽头上，如果其中一根被风吹落，或被饮水的动物撞掉，大庙立刻断水。我进庙后，最早的勤务就是上山巡查简槽。全校师生饮水全靠简槽引来的那股潺潺细流，一天要断流好几回，爬山查水是每个学生轮流去做之事。上山查槽，在水槽两侧，因为常有水流滴淌，树草丰茂，苔厚路幽。那些简槽不知从那个朝代开始服役，锈满木菌和青苔，像百年老人的手。使我感到一种恐惧，想起这原是一座大庙。"大概这是最早的"自来水"了，利用地势高低差，将远处的山泉引到大庙，保证200人的吃喝洗漱。在巡山接水的路上，我常常觉得大山是活着的。会呼吸，呼吸让山风啸叫；会关照草木生灵，山泉像乳汁，山泉流淌的地方万物繁茂。

　　"可惜，常年喝凉水，我得了慢性肠炎，回省城看病，医生说，不用吃药，要喝开水！天知道，那年月在大山里的穷学校里，喝开水？那是不可能的奢侈。"听我讲话的朋友问："后来呢？""后来还是回到山里，山里的医生另有说法：不用吃药，水土不服。"我的朋友一拍大腿，对我说："他们都说错了，山上的水，神水。那不叫肠炎拉肚子，那叫排毒，怪不得你气色好，那是童子功！住佛堂大庙，喝高山泉水，吸松柏灵风，你这辈子的运气都这么来的！快告诉我，那山泉水在哪儿！""小私塾早变成城区闹市了，大庙现在修葺得金碧辉煌，只是也用上自来水了。""可惜，可惜，多好的山泉水，没了！"

　　我无语。突然，我觉得那汩汩的山泉水从心口流过，凉丝丝地甜……

2015年

心 寻

小姑娘老低着头。身边的爷爷叹了一口气："你看什么呀？""不早告诉你了吗？手机！""手机有什么好看的，总看不完？""你不懂，手机就是个世界。""啥世界能装在那么小的物件里。""虚拟世界，好玩着呢。""啊，虚无的世界。"爷爷换了一个字。

老爷爷也低着头，像在寻找什么，又好像只是在想什么。身边的小姑娘说："你找什么呀？""没找什么，什么也没有了，也找不到了。"小姑娘听糊涂了，爷爷说的车轱辘话，没听明白。瞪大眼睛，想从爷爷嘴上听出什么？

爷爷是在找东西，是心里那些记忆。那时，爷爷也是个孩子，谁都是从孩子过来的，爷爷小时候也是个爱低头看东西的孩子。

坐在城市街心花园长椅上，爷爷和小姑娘，都望着面前的水泥地。这些水泥地上有很多双脚走过，现在那些脚都离开了，光滑的地面上干干净净，连一片叶子都没有。

（如果这是电影，银幕上就出现了神奇的画面。）突然，这坚硬的水泥地，一下子变松软了，松软的像绸布，向四方散去。绸布波浪似的皱折带出一片雾岚，阳光把那潮湿的雾气凝成露珠，晶莹地点缀在草尖上。这些草就生长在刚才的水泥地上。茵茵绿草下松软的黑土，散发着泥土的芬芳。这是课本上的句子，小姑娘闻到那泥土的味道，想起了课本上的句子。这句子是说草原，还是说森林？草丛顶着露珠，蔟拥朵朵小花。这些小花都是小姑娘没见过的。小姑娘见过花店里的花，郁金香、瑰玫、勿忘我、月季，总在该出现的时候出现，一个个都长得标准的漂亮，像去韩国整容过的名媛。草丛中的花都叫不出名，七彩缤纷，星星点点。爷爷说，它们就是老街坊，守在房前屋后。春天开花一直开到秋凉，一茬接一茬，把窗外的小天地，打扮得花枝招展。

草丛边，一队小蚂蚁像一条线从她俩的眼前爬过。爷爷想，对了，我就在找你们，小蚂蚁。小蚂蚁在爷爷的记忆中，是童年最早的朋友。喜欢蹲下来，看蚂蚁搬家，抬着饼干渣，举着蚂蚱的残翅，像一队士兵去打仗。对了，蚂蚱也是好朋友，草梗上趴着，爷爷伸手，蚂蚱两只后腿一弹，消失在阳光里。阳光下那肥大的南瓜花，招摇显摆，南瓜花鲜嫩的花瓣是蝈蝈的最爱。蝈蝈叫起来好听，有蝈蝈叫的夏天才算是夏天。夏天炎热多雨，草绿花香，谁都在家里呆不住。连慢性子的蜗牛也在园子里散步。蜗牛没惹谁，但爷爷小时候对蜗牛可有意见了。上数学课的老师说，有个台阶30公分高，蜗牛白天爬上去3公分，晚上滑下来2公分，多少天爬上台阶。抢着回答：30天！错了？！多叫人丢脸的事。不说蜗牛了，反正它们爬不远。那是蟋蟀，这可是孩子们追捧的明星级昆虫。蟋蟀讲究，老园子里才有。老园子的老墙根下堆着秦砖的残角、汉瓦的碎片，这些器件逗引出蟋蟀一阵幽幽的吟叹……

爷爷的脸上露出了笑容，他对姑娘说："对呀，这就我寻找的，我的童年世界，也是每个孩子的童年世界。有花，有草，有奇妙的昆虫世界。老辈人说，接地气，这就是地气——和草对话，与花比美，成为昆虫们的朋友。"小姑娘高兴地说："多好呀，我怎么没见过，这是真的吗？"

她的话音刚落，刹那间，眼前的一切像海市蜃楼无影无踪，还是那块坚硬的水泥地，从眼前铺向远处。站着的水泥楼和躺着的水泥地严丝合缝，寸草不生。

我的文章结束了。

假如这是一部微电影，片尾还会缓缓地推出片名——《寻找回不来的世界》。

2015年

一滴泉水流出了济南

一滴泉水流出了济南。就像人们熟知的那样，汇入奔涌的大河。大河也就是千万颗小水滴汇聚在一起。向前奔涌的流水中，有许多的来自其他地方的小水滴，高兴地向济南流出的这滴泉水打招呼："哎，你好啊，历下君，真高兴和你这样有教养的君子同行！"水滴们喊它"历下君"，它们知道那个泉水汇聚的地方叫历下，它们不知道历下只是济南的老城区，新济南可就大得多了。叫历下也不错。就这样，从济南流出来的这滴泉水，在这篇文章里有了名字"历下君"。

这滴泉水接受了这名字，多秀雅的名字，一听就有历史感。是的，泉水从济南流过，也就是经历一次伟大的回归与穿越之旅。历下君想到这里，虔诚地在心里说，谢谢老天爷，也谢谢泰山爷，让我落在与天地同在的齐鲁大地，又有机缘从石缝中冒出来，成为济南泉水中的一滴。泉水在地下，大家都匆匆朝向涌动，因为都知道，只要从历史的石岩中涌出来，就回家了。历下君和无数泉水在唱一首童谣：古舜者，耕历山，历下是我家。从尧舜爷算起，历下就要算泉水们的"老家"了。泉水的老家有大名济南，也有别号泉城。记住了，最有名的泉城之画，是元代诗人、书画大家赵孟頫所著的《鹊华秋色图》。老先生还有诗云："泺水发源天下无，平地涌出白玉壶。"哎，你这刚从石缝里涌出来的小水滴，怎么知道得这么清楚？这有什么奇怪的。赵先生画《鹊华秋色图》的时候，也没到过济南，只听了友人的描述，便画出这天下最美的画卷。这叫什么？叫传统，也叫与生俱来的灵感。知道吗？济南的泉水，流过济南街坊井巷的千百年，也流过了那厚厚的历史。历史感让历下君充满了自豪，没想到一滴水流过了济南也就有了历史感，啊，上善若水，水上为泉嘛。

这滴从济南流过的泉水，是从历史深处流过来的，我们信。具体一点是从哪个泉眼冒出来的呢？这个问题提得好，有文化。有文化的济南，泉眼都有名。取了名，就有了文化，就像古代的秀才，金榜题了名。历下君是从哪个泉眼出来的呢？最有名的是趵突泉。趵突泉比历下的名气还大，就像全世界都知道姚明，却没有几个人知道他爹叫什么。一样的道理，历下为自己土地上有这名扬天下的泉而自豪，亲生的，亲不够。趵突泉的三眼巨泉咕突突往外冒，像牡丹，像银壶，更像雪莲！别说不像，说不像是因为你没想象力。成百上千的人围在泉池四周，像听大学者讲课，口若悬河，纵论古今。历下君觉得自己从地下冒出，见到阳光的时候四周没这么多双眼睛。那么也许是从珍珠泉出来的？一方清池，沙底上冒出一串串水泡，慢悠悠，亮晶晶，像幼儿园的游戏场。还是黑虎泉、九女泉、玛瑙泉、琵琶泉、白石泉、芙蓉泉、起风泉……72名泉，每个名字后面都有多少文化意蕴？有文化的名泉滋养有文化的名士。就说这漱玉泉，泉边永远有个美人倩影，那是"昨夜雨疏风骤。浓睡不消残酒。试问卷帘人，却道海棠依旧。知否，知否？应是绿肥红瘦。"李清照写的这首诗，历下君觉得，就像自己看到这个世界的心情。历下君认为自己应该是从漱玉泉出来。"绿肥红瘦"就让这滴泉水感到这个世界真有说不尽的美。还是文化有魅力。名泉引名士，杜甫有名句："济南名士多"，这句子挂在大明湖的历下亭。天下的文人墨客，就像全济南的名泉之水，也要汇聚大明湖，名士李白、杜甫、曾巩、辛弃疾……今人更多，老舍、胡适、柳亚子、叶圣陶、郁达夫……都在济南留下了身影。历下君流经大明湖时，就在历下亭见到几个新面孔：那位是施占军先生，原先是山东大学的教授现在听说在北京当名牌大刊的主编。那位是叶延滨先生，上次来济南上了千佛山，没下大明湖，这次算补考。那位叫朱零，云南籍的名诗人，从北京回云南却到了济南，不是买错车票了？……历下君听见耳边的水滴叽叽喳喳，心想，到底是汩汩小泉水汇进了洋洋大明湖，见识也广啊。

　　这滴从济南流出的泉水，还真舍不得离开济南。亲啊，济南是家，济南与泉相亲相融，大大小小几百眼泉就是济家人家的"家庭成员"。外地的游客到济南，常被黑虎泉的泉水与市民百姓间的亲近画面感动。黑虎泉名字够威风，虎头张着大嘴让泉水"轰轰下泄，澎湃万状"。济南的老百姓提着水桶、水壶、塑料大罐排着队从虎口取水，亲近嬉戏，如同家人。更多的小泉，就在井巷街市之中。芙蓉泉就是芙蓉街的一景，起风泉就是起风桥的街坊。还有恋上好人家的泉水，干脆就从市民的小院里冒出来，成为理所当然的家庭成员。早先有个叫刘鹗的作家，就有8个字写尽了济南泉水的人缘："家家泉水，户户垂杨"。这8个字你读懂了吗？这不是写景，这是在说泉水与济南百姓是一家子啊。家家泉水，泉水流出家门走了，就像儿女出了门，儿行千里也恋家，记住济南是老家。户户垂杨，舍不得离家的泉水，顺着柳树根，站在家门口，站成一棵棵迎风摇摆的杨柳树。人们爱说风水，济南的风水就是这像百姓一样密布于街巷的泉水。听说前些年，济南的泉水突然干涸了。枯泉干沟，残荷衰柳，让济南百姓心急如焚。人有病，天知否？济南的百姓家里哪能少了一泓清泉啊。世道好，知民心。经过整治乱开煤窑、乱打深井等急功近利的荒唐之举，泉水又像久别的亲人，回到了柳街水巷。

　　这滴从济南流出的泉水，说到这里都有些哽咽了。是啊，世上还有比泉水更多情的水吗？世上还有比济南更亲泉水的城吗？我想给这滴从济南流出的泉水打个招呼："历下君，多保重。"我也有点舍不得历下君的济南了。

手机响了，收到一个短信：请像济南爱泉水那样地爱护地球吧，不要让你眼睛里的泪花，成为地球上最后一滴水。历下君问好！

啊呀，好像在哪见过这句话，你见过吗……

2015年

心里美

人活一辈子，就是活心情。会活的，活得心里美。不会活的，归根到底是自己跟自己过不去。那么大一个世界，比什么？比财富，你肯定不是最富的，哪怕你是富二代；但也不是最穷的，哪怕你今晚的饭口还没着落。比地位，统治过半个地球的人，比方凯撒大帝和成吉思汗，你都没遇上，当奴隶，当战俘你也没赶上。你就是这城市里千百万分之一，怎么办？气死，不值。自己活自己的，活得自己美滋滋的，那就对了。从现在开始，不迟！

人的脑子，就那么点大，装的事可多可少。堵心的事，一件就足够多了。一件事让你想不开，你的天就黑了。想开点！就是遇事多朝云开雾散想，哪怕云堆里有一丝缝，给点阳光，就赶紧灿烂一回。

好想法，好念头，还有写文章的好句子，就像天上的云朵一样在心上飘。云彩是个好东西，不用开荒、播种、浇水、施肥，风一吹，就舞动腰肢朝你来，让你的头顶上的天空丰富而美丽。只是云彩也有个短处，没根，风再一吹，飘走了。所以，好心境一定要留住。从心上飘过的好句子，你写下来了，就是你的了。有人说，像抓鱼。鱼过了时间，会臭。好句子不会变味。所以，写诗是一门让人变得心境开阔的手艺——在心灵的天际驯养彩云。

脑子是人与生俱来的宝贝。不用脑子的人，把脑子变成一池死水，死水还会变成泥沼，泥沼里的东西和气味，都不会让人开心。爱用脑子，那是一汪活水，有的还是湖泊，还有的更是大海。湖泊的活力来自有活水的注入，我们说，那是喜好学习，不断汲取新事物。大海是另一境界，自身充满活力，潮起朝落，皆成气象。古代的孔子，今天的爱因斯坦，他们宽脑门里都是大海。这是真财富，无法计量的财富。

心里有事，你藏着，但别人知道，从你的脸上看出来。脸上有字吗？

人们说，这人有驴脾气，死犟。毛驴受委屈了。小毛驴才不犟呢。在小驴的脑门前悬一把青草，驴有盼头，走得可欢。人脑门前面也有一把青草，叫希望，也叫前途。青山绿水间长大的乡下孩子，到城里头拼搏，挤地铁，住地下室，泡方便面，睡着了就梦老家。醒来给老娘发信息：挺好的，吃住都好，老板说我有希望！有希望3个字，让所有的辛苦都不算辛苦。没有一个老板这样给员工算账："你一月能攒下3000元，一年3万元，你干满50年，会让你从地下室搬出来，买下上面的一套有厕所有厨房的小套间。"这叫死心眼算死账。其实，有梦的日子心里就美，地下室里做的梦谁说不比上面高层居民的美？山里的村子还是那个村子，也许比早先更好一些，有了乡间公路，有了电视，人们却这样说，村里多是留守儿童和留守老人。留守，这两个字好让人心酸。意思是将要离开，意思是暂时屈居于此，意思说只要能走肯定会走。好山好水的老家怎么就留不住人心了呢。啊，山美水美乡情也美，都悄悄地流向了远方城市地下室里的美梦中。

孩子总是心里美滋滋的，因为他的一切都在前方，而疼爱他的父母把前方描绘成一座花园，偶尔的哭闹其实是还想得到更多的疼爱。老人容易忧郁，因为他依然像孩子那样只会朝前看，那么，"只是近黄昏"是忧伤的最好定义。老了，当老人回头看走过的路，就会有许多回忆重新涌进心田，那些曾经让人悲伤的事情，现在没有能力再次击倒你，那些美好的事情，却能再次让你感受幸福，使你像秋天的老树，挂满甜美的果子。

心里美，3个字，想透了，活明白。

2015年

记忆中有一簇蓝色小花

前些日子在天坛公园散步。妻子说，林子里的蓝色小野花今年还没有看到。我说，可能时间没到，时候到了会开的。没过几天，我俩再去天坛，走到公园南边的松柏林，树林的地面上，一簇簇的小蓝花铺满树间的空间。乱花渐欲迷人眼，此时的松柏林一扫老天坛那沧桑扑面的老迈，像是童话戏的舞台刚拉开大幕，耳边仿佛听到孩子们的欢笑。

花草是有记忆的，记得季节的变化。虽说花草的生命短，从春到秋，但它们把春秋一世的记忆藏进了种子，一代又一代传下去。花草就这样记住了时间。比花草记忆更长的是树。树是多年生的植物。树的生命记忆不仅有春有秋，还有一年又一年的岁月。春天发芽，秋天结果，然后脱下满树的黄叶，这记忆能让我们看到。我们没看到的记忆是树干里的年轮，植物学家看到这一圈圈的树纹，就知道，哪年风调雨顺，哪年遇涝逢旱。

树的年轮让我们看到了历史并不只属于人类，年轮就是树木写下的历史。这让人们对树龄久长的树木充满了敬意。汉柏、唐槐、清柳……都曾与我们的历史并列，进入我们的生活。多年以来，四处游走，看过了不少的名胜古迹。看得多了，也就发现所谓名胜，许多名不副实，没那么久远的历史，却自称历经沧桑。在这些真假难辨的公案里，最可靠的证言，出自那些无言的老树。建筑内外所植的树有百年，那么此建筑可能有百年。树有千岁，那么此寺庙极有可能也有千年历史，哪怕兵灾火劫，重建翻修。精心养护的千年古树，是无法抹去的记忆。我曾写过一篇《老庙》的文字，记下我在一所老庙读初中的经历。40年后，我重返那所老庙。老庙香火旺盛，也大兴土木扩建寺院。寺庙的主持比我年轻，却已是这寺庙资历最长的长者，他带我参观了整座大庙，几座佛塔和佛堂都由他亲自设计督建。没有变化的，只是寺庙里生长了数百年历史的古柏和寺庙门挂的寺名。我笑着对主持法师说：这树比我们资格都老，他是这庙的活菩萨。

我建立起来的这个观点："古树是记忆历史的活菩萨"，近几年受到冲击。在现代化技术越来越强大的"造景"活动中。假古迹的景区里，栽种着从大山深处移植来的古树。有的老树水土不服，奄奄一息，移植者在树干挂上各种输液瓶，让人想起那些在特护病房里的老人。看来保留历史的记忆，只有依靠比树木更长寿的书籍以及刻印在书籍和其他载体上的文字和图画，这一切，我们称为历史。

历史不光是我们在学校里学习的那本书，那是官方审定的教科学。历史还以非常生动的方式时刻提醒和引领人们。记得在以色列访问，一本《圣经》差不多可以成为名胜古迹的导游书。《圣经》中记："耶稣离开加利利的拿撒勒，在约旦河接受了约翰的洗礼。"耶稣受洗处，今天仍是最著名的观光胜地。耶稣受洗处的小平台上，一位神父，领着10多名穿着白色浴袍的信徒站在平台上念诵《圣经》。从小平台可以直接走进约旦河，河里有穿着浴袍的信徒泡在水里。在耶稣当年受洗的地方，接受洗礼，对信众而言是幸福的事，信徒的虔诚和喜悦让这里有另一种风光。加利利湖畔有座叫做"饼之奇迹教堂"。这是座朴实而又简洁的小教堂，《圣经》记载，在这里，耶稣祝福了5只饼、两条鱼，使它们不断增多，竟能让5000人吃饱了肚子。这座教堂出售的纪念品，都与鱼和饼有关，提醒人们在书上读到的那个奇迹。另外，记得访问俄罗斯，在莫斯科参观了卫国战争纪念馆。进入宏大的纪念馆有一条长长的通道，通道两侧依墙而立高高的书柜，成列排放的巨大书册。解说员说，这是反法西斯战争中牺牲的2300万俄罗斯人的名册。他抽出其中的一册，向我们说明，逝者姓名、出生地、死亡时间及地点，都详尽的做了纪录。2300万受难者的姓名，就在这里排成了一座不可遗忘的战争记忆之墙。

　　当然，文字和书籍有时也会发生差错，会引起历史的部分失忆。前年去襄阳和南阳，都说"隆中对"是发生在自己这块土地上。去年到了丰县和沛县，也都说刘邦是自己的老乡。文字记载简略欠详，大自然改变地貌风物，诸多原因都会产生记忆偏移。那么，文字和书籍会忠实地留下什么样的记忆呢？不久前再访济南，发现与我20多年前看到的济南已经面目全非了。大明湖还叫大明湖，"家家泉水，户户垂柳"已被高楼和高速路压缩成保留盆景。在大明湖新建的仿古高楼上，看到元代书画大家赵孟頫的《鹊华秋色图》，虽是一幅复制画。临近欣赏，心中豁然开朗。是啊，那些神奇的文字，那些优美的书画，还有那些生动的音乐，都是我们的精神记忆。岁月会远逝，生活会改变，然而这些有生命的文字、书画和音乐，却保留下前人的记忆，这些记忆是生命的气息，情感的温度，还有他们留下的梦境……

2015年

前世是鸟

自从不再守着一间办公室、朝九晚五地熬日子，这几年出行的时间也多了。为了出行方便，手机上安了一个航旅软件，方便查询航班信息。用了一年多，居然软件上跳出一行字：你就是为飞行而生。自由大概以各种方式存在。不守着一张办公桌，自己安排自己的日子，对习惯"被安排"的上班族，许多人还会转不过这个小弯。我这几年除了写作读书，出行是重要的生活内容。出行这件事，也要量力而行。一个月两三次，能离开生活的城市到另一个地方讲学、开会、采风、会友，是让人愉快的事情。多了不行，超过了，就婉言告谢。就这样，一年下来也要飞几十次，有点鸟人的味道了。

鸟人的味道是什么？是高高在上，也是俯瞰大地。每次飞机快到目的地，空姐会提醒大家做准备。这时候打盹会被叫醒，敲电脑会被劝阻，只好歪过头去看舷窗外的风景。看得多了，也有了感觉。也许前世是鸟。今天才用鸟的眼光看一下人类的生存。人类是个大词，还是用我们吧。

飞机飞到我们北京上空，从云层中钻下来，天空阳光真叫那个灿烂，但别往地下看，下面城市的头上罩着一个大盖子。让人想起酒店的厨师往餐厅送菜，菜盘上放的玻璃罩。北京上空的大罩子，还是磨砂玻璃般的雾霾，透光不见影。到北京二十几年了，基本上没见过星星。没星星了，明星这词也不能浪费了，这些年见不到星星的北京人，只好用韩国改装的明星脸解闷。契诃夫有小说《套子里的人》，我想北京人这些年也够辛苦，成了《罩子里的人》。听说减排防霾，有了摘罩子的希望，希望实现的那天，咱一起躺在地上仰天望星星！

飞机飞到珠海三角洲的上空，像在一块大翡翠上滑行。往下一看，真美。一望无际的绿色中，百川汇流，将这绿色大地分成一块块不同的宝石。单是珠江就分成7条大河入海，势如蛟龙。蕉风绿野，老天爷格外慷慨。阳光烈，雨水密，海风稠。想不生根发芽都是难事，想不开花结果只剩几块石头。大方的是老天爷，浪费的是珠三角，那么多淡水都白白地流走，分上十分之一给西北，那有多好！

飞机在西北飞行，快着陆的时候，舷窗外的大地，就两个字：苍凉。一片黄色的荒原，看不到一点绿色，也看不到生命的迹象，只有飞机的影子投射到大地，也在地上爬行。这好似一个久远的噩梦，当它苏醒时，漫天卷动着沙尘暴。我对这种景象十分熟悉。年轻的时候，站在黄土高原的山峁上，像一只蚂蚁落进热锅里，四顾茫茫，无遮无拦，只有年青的皮肤承受着烈日的烘烤。这样的土地真快养不活人了。前些年再回陕北，山峁都已经退耕还林，满山的果树让人不敢说我在这里生活过。真希望有更多的西部，也像陕北重获绿色的植被，当然现在还仍只是梦，沙漠里总出现海市蜃楼。

在四川的上空，空姐说成都快到了。大多数的时候，窗外的云立马越来越厚，从轻纱秀美的云幔，变成云朵，变成深色的云团。天府之国这个大盆地，盛满浓云密雾。暗无天日这个词，我想是四川人想出来的。我在四川生活过30多年，我早先只知道，蜀犬吠日，是因为盆地的狗没见识过太阳的缘故。当然，因为太阳出来了，会高兴得唱歌："太阳出来哟嘿，喜洋洋罗……"也证明了天府多云雾而少日照。温暖潮湿让这里物产丰富。我想飞机这么大胆地往下扎，是因为有导航仪，如果真是一只鸟，这么云遮雾罩就朝下冲，要当心一个猛子扎进四川人热辣辣的火锅里。

前世是鸟。我相信这是有可能的事情，因为当我从鸟的视野看我们的生活世界，有别一种感受。不仅是我，也许我们人类前世就是鸟。飞翔从来就是我们的梦想，而且一直驱动着我们飞得更高飞得更远。前世是鸟。说出这四个字，我只是想说，体验和观察我们生存的状态，不仅要足踏实地，埋头做事；还要能够做学会高高在上，俯瞰四方。高高在上，在今天不是个坏词，不要让无人机完全代替了我们的眼睛。为了我们的孩子能在窗前望见星星，让我们都记住这四个字：前世是鸟。

2015年

喀纳斯札记

1

到了喀纳斯，发现一个大问题摆到了面前，太美了的喀纳斯，谁也没办法写出他看到的美。

以下的文字，可以在任何一个地理或旅游书找到：喀纳斯湖位于新疆维吾尔自治区阿勒泰地区布尔津县境内北部，北起卡勒玛虚，南至何乌特，东接铁外克，西到阿尔圭萨拉。地处北纬48°81′46″，东经87°04′10″，距布尔津县城150公里，面积45.75平方千米，平均水深120米，最深处达到188.5米，蓄水量达53.8亿立方米，是一个坐落在阿尔泰深山密林中的高山湖泊。但在这个"百度"时代，读者并不需要在一篇散文里读到这样的文字。他相信他手机上百度一下，更快更有用。

面对中国地图那只大公鸡尾羽尖上的喀纳斯真的太美了。

6月的阳光下，山尖上还堆着银白色的雪，群山披着绿装，而峡谷中的高山湖泊，蓝得让人心醉。所有的形容词一起涌进脑门，美丽、奇幻、仙山琼阁、静寂、圣洁、梦境、童话世界、神秘、惊艳、天堂……都没用，一说出来就觉得像一片枯叶落在树丛中，还好，若是落在湖水里会弄脏了这方安宁。

　　让所有的语言都变得无力。在这里，我像一个傻子瞪大眼睛，望着这神山圣水。哦，这就叫回归自然之美，沉醉而且忘记一切。有人忙着举起相机按动快门。有人不停地冲着手机玩自拍。而我发现此刻，我就是一台傻瓜相机，眼睛里全是美景，为了拍摄更多的好照片，脑子空空地像一片格式化了的磁盘，早早地删去了所有的文字。

2

　　终于，在喀纳斯有了可以让文字起作用的事情。

　　同行的上海作家王先生，在喀纳斯湖边用平板电脑录风景。他找到个好题材，两个原住民孩子在湖边晒太阳，晃动手臂做准备活动，光着上身，穿着小短裤，跳进湖水里。他的录像到此停止了。事情急转直下，在6月的阳光下，跳进湖水的两个孩子，冰冷的湖水让他们抽搐下沉。急中生智的王先生，拔起插在湖畔上的旗杆，伸向两个孩子，拼命将两个孩子拖上了湖岸。

这是件很让人感动的事情。管委会的康主任说，不仅是见义能为，而且还体现了民族团结。在新疆最大的事就是这4个字："民族团结"。立即派了当地的同志去采访两个被救的孩子。我们都为王先生的善举感到高兴。大家纷纷传看王先生的苹果板电脑。电脑里录下了这个故事的前半段，两个孩子下水前的活动。关键的救人情节，可惜没有能录下来。没办法的遗憾，摄影师忙着去救人了。真可惜，如果有人在这个时候，录下后半段，多好的新闻！立马传到电视台，上新疆台还是上中央台，都是个好节目。

文字依然显得力不从心。文字可以记下这件事，但我们生活在读图时代，眼见为实，图像为王。尽管如此，我还是觉得我这篇札记，应该有这件事情。这件事情让我们感到阳光不仅在天上，还在心上。

3

喀纳斯是蒙古语，意思是"可汗之水"。这是一个久远的传说，传说的主角是成吉思汗。他在西征途中经过喀纳斯湖，见到这样一个美丽的地方，决定在这里暂住下来，休整人马。成吉思汗喝了一口湖水，觉得甜美解渴，就问手下将领，这是什么水？一位将领答道："这是喀纳乌斯（蒙古语是可汗之水的意思）。"众将士便齐声答道："这是可汗之水。"成吉思汗大悦，笑着说："那就把这个湖叫做喀纳乌斯。"

传说就是这样。你信不信？也许只有成吉思汗这样的伟人，才配得上这般神山圣水。守着这个传说的不仅是这湖光山色，还有居住在湖畔的原住民"图瓦人"。图瓦人是蒙古人的一个支系，在中国境内总人口不足两千人。图瓦人住在喀纳斯湖四周，他们深信自己是跟着成吉思汗征战的一支部队，世代相转的使命是留在这喀纳斯，守护着"可汗之水"。

他们住在原木搭建的木楞屋里。到木楞屋"家访"，这是当地的旅游节目。

四四方方的木楞屋，墙上挂着成吉思汗的织毯画像，其余的墙壁上挂满各式的兽皮。客人们靠墙席地而坐，面前的小矮桌上摆着当地茶点。过程像所有的农家乐和帐篷观光一样，主人讲他们的民族故事，孩子们认真表演稚气的歌舞。有个与众不同的节目，吹奏楚苏儿。楚苏儿是一支像笛子一样的乐器。与笛相比，粗细长短相仿，不同之处，它是空心的草秆，草秆上掏了3个孔。众人试了试，要把它吹响是很难的事情，更无法吹出调儿来。给我们演奏的图瓦人，是这个乐器的非物遗产传承者。他有10年的习艺史，再加上蒙古呼麦技艺，他咧着嘴，把楚苏儿顶在牙尖上，众人寂静无声，忧伤而绵长的曲调，让在场者无不动容！悠扬而深沉的声音，让我想到1000年来，图瓦人守着湖水，波澜不惊的岁月，都从那吹奏者手上，手中草梗上3个小孔中流过。天苍苍，地茫茫，风吹草低的声音，就是这样的啊。

告别主人的时候，不经意看到小屋窗台上的一块小牌：《家访服务公示》。随即用手机拍下告示的内容："1，民俗讲解。2，民俗展示：音乐、舞蹈。3，民俗体验。4，提供民俗特色小吃、奶茶。5，价格：每位80元。每场民俗体验不得少于30分钟。投诉电话：0906——******"

这个小牌子，提醒我，当我们跨过小屋的门槛时，守湖千年的图瓦人也跨过了一道门槛。

4

还没有跨过现代文明门槛的，是图瓦人的马和牛，还有他们的羊群和狗。尽管山巅还顶着皑皑白雪，但喀纳斯显然是惬意的夏牧场。图瓦人任性地让牲畜在山坡上啃食鲜嫩的青草。没有牧人看守，牛和马散漫地仃留在绿野中，消费着大把的时光，像那首流行歌曲，阳光、草滩、跑马溜溜的云。夏牧场的云朵总是行色匆匆，风儿驱赶着它们，让这里忽晴忽阴，有时还来不及阴下脸，阳光灿烂处也洒下一阵阵顽皮的雨。在喀纳斯，当牛做马，是幸福的事，看到在绿绸般草场上低头享受的马儿，我才觉得那些在高尔夫草地上走动的富豪，最多也就是在个下午当了一回"喀纳斯马"而已。享受自然，对于现代人是个过于奢侈的伪命题。

没有跨过现代文明门槛的，还有这里丰茂的原始森林。群山生长着各种树木，上部为西伯利亚云杉和西伯利亚红松，下部主要为西伯利亚落叶松，阴坡为西伯利亚冷杉。植物中西伯利亚冷杉、西伯利亚红杉、小叶桦、北极柳等10余种，在中国是唯一产区。各种植物的名头前都有"西伯利亚"，看来它们在这里也贵若宾客。千百年来图瓦人守护着这些森林，让大半年都是冰天雪地世界的喀纳斯远离荒漠的威胁。只是也会有意外，在我们到达的第二天，一场来去匆匆的雷雨，光临了喀纳斯。雷声是夏天的报幕员，轰隆隆地驰过天庭。一场豪雨激情演奏初夏的交响，那些在野外享受美味的肥牛和骏马，并不在意不期而至的一次天体淋浴。谁知道这一场意外的雷雨，竟然带来了灾情。湖畔有几十棵年迈的松树经雷雨袭击折断了树干，倒伏的大树阻断了林区道路，还压死了两匹马、几头牛、十几只羊。管委会的同志给我看他手机上拍的照片，一棵大树压在马身上，其状令人心痛。我跑到最近的现场，在我们住的宾馆不远，也有倒伏的老树。这些树太老了，老得树干里都成了空洞。它们在喀纳斯颐养天年。这场豪雨只是压倒它们的最后一根草，命数如此啊。林场的领导都忙碌起来了，他们跑遍每一个现场，登记伤亡的牲畜，按林区的规定，给牧民发放赔偿。看到领导们的身影，好像是自家的孩子闯了祸，当家长的出面赔礼道歉，对不起，实在对不起……啊，这就是喀纳斯，冬去夏来，草绿花开，生死轮回，都是自然而然的天意。云飘走了，天哭过了，彩虹又挂出来了。

在喀纳斯，在山坡上享受阳光和绿草的马儿，是幸福的。在喀纳斯，风雨中告别大地的老松树，是幸福的。在喀纳斯当一棵小草一朵野花，也是幸福的。我们在景区登山时，有的游客看到满山的绿草野花，禁不住离开步道，到草地去照相。这时，就会有值勤的当地人高声劝阻："请回到人行道，不能踏草地！"听到这声音，我心里一阵发热，心想，如果有下辈子，当牛犊，变马驹，成大树，做小草，都成，只要能在喀纳斯，那都叫活在天堂！

5

喀纳斯最早叫我神往的不是奇秀的山水，而是神秘的水怪。

我是因为许多关于水怪的报道，知道喀纳斯这3个字。据报道：新疆大学生物系黄人鑫教授是最早关注喀纳斯"水怪"

的专家之一，他认为目击者看到的水怪，有可能是一种体型巨大的鱼。……据查阅资料显示，1980年，相关专家曾在湖面上布置了一个上百米长的大网，可第二天早晨，大网消失得无影无踪。起初，他们首先想到了是水流作用，顺着下游方向找了两天，一无所获。当他们向上游前进时，他们惊奇得在放网处上游两公里的地方发现了那个巨网！好不容易把网拉上来后，发现网上的网漂已经像枣子一样表面褶皱，体积有所缩小，明显是深水极大的水压造成的，说明网被拖拽到了数十近百米的湖底！而且网上破了一个巨大的洞。这些情况证明了水中肯定有大体积力量较大的生物。……据旅游网记载，2005年6月7日，一群来自北京的游客在喀纳斯湖面上乘船游览，当船行进到三道湾附近时，离船200多米远的水面上突然激起1米多高，20多米长的浪花。突然出现的浪花快速地向湖心方向涌动。游客李筱陵拍摄到这一镜头。过了一会，原本连在一起的不明物体变成了两个，一前一后在水面下潜行。大约两分钟以后，两个不明物体隐身水下，迅速地消失了。这是人类唯一近距离拍摄到喀纳斯的不明物体……2012年6月22日央视《东方时空》节目播出一段"新疆喀纳斯湖再现神秘'水怪'，掀巨大浪花"的视频。据悉，这段视频是新疆喀纳斯景区工作人员王宏桥等人于21日早晨6点30分在喀纳斯湖边观鱼台山顶拍摄云海奇观时拍到的画面……

　　这一系列的报道，让久藏于深山的喀纳斯名扬天下。边陲群山，雪山深峡，人迹罕至，神秘莫测，再加上水怪的传说，喀纳斯也就让我这样的人无数次向往。是啊，和古老遥远、神秘神圣的地方相匹配的，就是那些神奇而灵怪的传说。

　　只是，只是喀纳斯现在成了国家5A级景区了，高大上的门票，环保而现代的厕所，景区的柏油马路，成排停放的观光大巴……这一切让笼罩在喀纳斯名字上的水怪退去了灵光。导游会科学地向我解释为什么会有水怪的传说，她说这是生长在百米深湖中的一种较大的鱼，她还流畅地说出鱼的学名：哲罗鲑。

　　也许哲罗鲑比水怪更接近真实，但没有水怪的喀纳斯已经不是早些年让我梦牵梦绕的喀纳斯了。

　　有水怪的喀纳斯，就是有鬼故事的童年老家。

　　童年的老家最难忘的是晚上院子里讲的鬼故事。院子是以前阔佬们的老宅子。四方灰青的瓦房，中间是天井。天井的4条边沿是老屋的瓦檐，中间是瓦檐围起来的天空，晚上的时候，像一池水，装满闪亮的星星。星星当灯，仰头张望，星光照出人影和树影，影子影影绰绰，正是讲故事的好时候。故事中最让人难忘的就是那些鬼故事，老宅子里总有怪怪的影子和莫名的声响，给故事添加了色彩……现在的孩子们，没有老宅的院子，也没有天井里的星星，只有手上的游戏机，陪伴没有故事的童年。

　　喀纳斯的童年就是伴着水怪的童话。没有水怪的喀纳斯，像一个刚参加工作的稚气女孩，轻声细语地说：亲爱的游客，你好，欢迎你来到这里，来到中国最美的喀纳斯……

2015年7月

京都清凉小札

——微博体随感录

迷恋微博的人忘记了一个事实，当他走出家门的时间，他在一个个探头下没有隐私，当他回家关上门的时候，微博让他再次站在大街上。

互联网技术的下一站，是让梦能上网，当人们的梦也能被挂马，被窃号，被上传，也就是互联网最后从人类的朋友变成"恐怖组织"的时候了。

报纸的八卦消息，现在当红的明星身上的物件几乎都重装和改装过了，因此，美丽这个词也变成了技术指标。美丽等于设计水平再加刀功和护理技术。为什么丑星男人吃香，比方说赵本山、潘长江等，因为观众认为这些脸还算是绿色的没有添加剂的"原貌"。

网络公关公司的曝光，让我们再次知道，每一次网络红人的背后都有一个团队，每一个团队的给力行动后都有一笔资金；一个个官员在网络上倒下，让人们知道，见光死，是不少官员的职业病。

在只有广播的时候，出名的音乐家主要是嗓子好，长得如何并不重要，比方说，可能还比较肥硕，因为肺活量大，气长，音箱也大；在有了电视之后，长得怎样就是主要的原因了，当然，长相也可以制造之后，主要就是包装了。比方说前两年流行不男不女，基本上就是在展示包装公司的实力了——让观众失去判断的能力。

商业社会，一切都是买卖关系，有人卖力，有人卖脑，有人卖身，都有诉求。卖力的常在底层，因此讨薪是主题。卖脑子的叫智力，所以要求知识产权保护。卖身的有各种方式，也会有理论支持，比方说，有人光着身子接受采访，说出了"我的身体我做主"一番大道理。

中国的GDP超过日本成为全球第二大经济体。日本和中国政府都有表达。日本财相说："日本将不会与中国竞争GDP，我们搞经济不是为了争排名，而是为了使日本国民生活幸福。"中国政府也多次表述，虽然GDP超过日本，中国还是发展中国家，中国人均在世界排名还很落后，我们还要努力提高人民的生活水平。听起来说的都是一件事，但日本人说的是：

我们还很富（有点失落后的酸涩）。中国人说的是：我们还很穷（有点得意后的谦逊）。听外交语，相当于脑筋急转弯。

读历史，发现大多是后人写的，不是当朝人没有写，当朝人写的后来没有留下。读历史小说，读上3本就知道，只是人名是历史上的，说的事多是当代的，从历史小说品读当代，是读者的兴趣，因此，读者夸历史小说写得好，其实是读者从中看到了当代的影子后，由发现之乐趣引出了赞叹。

死是每一个人的最后一站，快乐的人就是每一分一秒都在享受："真好！我还活着！"悲观的人就是每一分一秒都在担心："又过去一分一秒！"而宗教徒安详的脸在说："谢谢，我有了到站转乘天堂的登机牌。"

新闻节目的作用，就是让我们知道，尽管那么多的人在干没有意思的事，装模作样开会、虚情假意出镜，而我们这个世界依然显得那么有意思。

最近，报刊上开始提倡慢生活，有个名流社区评选慢生活的代表，代表一，某知名作家，回到山里种菜，每周回城里小区一次，目的是读一周塞满报箱的报纸，据说作家进山不开手机，不看电视。代表二，某退休领导，每天上菜场买菜，将每天菜场的所有菜价都调查一番，然后在小区公示牌公布。天天如此，慢条斯理只做这一件事，让人觉得他在上班。代表三，某大款请的保姆，大款在小区买了最好的一套房子，从不来此居住。豪宅只剩下保姆自己，在阳台看风景，在小区遛狗，开着电视打瞌睡。最后经评选保姆夺冠，评语是：最优越的生活条件，最减负的精神状态，最放松的生活节奏。

报纸语，对于房地产新政策，卖报的喊："出新政策了，没钱的买不了，有钱的不让买。卖，卖报！"评点是：有水平的总结。其实，关于房地产，总是说有钱炒房的与没钱买房的百姓在博弈，其实看一看各地政府的"调控目标"100%都是"调涨目标"，都在说"涨幅控制在百分之X%"，就明白这是怎么回事。

韩寒说：鹅卵石为什么被人捏在手里玩，就是因为它没有棱角。见到文摘上的这句话。我觉得有点毛病。不知道是文摘的毛病，还是韩说的有毛病。没有正常的人把鹅卵石捏在手里，因为鹅卵石虽然没有棱角，却质地粗糙。被人捏在手里的是玉或者其他的质地优良的石头，如田黄石、寿山石。人们也不叫捏，叫把玩。就像人一样，让人"捏"在手心里，比如抓住了把柄受到要挟，或受制于人无法摆脱，都会感到难受。但被人"把玩"一番，把玩者得意，被把玩者通常也"受宠若惊"喜滋滋地开心。比方说前些日子在网上炫富的美眉，其实就是别人将其与高级跑车名牌包一样，放在一起的玩物而已，不叫"捏"，叫"把玩"，被玩者还心花怒放地显摆。把"捏"，变成"把玩"，这也是一样文化。

鸡对孔雀说，你有什么好看的，照片上你臭美，你不就美在一身羽毛嘛？孔雀回答鸡说，是的，你还是褪了毛更好看，照片上的烤鸡，黄澄澄一看就觉得香。

官场新新潜规则：甲规则：你的上司是个"官二代"，你的下属是个"富二代"，跟着上司跑步前进，有着下属给你进贡上礼。乙规则：你的上司是个"官二代"，你永远只能当跟包，你的下属是个"富二代"，超了你的车是名车好马力。丙规则：你的上司是个"官二代"，你的下属是个"富二代"，你不跳槽，是想看谁死得快？

网络比刘谦更厉害："现在是奇迹发生的时候了。"说大话的官员变成了囚徒贪官，炫富的美女原来只是个二奶，哎呀，粉丝可爱粉丝也厉害。据一个姓石的媒体人说话："红得发紫的人应该遵从这样一个准则：远离媒体，珍爱生命。但好多人离开媒体已经活不下去了。"想起一个老段子，说是后宫嫔妃精神萎靡，太医开出药方"年轻小伙子数人"。后宫美女如云，被选中小伙美滋滋进宫。不到半月嫔妃神色飞扬，从宫中送出者，竟是干枯形骸。问："此是何物。"太医答："药渣。"说的是，在今天的网络狂欢中，已经有多少名流红人一夜间变成了药渣？

读微博有意思，一是有趣，二讲小道理。有趣的小道理，自然会引起自己的反响。三言两语讲的如果是大道理，一般来说那就是口号，或者是指示，再就是语录，微言大义。然而，喊口号的年月经过了，口号一般来说，喊得越响，过期越快，口号也最容易成为语言泡沫，越大越容易破。指示厉害，要传达，要学习，要照办，因此听指示算上班，也就是说读指示是职业行为，因此，指示是下班后最不想见到的文字。

语录也算早年的微博，一句据说顶一万句。我想有两个原因，一是物质原因，比方说孔子，四处讲学，应该是个话篓子，但是那时的记录工具不行，没有录音机，要记的东西都刻在竹简上，于是必须简明扼要，学富五车要多少头牛来拉啊，何况还周游列国。另一原因是权力，皇上或最高领导，一言九鼎，哪能多说？所以，微博讲的是小道理，一是有道理，二是百姓自己讲的道理，三是有趣有意思的道理，同时还有你说你的道理，我讲我的道理，不求一律。

别和老天过不去，老天过了今天还有明天，而你永远只有今天。别和百姓过不去，百姓这次也许输了下次也许服软了，但百姓永远是百姓，而你只要认为自己不再是百姓，你的日子也就快到头了。上有青天，心有百姓，你就算不和自己过不去了。

仰头望天，想宇宙想世界，你就知道，自己有只是一粒微尘；脚踏实地，看到一只蚂蚁，停留一秒钟让它爬过去，你就有造物主一样的胸怀。

最适合中国国情，最有利于计划生育，最生动证明生女比生男幸福指数更高的一条标语，是杭州某楼盘的广告："你可以不买房，除非你摆平丈母娘。"

有人爱你爱得发疯，你活得有滋味了；有人恨你恨得发狂，你活得有分量了。爱不一定是真的，但恨百分之百真实。

有点阳光就灿烂，天色阴暗就丧气，一般来说都如此，四川民歌有一句"太阳出来罗嘿喜洋洋罗喂"，成语中有一句"蜀犬吠日"，都是一个意思，给点阳光就灿烂！

3种情况下的男人绝对情场失意约会失败：一身名牌西服只是忘拉裤子拉链，满嘴甜言蜜语外加一口黄牙，总在接电话而且声若高音喇叭。

自从有了网络策划，有了五毛党，有了水军，歪瓜裂枣也就有另一个说法：鲜明个性，独特风格。

中国在进步，当然也是有中国特色的进步，比方说自由，对绝大多数中国人来说，就是开始有了选择生活的自由：进城、下海、跳槽、留学……无一不是人生新选择。比方看电视，可以听敬一丹，也可以换台听崔永元；听脱口秀，不喜欢郭德纲，可以去听周立波。当然，选择还不充分，比方说，有个叫春节晚会的时段，原先只有赵本山等着你。幸好这大年三十，一年只一晚，天天都过年，天天都赵本山，那日子不敢想。

贪是一种恶，也是一种动力，贪心者，为政贪权，于是也就像一头驴，当了科长，看见前面有颗叫处长的红萝卜，刚把处长咬到嘴里，前头又有颗叫局长的红萝卜……于是一辈子像一头驴，在仕途上推磨。还有贪色者，贪财者，贪名贪利者。有的作家也有一贪，贪未来，而且有这种贪念者，多是小有名气的"著名"，流芳千古，传世佳作，这个红萝卜雅致而高贵，所以都爱挂在嘴上。其实，这也是杆花枪，传世不传世，谁说了算？回头看看历史就知道了，有当时走红后世也红的，如李白；有当时走背字后人很抬举的，如杜甫……所以，我认为作家真的弄明白自己在干啥，就是他不准备"写传世之作"，而是写该自己写的东西。如果一只鸡有了思想，它天天都在想"下一个精品蛋"，那么我相信要不了多久它就不会下蛋了。

一群初学写作者经过努力，达到文学爱好者的水平。一个人爱独行，那里没有人去过，他就去，他的理论是，"走别人没有走过的路"，于是他成功了，他成了作家；一个人爱学习名人名言，他相信"世界上本来没有路，走的人多了，也就有了路"，因为这是名家说的话，所以他总和许多人一道走，他也成功了，成了文学组织家，比说秘书长和副主席总少不了这种人。另外一个人，不喜欢动脚，只喜欢动嘴，谁走的路方向不对啦，谁是在走某人的老路啦，谁和谁是一种走路姿态啦，他也成功了，他成了批评家。

现在是一个出大作品的时期，网络写手一天就写上万字，长篇的作家不仅有小说家，还有报告文学家、散文家、专写长诗的诗人，一印就是一本很重的书，大本，硬壳精装，还有个纸匣，这样的书真要读，捧在手上几分钟叫人吃不消，因此，从一开始就没有想叫人读它，是为图书馆和装样子的书柜而准备。因此，我认为真正有读者并可以传世之作，小说是能放进衣袋的不厚的书，散文是一篇能让人过目不忘的文章，批评家是一句让读者和作者都受益的话。

中国是世界上最大最复杂丰富的国家，在这个国家写作也就呈现多样的格局。这个国家在近30多年肯定是有了空前的进步，从一个穷困的老百姓吃不饱饭的国家变成全球第二大经济体，因此，要找到光明和成就，俯拾皆是，歌功颂德只要不过分，在今天也能找到题材，也有地位，也是一种当作家快速出名的方法。这个国家从贫穷愚民的"文革"走出只有30多年，阴暗面有，问题不少，丑陋肮脏之处不难找，因此，要揭露现实的阴暗丑陋，也是不缺乏题材，也能成为敢说敢揭脏的当红作家，在此处红不了，在这个世界上也有别的人叫好。这两类写作者近年都够火！好在专事歌颂的作家不多，专揭丑陋的也不多，因为真正的作家面对的不仅是现实，更是人心，真正的作家相信：人心向善，哪怕天崩地裂，话只要心中有善，这个世界就有希望，这个民族就有未来，这个国家就有明天。怀着一己善意，为善良之火，添一炷新烛，这是所有时代的所有的伟大作品最相同的地方！

这是个"快餐化"的时代。人们不用笔写字，都用电脑，敲键盘算是技术性，语言录入也能成就了许多著述，都不用笔，于是凡能用毛笔写点字的都是书法家了，官员和有点地位的社会诸公中这类书法家较多。人们不用传统的照相机照相了，不用胶卷，不需要冲洗后期技术，数码成像，电脑加工，于是到处是背着单反数码相机和捧着大炮镜头的摄影家，到处都有办过影展的摄影大师，这样的大师在金融家、总裁、房地产大鳄中常能碰到。都不爱读书，读诗伤神，读小说费时间。都在读微博，和诗一样短，比小说有快感，还有图片照片，不读书的时代，人人都成了"写微博"的作家。于是，我们在各种会议和各种正式的文章中常见到这4个字："精品力作"——快餐时代最奢侈的稀有物。

北京作为首都最声名远播的还是这里的交通状况，人称"首堵"。我的体会如下，有一次，一位广东的朋友请我吃饭，他在海淀订了家粤菜馆。距我家地图上的距离从东三环到西三环也就20公里，结果那天奇堵，从我家到餐馆3小时，回家3小时，吃饭两小时，总共8小时。主人叹口气，早知道我在深圳请你坐飞机也到了。北京到天津城际快速，30分钟，只是从北京大多数地点到起点南站，比方说我家到车站，再上了动车，大概至少两小时。北京到广州飞机两个半小时，然而从家里到机场你得至少提前两个小时，在机场办手续到登机口再加半小时，登机后关舱门正常半小时，关舱门到飞机在跑道排上队正常需要半小时，以时间均不包括几乎少不了的晚点，也就是说，从家到飞机起飞前的时间远远大于飞行时间。因为速度地球变小了，同时北京变得更大了，这就叫"首堵"定理。

这些年许多乡下人进了城，他们发生了许多变化，最重要的变化是什么？也就是城里人与乡下人最大的不同是什么。我以为就是两字：照旧和选择。乡下人的生活有各种方式，说到底是两字照旧，春种秋收，朝起暮归，红白喜事，都有一定之规，爷爷、父亲、儿子，几乎过同样的生活，因此，听天由命的人才能活得像乡下人。城里人就是不断站在十字路口的人，中国最早的城市电影《十字街头》是个象征，你必须决定走还是停，是向左还是向右，一生都在选择，一生都在改变。爷爷看不惯父亲，父亲不理解儿子，现在好了，更快，80后，90后，这些词的出现是在说，习惯和生活的变化，已经不是一代人与另一代人之间了，而是10年甚至更短。原因很简单，还是因为选择，现代生活节奏由于现代消费品更新的加快而加快了选择的节奏。

这是一则对话。"你真落伍了，就上网看看新闻，搜搜资料，发发邮件，不开博客，不写微博，多可惜你的人脉！""我知道，网络是今天的太阳，谁可能都离不开它，但我还是希望在这太阳下的林荫中呆着，燃木成炭，融冰为水，都是失去自我的方式。"

距离、速度和时间，这是我们中学时代最常遇到的作业题，也是我们这个时代最重要的主题。比方说，飞机的速度改变了国家与国家之间的时间，火车的速度改变了城乡之间的时间，而互联网的速度改变了我们改正错误的时间。在我小时候，那时省城的报纸送到县里再到单位，我们读到的总是上一个朝代的错误："在万恶的旧社会……"改革开放了，有了电视台了，我们总看到别的国家的错误："韩国的学生在罢课，美国的校园发生枪案……"有了互联网有了微博，我们能看到身边也会有错误，于是我想，中国老百姓希望的只有两条：我们应该是一个经济发展最快的国家（现在基本做到了），我们也应该成为纠正错误最快的民族（现在还尚须努力）。

现在世界上有两种模式引起我的思考，一是议会是总在吵架甚至动武（实在不应该动手啊），而议会以外的老百姓互相彬彬有礼过日子；一是议会里一团和气（甚至一呼百应，如萨达姆、卡扎菲），而街面上的老百姓在枪炮声中和不安之中过日子。我突然想到安徒生，这老先生太厉害了，他让多少政治家在老百姓那里对号入座，原来是"穿着皇帝新衣"的人！

　　我们永远不可能拥有"拥有"，那些叫整个世界发狂发痴的金钱，没有它你就无法活下去的金钱，其实，只当你用它"生活"的时候，它才有用，拥有金钱再多，最后金钱还是用别的方式回到银行。拥有文物和古董好像可以传世，其实越传世久远的古董越在证明你不是最后的占有者，你只是一个传递员。我们真正拥有的只有"生命"，我们的幸福和意义就在这短短的过程中。因此，请珍惜你每一天的感受，无论是快乐还是孤独，无论是成功还是失败，都是生命之树上的果实，而且苦涩与甜蜜同样值得感恩，这样你才叫享受生活。

　　　　　　　　　　　　　　　　　　　　　　2015年改定

南阳的石头

南阳是个值得一去的好地方，且不止一去，多去更会有多的收获。我上一次去南阳，是因为水，南水北调中线工程起点是南阳的丹江水库。碧波万顷，清水北上，千里自流，情深意长。我沿着南水北调中线工程前后跑了两趟，至今一说起南阳，胸中还有一股股暖流激荡。这回去南阳，另有一番感触，感触南阳不仅柔情如水，更有如磐的坚石，这让我对这方神奇的土地有了更深的了解。南阳的石头厉害，见识过南阳的石头，让人不敢小觑南阳。

南阳的石头有历史，这不是你在书上读到的历史，而是埋在地层深处的写在"地球履历表"上的历史。此行南阳，在西峡参观了"中国西峡恐龙遗址园"。这是一个5A级的风景观光区，更是一个地质历史博物馆。1993年南阳市西峡县发现了恐龙蛋化石群，当时是一则轰动世界的新闻。西峡盆地的恐龙蛋化石群，种类多、数量多、分布广、保存完好，堪称世界之最。经过科学发掘整理，西峡盆地的恐龙蛋化石有6科9属13

种。西峡发现的巨型长形蛋，是全世界独有、唯一的类型，也是大自然赐予南阳的稀世珍宝。发现于高沟组上部的戈壁棱柱形蛋，是世界上第3个发现此类蛋化石的地点。在恐龙园里，我通过隧道进入当年的发掘深井。这是一个露天的圆形深井，在发现恐龙蛋的白垩纪的地质层上面，亿万年的岁月，层层叠叠，堆积成几十米的地质层。博物馆将这巨大的"地球履历表"用红色的阿拉伯数字分成了10层，每一层都有1米多厚。我在深井里仰面读着这本大书：三叠纪（2.5亿年前）是中生代的第一个纪，是古生代生物群消亡后现代生物群开始形成的过渡时期。海洋无脊椎动物类群发生了重大变化，脊椎动物得到了进一步的发展，槽齿类爬行动物出现，并从它发展出最早的恐龙……侏罗纪时期（2.05亿年前）是恐龙的鼎盛时期，在三叠纪出现并开始发展的恐龙已迅速成为地球的统治者。地球属于千姿百态的恐龙的世界……白垩纪是中生代最后一个纪，恐龙由鼎盛走向完全灭绝的时期，白垩纪末，地球经历了一次重大的灭绝事件，统治地球亿万年的恐龙完全灭绝，一半以上的植物和其他陆生动物也同时消失。

曾统治地球并繁盛了上亿年的恐龙世界，在这个遗址园里，成了科普和观光的仿生人造风景。那个遥远的繁荣的恐龙世界，给我们留下的是石头，是成为化石的恐龙蛋。我想到一个成语"以卵击石"。在无比繁盛的恐龙世界消失的那灭顶打击中，唯一的胜利者是这些不会再爬出小恐龙的卵。它们变成了石头，变成了敲击时间的石头。亿万年过去了，这些坚硬的恐龙世界最后的使者，在我面前，向我宣示它们沉默一亿年但也要向人类说的那句话：我们曾经也是地球上最值得骄傲的物种，我们任性地生活了上亿了，但我们消亡了，消亡之谜如我们这些永远沉默的蛋。

我盯着那些奇形的巨大的蛋，痴想能感应到上亿年前那最后的时光。我无法得到启示，我却感到那些恐龙蛋，是繁华而辉煌的恐龙世界挂在地球腮帮上的泪水。泪水也会像石头一样永恒，不知人类能否读懂这些石头之泪。走出博物馆，阳光西斜，人造的仿生恐龙好像人类邀请的客人，装点着暑夏游人的欢乐。

南阳是个灵秀之地，这些不会再孕育出生命的石卵，却将南阳生命的历史，向前推延了上亿年，在一亿年之前的之前，南阳就是生命狂欢的繁华世界！

南阳的石头有历史，南阳的石头更有文化。最有文化的石头都在哪儿？在南阳汉画馆。先为南阳汉画馆做几句广告：南阳汉画馆是目前我国建馆最早，藏品最多，规模最大的汉画石艺术博物馆，被定为国家一级博物馆。当我来到博物馆前时，我也认定这是南阳最漂亮的建筑。这座建筑为谁而建？为南阳的石头，为南阳石头中最有文化的"汉画石"而建。

　　汉画石是什么？是中国的"古墓丽影"。西汉时期南阳就已是全国著名的五大商业都市之一，商遍天下，富冠海内，成为汉代大贵族依附寄食之地。汉代普遍盛行"灵魂不灭，视死如生"的丧葬观念，众多贵族官僚们便将坟墓建得像生前阳宅一样豪华气派。小有钱财的中下层地主，商人也不惜倾其家产，厚葬父母，赢得孝名，以求跻身仕途，南阳一带便出现了大量豪华坚固的画像石墓。

　　南阳汉画石博物馆，收藏的石刻艺术品，就是收藏大汉朝代精英人物的梦境、梦幻与梦想。这是一个气势飞扬，气象万千，气度不凡的大汉时代的精神世界：这是一个和谐共处的世界，兽与兽相欢共处，龙与虎、虎与熊、牛与象、象与凤，这些不同类别、不同性格的动物，争斗中同乐，运动中相望，呈现祥瑞气韵。人与兽、人与牛，汉画像的重要题材，相斗中安闲，嬉戏中亲密。人面兽身，人有蛇尾，也有翅膀，飞禽一样翱翔于天地之间。其间那些生活的画面，投壶、耕稼、狩猎、舞乐等与神仙的世界相互交融，更令现实与梦想同在。走进汉画馆，就仿佛看见石头在舞蹈，石头在歌唱，石头将一个远逝的大汉盛世的景象弥漫在我的四周。在这些无拘而生动的线条呈现出来的世界，繁荣滋生骄傲，文明养育自信，辉煌延续期冀！

　　离开汉画馆前，解说员让我们仔细观赏了"镇馆之宝"——许陈瞿观舞赏乐。这是一幅写实的汉画，石像分上下两格，5岁的小主人在上格观看游戏，空白处刻有许阿瞿3个字。画像石左刻有隶书铭文136字，诉说孩子夭折的悲伤事。这是汉画馆唯一一块刻有文字的画像石，文字开始凿上石头，大概也宣示了汉画石"不着一字，尽得风流"宏大艺术世界的悄然落幕。

写到这里，有人会说，你说了南阳最历史的石头，也说了南阳最文化的石头，你还没有说南阳最名贵的石头——南阳玉。是啊，南阳独山玉天下闻名，就像南阳的文化人。石中君子与人之俊杰。南阳的文学家艺术家，难以尽数，写起来是篇大文章，非我这短文所能及。所以留下一个题目《南阳独山玉与南阳文化人》，给我同行的4位南阳作家：周大新、柳建伟、邱华栋、梁鸿。他们比我有资格写这篇文章。

南阳的石头，有历史，有文化，还有君子风，厉害啊！

2015年

夜宿诗上庄

夕阳撒出最后一抹红霞，匆匆隐入山的那边。暮色的帷幕垂下，勾勒出围绕四周的群山身影。燕山的余脉，团团围住我今夜下榻的小山村。这村子叫：诗上庄。"诗上庄"这3字，是近几年叫响的，在地图上能找到，村子全名：河北省承德市兴隆县安子岭乡上庄村。

小村深藏于青山深处，山村的夜格外迷人。缀在夜幕上的星星，在太阳收走那些霞光之后，一个接一个地跳出来，冲着我眨巴眼。从房子走出来，越往山沟里走，星星越是密集，好像在城市里见不到的那些星辰，都聚到我眼前的这道山沟里。昂起头望星星，这个姿态久久没有了。一抬头，头顶上满是星子，那不是童年的记忆吗？大概是星光的招引，山沟两边的树枝草丛间，星星点点的亮起荧光。那是萤火虫，在静夜开始起舞。星子是天上的诗人，让我们抬起头望天空的时候，心里弥漫清朗的诗意。萤火虫是地上的诗人，在没有光亮的地方，也让人感到沁人心脾的温馨。小山村的夜就这么宁静地守护着我，像一幅墨色浸染的丹青，那天上的星光和草间的荧光，就是这幅丹青上无题的诗句。

总说到诗，因为现在这个小村子是远近有名的"诗上庄"。为啥叫"诗上庄"？就是生长诗歌的地方。够诗意，也够乡愁的名字，让这个小山村吸引了像我这样的众多外来客。在天津到承德的高速公路上，从叫"半壁山"的路口下来，沿蜿蜒的山路进到沟里。走得山绿了，走得沟里的水清冽了，走得挂着串串红的山楂树和举着绿刺球的板栗树都挤到你身边了，这时在路口一块巨石上，大书3字："诗上庄"。诗上庄在这道沟的深处，和外面的村子风景差不多，只是越走近村子，越有一溜一溜立在路边的石头和石碑。石头是燕山的大石头，收拾干净了，刻满一行行诗。石碑也是燕山石匠打的碑，像放大的小学生作业本，上面刻着100多位诗人，特别是当代中国诗人的新诗作品。上庄的老百姓就像种庄稼，也像种树一样，把诗歌种满了这个小村子。是啊，诗上庄，就是生长诗歌的村庄！诗歌在这里，像头上的蓝天，像山间的泉水，也像坡上的玉米地，成了老百姓生活的一部分。连石墙上刻着村里的乡规《中国梦　上庄梦》，也是这样的诗句："……山与山斗雄奇，水与水比甜美，户与户赛文明，人与人争贡献……粗看都是废物，细观都是宝贝，粗看都是凡人，细品都是雷锋……"朗朗上口，还有韵味，不教条，不板着脸训话。

　　诗歌成为这个小山村最重要的乡村文化，成为游子们看得见也听得到的乡音乡韵和乡愁，是因为这里出了他们引为骄傲的诗人。新中国成立后，著名的农民诗人刘章，当年就在这里一手拿着放羊的鞭，一手握着写字的笔，在这片山坡上写下了他的成名作："花半山，草半山，白云半山羊半山，挤得鸟儿飞上天……"正如这个农家子弟写的"独行无向导，一路问黄花"，从20世纪50年代务农写诗，到现在有半个多世纪了，刘章从没有停下笔，越写越有神采。我在《诗刊》工作期间，他是刊物资深的编委，多次相聚交谈，他对诗歌的痴爱让人感动。我们常说民风淳朴，上庄的民风，就是爱诗成风。如同刘章诗句"抓头羊，带一串，羊群只在指掌间，隔山听呼唤……"刘章的儿子刘向东也是诗人，他是河北省的诗刊《诗选刊》的主编。与刘向东同辈的刘福君当过兵、经过商，最后还是一心扑在诗歌上，他写母亲的诗出了一本诗集，诗集先后印了多次，发行了10多万册，引起诗坛极大的关注。

　　我的满头白发的母亲
　　你守着手机像老树守着鸟窝
　　而儿女们已经长大像鸟一样飞走了。

　　这样的诗句，上口入心，读了就不会忘。揣着对母亲这份惦念，在承德当作家协会主席的刘福君几年来像鸟儿筑巢，把深山沟里的上庄变成了诗上庄，他是一个回家种诗歌的孝顺孩子，让诗歌守着老村老母和老乡亲。

刚才在村子的中心小广场上，村民们聚在一起朗诵他们喜爱的文学作品。一个姑娘竟背诵出我的长诗《干妈》中的一章："她没有自己的名字"。说真的，听到这河北口音传来的诗："她没有死，就站在我的身后，笑着，张开豁了牙的嘴巴……"诗句在夜幕中像波浪一样掀动时光，那是45年前在陕北另一个小山村，没有电灯的小山村，烘暖人心的是那泪花中闪动的温情。在今夜，诗歌仿佛又把我领回陕北插队的小山村，时光没有倒流，只是诗歌把岁月和记忆焊在一起了。

少小离家老大回，乡音无改鬓毛衰。儿童相见不相识，笑问客从何处来。唐代诗人贺知章的诗句，留下了千古传唱的乡愁。只是今天在诗上庄，村民笑问客人的话，有了另一番情趣。几个扛着锄提着锨的村民，围着回家的诗人："这写的是啥意思，怎么'卑鄙是卑鄙者的通行证'？能通行吗？还有这个，怎么叫'黑夜给了我黑色的眼睛'写错了吧，是光明给我们眼睛才对！"回想起这个场景，望着夜幕中眨眼的星星，我对自己说，真的变了，诗意的栖居，曾经只是梦幻般的希望，正悄悄走近我们。

今夜，燕山深处星光灿烂。

2015年

老友记

交友之道写在各种生活指南中，从古至今，讲的几乎是一个路数。高朋满座，说的是结交的朋友都是高大上。来往无白丁，说的是都与豪门贵胄相交。老百姓话说得直白，鱼找鱼，虾找虾，乌龟找的是老王八。圣贤孟子讲得文雅，成了名言："一乡之善士，斯友一乡之善士。一国之善士，斯友一国之善友，天下之善士，斯友天下之善士。"讲来讲去，交友之道，讲品格性情，讲身份地位，还讲名气大小。若全都是高大上，那境界就叫"海内存知己，天涯若比邻"，必向往之，心驰神往，多牛的人生境界啊。自从有了网络，朋友的意味变了，变成粉丝。能有几个粉丝是让人偷着乐的事情，粉丝多了的主，也常拿粉丝量显摆。只是原先的朋友含铁量高，俗称"铁哥们"，生死相托，同舟共济。现在由铁变粉了。你上台，他拍手，你唱歌，他摇荧光棒，你倒霉了，他啊一声张大嘴，转过身就消失了。网络发明了微信，朋友后又加个圈，朋友圈。朋友圈风靡九州，一大半有手机的都成了低头族。热火了一阵，发现这朋友圈，朋友两字挺可疑。想一想，点个赞，叫声好，也就跟上街过广场，看见面熟的，扬扬手，点点头，就那么一回事。在今天，多几个粉丝，好事。朋友圈人头旺，也是好事。只是原先意义上的朋友，含铁量高的，同舟共济的，生死相托的，还会有吗？又有几个？

也许是真成老人了。老人的幸福，都与老有关系，叫做"有四老"：老屋，老伴，老本，老友。老屋意思明确，不怕风雨的栖居之所。老伴尤其重要，没伴就实在地成了孤家寡人，只有孤身独处的晚景。老本是老年压舱石，风吹草动心不慌。老友是老年人的世界，精神世界也是人际天地。老友是你一生所有粉丝中，不离不弃不转身走开的粉丝。老友是你朋友圈中，不仅是见面点赞打招呼，而且一旦没见着面就想你的那位。老友也许曾经是你的同乡，你许许多多的同乡中，他在你年迈时，仍让你想起故乡。老友也许曾经是你的同学，同学会开了又散了，而他却不和你告别。老年人会淡出江湖，远离商场与官场，没有了利害和利益，此时仍然与你不离不弃者，就是难得的老友。不离不弃的当然不仅是旧交，你看许多老年人养着小狗老猫，因为它们有最让人动心的品格，不离不弃，于是也成了最够资格的老友。

在诸位老友中，最靠得住也是最贴心的老友，是那些天天守着自己，并排站在书架上的图书。这些图书，每一本都是一贤士。还是孟子说交友："以友天下之善士为未足，又尚论古今之人，颂其诗，读其书，不知其人可乎，是以论其世也，是尚友也。"跨时空相交"尚友"，读他们的诗文，了解他们与他们所处的时代，这是可以终老的无憾之事。我爱书，但不讲究数量上的藏书。现在出书也是时髦，各色人等都在写书，也有不少枪手代笔的伪书。许多书翻看过后，便从书架和书桌上请走，像送走闯进家里的陌生人。读好书如孔夫子所言"见贤思齐"。这话实在值得推广，一是要见贤，多与有修养有品行有文化的人交往，交往后要向他们看齐。这句话后面还有一句话："见不贤而内省也。"不免会读到那些装腔作势的书，读了也无妨，可识小人嘴脸，庸人心胸，俗人志趣，匠人笔墨，读之可引以为鉴。

书房里有四五架子好书，足能让心里亮堂，高朋满座般充实。好了，老友们别倚老卖老，新的一天又开始了，迎接新的生活，呼吸新鲜空气。推开窗户，澄亮的太阳又是新的。打开电视，此刻播的是早间新闻。嘀的手机响了，有了新短信：老朋友，读到你的新作，高兴……

2016年

归巢的太阳

　　城市生活久了，也就忘记了日落之景。常常是对面的楼体遮住了阳光，知道是太阳偏西了。前几天从密云回北京，正逢久违的风吹走了天上的雾霾，又是从东北方向回北京，在距离首都机场15公里的高速公路上，看到了归巢的太阳。

　　归巢的太阳渐渐燃尽了热情，呈现于天地间一种庄重沉稳的美艳。金色的太阳不再向外喷射激情之光。怀抱着金色的光焰，收敛成一团桔红的火球，将近身的云朵染成彩带。回望自己这一天巡游过的天空，安宁而慈祥。漫天飘舞的锦缎，平滑艳丽，缓缓下垂成暮帷。正是此时，机场的上空，一队归巢的飞机滑入这舞台，夕阳柔美的光线，勾出飞机的翼翅和机舱。从各地飞来的航班，在机场上空有序排队准备入港。可以看见的共有4架归航的客机，像风筝，却比风筝平稳，由近至远，由大到小，由低而高，排成了五线谱上4个音符。这些当我们坐在飞机上让我们感受轰鸣的大家伙。此时眼中望见的4架归巢飞机，更像舞台上跳芭蕾的4支小天鹅，在夕阳之光照出的锦缎帷幕前，跳完最后的那一段乐曲。高天长空上演的一曲归巢之舞，令我兴奋不已。都市生活，高速公路，机场空港，飞行旅行，这些事情在心上留下的基调，多是繁杂喧闹和紧张快节奏。然而，偶然得此机会，换个角度，改一个地点，归巢的太阳与归巢的飞机，让我看到辽阔天穹大舞台上一幅美景，安详宁静之美。

归巢的太阳在我早年的记忆中，那是另一幅景象：太阳西斜，从天边的云阵里，飞出黑压压的鸦群。这些黑色的大鸟，成群结伙从城郊的野地归巢。它们的窝巢在城里太庙的柏树林里。我写过组诗"少年记事"，其中有一首《归鸦的翅膀》，描绘了我的记忆：

> 是童年黄昏的记忆拼图
> 重要的是一片片天际飘来的
> 归巢鸦群的翅膀……
> 是老成都风景的马赛克
> 成片的是一块块遮住霞光的
> 黑色鸦群的翅膀……
>
> "日头坠在鸟巢里
> 黄昏还没有溶尽归鸦的翅膀"

这是克家先生的齐鲁北国黄昏
白昼与长夜每天都例行的一场
温柔的礼遇的接交仪式
而在我的南方童年，归鸦也读孔子
从夜神那里出发的黑色的鸦群
从城郊暮色的掩护中发起冲锋
残阳的箭矢已经无力射落它们
从原野中获得魔力的黑色翅膀
如同老宅青灰的瓦片
一片又一片的叠盖于老城的天空

石室中学那文庙里的古柏树
举起枪戟一般的虬枝
却划伤了西坠的太阳，哎呀
染红了半天的云霞与归鸦哇哇的呐喊
落下是文庙的树林里层层叠叠的暮色
落下是文庙巨大石碑严肃庄重的铭文
缺电的老城胆怯的灯火是萤火虫
逗引着躲藏在老宅里的鬼故事
故事随鸦翅飞向我的心田……

这就是我童年的记忆，归巢的太阳与鸦群在太庙的柏树林里演出一场热热闹闹的大戏。白昼与黑夜的交接仪式，光明与黑夜的欢喜冤家。在这幅画卷中，太阳也是林中的鸟，林子大了什么鸟都有嘛。在这幅画卷中，黑夜是鸦翅驮来的，每一根黑色的羽毛都藏着一个鬼故事。

归巢的太阳在群山环抱的地方，太阳落下了山坡。在大山里不仅日落，就是日出也与海上日出的景象不同，那叫，太阳爬上了山坡。一个爬，一个落，太阳就是天天出工的农夫。语言真有味道。爬，上山的劳累和辛苦，一个字全都表达。落，整个白天的劳顿和疲倦，一个字抖擞出来。山越高越险的地方人越穷，越穷的地方越有好风景。只不过"风景"是吃饱了肚皮的人，想出的两个字。生在风景中，若是个穷人，肚子饿，眼发直，看不到"风景"那两个字。我年轻时插队，也就是一个农夫，插队的日子天天盼着太阳落下坡。太阳下了坡，队长的哨子会响，哨响才收工歇气吃晚饭。填饱了肚皮的人，眼睛就有了光。这时候，月亮升起来了，哎哟，满眼都是月光。月亮走，我也走，我给月亮打烧酒。儿歌里，情歌里，都是月光。归巢的太阳委屈啊，月亮那点风采，只是从太阳那里借来嘛。

归巢的太阳在草原上最有风韵。草原好，好在辽阔，好在平坦，好在太阳升起来，是从草尖上升起。归巢的太阳不下山，落在草原地平线上，也是落在草尖上。草洒上升起的太阳，好精神，从星星点点的露珠里，升起来就朗朗照天地。归巢的太阳落在草尖上，那些草尖想托住这归巢的太阳，没托住，划破了，像划破了个大红气球，爆出来洒了满天的星星。等到黎明时，这些星星就是晨露，晨露里有明早的新太阳。

好了，归巢的太阳，再见了！无论明天你在哪儿升起，都要再见啊！说好了……

2016年

珠海遇大寒

朋友邀我到佛山过腊八节。佛山的腊八节很有味道，像是春节的序曲，过得有声有色。算一下，我已连续5年在佛山过腊八节了。佛山的诗人多，诗人也有雅集诵读的传统。在一个叫龙塘的地方，100年前就有个龙塘诗社。现在每年的腊八，佛山诗人们都聚在龙塘，朗诵诗歌，欢度腊八。早上聚到龙塘，细雨霏霏。开场读诗了，天光放亮。像灯光师出场，一抹阳光，让台上台下的诗人们欢呼雀跃。我也上台说了一通关于诗歌伟大如同阳光之类的应景话。阳光暖心，让我过完腊八后，没有北上，而是向南，珠海小住，过完春节再回北京。在佛山时就听说，马上有一次特大寒潮席卷全国。住到珠海，电视上天天的新闻都在讲冷空气的威风。这样听着东北最低气温，听着整个华中大雪冻雨，等寒潮也好像等一个相约的朋友。终于在今天，等到这跨过整个中国的寒潮，如期到达珠海。寒潮到了珠海，本该像一出连台大戏，演到了压轴。可惜的是，不像高潮，倒有点像马拉松长跑运动员跑到了终点，打起精神，抬高拖不动的双腿，撞向冲刺线。气象台报告今日最低气温5摄氏度，就是在说寒潮也就剩下这么点余威了。这余威也足以让穿惯单衣的珠海人，找出箱底压着的棉服。我坐在玻璃窗前，观看寒潮带给珠海的新景致，细看细琢磨，想看出点味道来。

看云跑。珠海临海，云飞云跑是平常风景。在珠海，云彩来得快，跑得也快，老天的脸也变得快。刚才还艳阳高照，一朵云飞过，劈头盖脸就是一通狂雨。若是夏日，加上雷声闪电，就是一出天作帐，地为台，轰轰烈烈的大戏。珠海的云，多是从南海上升起来，带着南海的水汽和豪气，让山青，让树绿，让河水充沛，让池塘丰盈。寒潮中的珠海，云也在飞，云也在跑。云飞云跑，飞是由北向南而飞，跑也跑不动的云，由北向南缓缓行。开始的云阵还厚实，一大团一大团，边缘处的亮光勾出云团的形状。这时的云，像退潮的海水，虽没有了气势，仍有体量，保持阵形。后面的散云，跟着前面的浓厚云团跑动，溃不成军，让人想到欧洲大陆上结队而行的难民，也像戏完落幕后散场的人群。威风够了的寒潮，到了珠海只剩下这些撤退的云阵，不携雨，不夹雪，也不打霜，一支没有了辎重弹药的云海大军，到了珠海就只好准备解甲归田了。

看树摇。珠海树多，海洋和江河在此交汇，满目锦绣，是个山海秀美的宜居之城。现在高楼多了，原先矮一点的山丘，也在人们的视线里消失了。楼高山低，城市就有了水泥森林的味道了，变得呆板凝滞。寒潮大风吹来，吹得满城的树都在摇晃。平时那些树木，被高楼大厦拘住，让我们几乎忘记了它们。大风一吹，高高低低的树都在拼命摇晃。北方的树在这个季节早成了光杆秃枝，任凭风吹，无大动静。冬日珠海的树，依旧青枝绿叶，许多还是南方大叶子的椰树、葵树，随风起舞，婀娜婆娑，满眼都是晃动的世界。夏天在珠海的时候，在暴风雨中，我写过一首《一棵树在雨中跑动》：

一棵树在雨中跑动
一排树木在雨中跑动
一座大森林在雨中跑动
风说，等等我，风扯住树梢
而云团扯住了风的衣角
一团团云朵拥挤如上班的公交车
不停踩刹车发出一道道闪电
为什么，为什么，为什么？
哭泣的雨水找不到骚乱的原因
雷声低沉地回答：我知道是谁
当雷声沉重地滚动过大地
它发现它错了

所有的树都立正如士兵
谁也不相信有过这样的事情
——一棵树在雨中跑动……

那个时候有雷、雨、电的加入，真的会觉得所有的树都在奔跑。而在寒流中，大风是巫师，把规规矩矩的树们又唤醒起舞！

听风啸。来头不小的寒潮，由北而来，竟然跑到南海之滨。在天上赶着云，像牧民赶着牲畜转移牧场。在地上摇动大大小小的树，闻风起舞抖擞起精神。天地之间的风啊，吹进耳朵，北风放肆呼啸，直直地吹进了人心。用心体会，那气概，那风流，那千万高啸低吟的大风情怀，让我把人生的那本书，在风中一页又一页地掀开。

2016年

一水滴三江

珠江这条中国第三大江，南方最重要的水系，源头就在我的脚下？我有些不相信自己的眼睛。我的眼睛打量着面前的这座山。

地处云南沾益县东北的马雄山，就是珠江的正源。主峰高度海拔2444米的马雄山，地处云贵高原最大的盆地——曲靖坝子。马雄山是躺在坝子中间一个平缓的山丘，好像一匹斜卧在高原平台上的双峰骆驼，两座驼峰，一座是海拔2444米的主峰马雄山，另一座则是海拔2368米的次峰老高山。马雄山麓有一堵约6米高的断壁山洞，山洞里上下两个出水口，雨季成水流，旱季如泉滴。海拔2145米的这个崖洞，便是1942年和1952年两次勘察认定的珠江源。珠江源竟然是这个样子，和它两个长兄长江黄河的雪山冰川诞生地相比，好像有点先天不足少了点什么？少了什么呢？不好意思，有点像一个婴儿"奶水不足"。我没有说出口，因为主人正在给我讲珠江源的水。

四周是较为平坦的高原坝子，马雄山其实也就是高出四周

300多米的一座山丘。主人说，这山顶上若是落下一滴雨水，会有"一水滴三江"的奇观。奇在何处？原来这座山丘，是重要的大江水系分水岭。落在山上的水，向东向西向北，分别流入长江水系的牛栏江，以及珠江水系的南盘江、北盘江。而山麓下崖洞里淌流的汩汩清流，便是珠江水系的正源。山不在高，大江之源则名！

近年常居珠海，也就是住在珠江入海处，对珠江也有不一样的感情。这回来到珠江源，所见所闻，皆动我心。虽然不是专门的科学考察，匆匆过客的散淡行旅，也留下几多印象深刻的片断，一一记之，以谢源头那山，那水，那守护珠江源的有心人。

珠江源所在的马雄山，如果不是珠江源，其貌不扬的小山丘，实在没有什么风景。然而这座小山丘偏偏就是珠江源，当地政府将山丘四周划了12平方公里的保护区。"原先还能看见保护区的城墙，像小长城，很壮观。现在保护区里的树木都长高成林了，也就看不到城墙了。"看不到城墙的水源地，因为有了郁郁葱葱的大片树林，也就有了精神，有了风情。青枝绿叶捧出了一个水源地风景区，进来要收门票，还是4A级景区。评上了4A，总不能只有个源头名分，还有让人可看可赞的风光才行吧？

"你们来早了，再晚上10天，杜鹃花就全开了，满山遍野的花，那才好看，那时候景区里全是看花人！"虽说是早了点，长得高过车顶的大杜鹃，当地人叫马樱花，已经在绿叶间鼓出了花蕾。有几棵性子急的，花蕾绽开，吐露火红的花瓣，招人喜爱。前两年在贵州乌蒙山看过百里杜鹃的盛景。看到这些招展花蕾的马樱花，眼前也就浮现了10里花海，红云满山的景象。

珠江源景区植被保护得好，自然变成了高山植物博物馆。山脚有高大的乔木，树间有丛生的灌木，间或还有小片的竹林。一路走动，人移景变，野趣横生，令人流连。越向山上走，树木从阔叶变针叶，由高大变低矮。举目望去，都是婀娜多姿的伏地松。伏地松，就是趴在地上向四周生长的松树。伏地松是云南松的变异树种，生长在马雄山，变换了一种活法。依地而卧，妖娆缠绵，不图高扬。虽然没有长成参天大树，却以另一种奇特方式吸引人们驻足观赏。这些守护珠江源的伏地松，也成了远近驰名的"迎客松"。

高大的云南松为何在这里成了伏地而生灌木般低矮的奇树？上了山，不用问，就找到了答案。马雄山区终日刮风，越是接近山顶，越是随时刮起七八级以上大风。有人说，这里就只刮一场风。说刮风时间短，只从早上刮到晚上。说一场风刮得时间长，是从春天刮到冬天。在这样的大风面前，坚韧的松树，虽然直不起腰也在这里扎下根。终日在风里在摇晃的树枝，贴着地向前延伸，居然染绿了一片山岗！

下山途中，见到林中有一禅寺。寺院不大，掩映在绿树之中。收拾得干净利落，透出安详与清静。陪同的主人告诉我，这禅寺只有一名僧人在此修禅，整座寺院也是他一个人管理，他也是这里的守护者。守护者，这3个字打动了我，也让我找到了珠江源的精气神。围着整座马雄山的小长城，年年等着春天开花的杜鹃林，伏地面生的迎客松，晨钟暮鼓的一位僧人，都共有一个品格：守护。在大风飞扬的曲靖马雄山，守护那"一水滴三江"的水源圣地。

君住江之头，我住江之尾。全长2200多公里的珠江，流量是黄河的7倍，在广东分为8大水流入海，入海口门从东向西有虎门、蕉门、洪奇沥、横门、磨刀门、鸡啼门、虎跳门和崖门。珠江浩荡，万千波澜，滋养众生。今春此行曲靖，有幸得识珠江之源。归途一路上，更念护源的山，守山的树，养树种花的水源人。

守护者，请接受我的敬礼。

2016年

大埂古村小记

5月的浙西，烟雨蒙蒙，一座座青山隐现于缥缈的云雾间，洗出满目青翠。此时出行，是种享受，呼吸那大山密林间透出的清新，忘情于青山绿水，任绵绵细雨一阵阵涤去都市生活积在胸中的尘埃。

我们一行前去常山县的大埂村。大埂古村位于严谷山麓，东边是三衢石林风景区，西北毗邻开化国家地质公园。介绍了古村的两位"邻居"皆是有名头的风景区，古村让人羡慕的生态环境，也就不用多说，说一句"青山绿水怀抱中"，足矣。当地政府前些日子将大埂古村列入了"历史文化村落保护与利用重点村"。这次是文化部门领导邀我们一行前往，此行也就有了两层意思：一是大埂村尚没有进行开发保护，是原生态的古村；二是希望我们能从一个外来者的角度感受古村的魅力，为古村的保护开发，提供一星半点的建议。

在村子里走了半天。村头村尾，花草林木，房前屋后，窄巷宽池，拐角遇见乡情，抬头就有惊喜。撞见许多让我心跳过的场景，记下许多让我眼热的风情。怕它们今后消失了，消失如擦身而过的老朋友，只剩下隐于雨帘的背影。写此小记，留下二三履迹，不虚此行。

会所。会所是现在大家都能理解的名称。古村有两处岁月遗留下来的会所。一间是吴氏宗祠。最早建此古村的是安徽迁居的吴氏，定居后在此开矿经商，成为古村大姓。吴氏宗祠始建于清代嘉庆四年。岁月蹉跎，风雨侵蚀。高墙石柱大门面的祠堂，已经残破得塌了一半屋顶。不过那些残存的高墙，那些依然屹立的红砂石柱，那些精细雕刻的木刻配饰，足以让我们想到当年家族兴旺的气势。另一间会所是半个世纪前，人民公社修建的礼堂。现在这个礼堂依然是间公用场所，破旧的大门口，挂着几个木牌，"文化活动室""村邮站""食品药品安全工作室"。人民公社对于年轻一代，成了过去的故事。当年在这个礼堂里开会的年轻人，今天成了这所"老年活动中心"常客。墙上残留着过去岁月的印迹："人民公社好！""战无不胜的……"迎面在礼堂最醒目的舞台右墙上，是一幅新挂上的大标语："老有所养。要支持老人，不要讨厌老人。"每个字都有一尺见方，让这个礼堂平添了几分沧桑。两间"老会所"，曾是古村的政治文化中心，现虽残破，却珍贵地留下了历史记忆。一路上，我总说一句：破的修，旧的留啊！

古树。古村有资格叫古村，最可信的是守着村庄的那些古树。村里300年以上树龄的樟树和柏树有10多棵，它们骄傲地站立在各个角落。吴氏家谱记载的家训称，这些树木"护抱阳基，镇守水口"，"子孙永远不许盗砍"。浓荫之下，子孙之福。它们是古村最有资格的历史见证者，见证岁月的变迁，也见证好的村风民约能荫泽后人。我对同行的村干部说：这些年，到处都说自己是老庙古迹。我就把定一点，老庙新庙，不看菩萨，看庙里的树。他笑了。

老宅。老百姓各家过各家的日子，各家盖各家的房子。大埂村星罗棋布的民宅，让我想起"二八月，乱穿衣"的景象。早先的低矮民房，变成了水泥小楼。穷怕了的老百姓兜里有了钱，第一件事就是盖新房。这种事不需要村干部和政府太操心。让人操心的是散落在古村里的旧日豪宅。全村有十几处清末民国初年的老宅。这些宅第多是徽派建筑风格，四围青砖高墙，马头翘角，与外界相通的高墙下的门窗，皆石砌石雕。进门后是四合天井，室内是木结构的两层居室。外围高墙石门窗，坚固结实，防火防盗。内室木结构家居，宜居舒适，贵气典雅。经过百年风雨之后，坚实的外墙残留几分豪门气度，内室的木头居室早已朽蚀。走进一户人家，只剩老妪在这空旷的残楼里留居，同样恋着旧家的是檐上的燕子。新巢刚刚筑好，小燕已伸头张望。在新巢的左右，横梁上有一排老巢留下的旧巢痕迹，让人的眼睛一下子潮润了。我说，老宅改造后，若是燕子还回来筑巢，那就真好！

方塘。古村能聚百户千人，是因为有一眼清泉。泉涌如注，筑塘蓄之。大概是早年的秀才取了个文诌诌的名字"毓秀塘"。方塘值得一记，是因为此塘由4个水塘合而为一。第一塘是泉塘，蓄集饮用之水。第二塘，洗菜蔬水果之水。第三塘，洗衣清洁用水。第四塘，清洗家具农具用水。泉水依次流经4个水塘，最后流进灌溉渠道。规矩方圆，环保生态，尽在不言之中。古村风水好，青山在后，清水过门。在家同饮一泉，是天赐的缘分，出门各奔东西，是一生的乡愁。

高兴的是古村将有机会保护开发，担心的是万一像有的地方新农村"万象更新"，新房新路后面剩一张抹去记忆的一张白纸。于是，写此短文，记大埂古村岁月给我们留下的这些"指纹"。

2016年

走　嘞

　　我们到这个世界以后，无非是用3种势态活着，躺着，站着，走着。

　　躺着的时候，我们仍有一个器官在"走动"，就是脑子。脑子因为走动着，所以脑子最重要。脑子在想，就是你活着的证明。婴孩时，脑子里想吃，就哭。那个端着奶瓶叫妈妈的人就过来了："乖宝宝，饿了，好吃的来了！"青春期，爱做梦，梦里见着那个女孩，飞一样向你跑来，扑到你的怀里。你还来不及高兴，醒了，是自己滚到床下了。老了后，躺在养老院的床上，动弹不了的时候，脑子不休息。脑子把一生走的路，一遍又一遍地回头溜达，溜达到高兴处，嘻嘻笑了。可惜坐在旁边的护工睡着了，没人分享。人的一生有三分之一的时间躺着，这三分之一的时间，人靠脑子在这个世界走动，不知你想过这个问题没有？

　　站着的时候，站立通常是一个过渡性的动作。站着不动，基本上是接受外来指令的结果。站立排队，是你作为个体参加到一个集体中的结果。"大家都站好了！"你就是大家中一员了。如果只有你一个还有走动，有人喊："那个人是干什么的，别在这儿捣乱。"如果只是一个人也站在那儿不动，那叫站岗。当兵站在军营门口，当侍者站在酒店门口，都是职务行为。还有就叫罚站，谁一辈子没被罚过站？真有的话，那不叫好孩子，叫天使。天使背上有翅膀，会飞不会站。在世上所有的惩戒中，这是从老师到警察都最爱用的指令："站好了，别动！"罚站是最便当最普遍也最容易被接受的束缚。不用盖牢房，也不用绳索手铐，画地为牢，规矩受罚。站久了，谁都想改变一下姿态。坐下来，躺下来，跪下来，姿态变了，还是另一种"不许动"。所以，我们在受了老师一通叱责，或者警察仔细盘问后，最动听的两个字就是："走吧！"于是会在心中也说一声："走嘞！"

走着，是人一生最重要的状态。俗话说，到这个世界走一遭。一句话把一生都说完了。其中只有一个动词，就是"走"。走有各种形态，向上努力手脚并用叫"爬"，常听3个字"向上爬"。健步如飞以至双脚间歇离地叫"跑"，常用3个字"跑关系"。双脚向上发力引体向上叫"跳"，戏文常念3个字"跳龙门"。当然，上面说的爬、跑、跳，都是人们心里想，却在嘴上贬的姿态。自己没弄成，就在嘴上发狠。弄成事的，不说。爬上去的，手洗得很干净。跑上关系的，脸收拾得很光鲜。跳过龙门的，鞋都亮得晃人眼。余下我等芸芸众人，每天早出晚归，三点一线，按部就班。把日子用双脚印在大街小巷的路面上，把我们的身影留在各式各样的探头里。

对于一个普通百姓来说，一生的幸福其实很简单，有一个自己的家，家里有自己的亲人，出门的时候说一声："我走了。"有人回一字："呃。"进门的时候喊一声："我回来了。"有人迎上来："今天辛苦了！"（你不同意，你说，只有家里的小狗会跑过来摇尾巴。有小狗摇尾巴，也算幸福。现在城里那么多小狗，就是因为它们会摇尾巴啊。）进门、出门，人生如戏。让人想起早先戏台上的那两道门：出将、入相。

人生就是如此，孩子大了要出远门。成家立业了，也天天要出门。出门上路，怕就怕丢三落四。每回出门，妻子总习惯一句："走啊？钱包、钥匙、手机？"也是，如今带上这3件东西，上路就没有大麻烦。记得小时候，慌慌张张朝外跑，母亲总唠叨："慢一点，别把魂儿丢了！"

想起母亲这句话，心里一惊。举目四望，我和这满大街行匆匆的人，还想过母亲在我们出门时的那一句话吗？"慢一点，别把魂丢了……"

2016年

独饮时光

路旁的小酒馆。夜深了，车水马龙的白天，翻过一页。只有满天的星斗，望着空旷的马路上两排稀疏的路灯。商店都关了门，让这家小酒馆在马路上独家出演。深夜的舞台上，演出的是默剧：坐在收银台的小老板打着盹，坐在小餐桌前的酒客，独自饮酒。戏正过半，半瓶二锅头，告诉你，饮者进入了角色。这是一幅孤独的画面，然而谁知举杯对月的饮者，内心的那没有告诉旁观者的戏文。入梦的小老板也不知道，不知道饮者此刻的内心温度。

独自的饮者，大概有两种剧情，一是越喝越热，一是越喝越冷。越喝越热的他，此刻正回到舞台中央，朋友们一个又一个的向他走来，只有在这个时候，才能一个又一个的与往事相逢。人生不过百年，能干几件让自己心热的事情？能有几个让自己独自想念的朋友？风刮过，雨下过，事情经过，真情却藏在心底，像炭，烧上酒，就燃起来。燃起来的岁月，与谁说？又何必说？独饮时让往事回到身边，只怕到动情处，两行泪水流过鼻。流吧，无人看见，只有星斗知道。星子是最好的观众，只眨眼，不说话。也许，他是另一种饮者，越虽越冷，像站在薄雪浓雾之中。那些曾经的同路人，一个个只剩下背影，就是喝了酒，他们也不肯转过身来。人情淡薄，世事无常，心灰肠凉，冰凉得让自己也害怕。于是往心口里灌酒，想点燃记忆的火柴，给自己取暖。只是这样的酒越喝越凉，越凉越要喝，独饮者想用这个方式与往事告别。说不出口的是，没办法与那个不堪回首的自己告别！

人与人就是如此的不一样。那个越喝越热的饮者，让我想到大山里一个老人。老人是个守林者，他独自居住在山林深处。没有手机，没有邮递员给他送来报纸。太阳能光板的电，够他看一个钟头的新闻联播。他在这里呆了半辈子。大山把他抱在怀里，每个认识他的树见面点头致意，山雀喜欢他，小狗腻着他。他需要照料的事情太多，包括照顾自己，因此他没想过他的孤独。有山有水有树的鸟有鸡有狗还有自己的世界，满满地塞满了他的心。那个越活越凉的饮者，让我想到闹市里的乞丐。人流匆匆地从他身边走过，也有走过的人丢下一张零钱，所以，在千万人的大都市里，他知道他并不是最穷的，那些一张张飘下的零钱，也让他有足够的收入。那些零钱没有温度，那些施予者的脸也没有温度，他明白，这些人丢下零钱，好像抽出一张纸巾，只为了擦干净刚才看到他的那一秒钟，怕会弄脏了自己。在走过乞者的人群中，有个人也丢下了一张零钞。这个人刚才还坐在主席台上，上级派来的人宣读他退休的文件，夹带着说了一大堆光辉灿烂的词汇，为他画上了体面的句号，然后是哗哗的掌声，像放飞的鸽子，庆祝时光又把一个人扫地出门。这个刚走下主席台的人，站在乞者面前，如照镜子，恍然发现这个充满匆匆行走的城市，此刻谁也不认识他了。

李白说："自古圣贤多寂寞，惟有饮者留其名。"其实，诗人就是独饮者，诗歌就记录了他独饮的心迹。也许真不明白那些在酒馆里独饮者的心事。但不同的诗人，他们独饮之诗，有的是越饮越冷，有的如炉中之火。最冷的诗，大概还要数柳宗元的《江雪》："千山鸟飞绝，万壑人踪灭，孤舟蓑笠翁，独钓江雪。"20个字画出一片空寂的天地，4句诗中又藏着"绝灭孤独"4个字。无论是意境，还是炼字遣词，都是绝顶"天下无敌手"的孤独客。何况此诗是柳宗元官场心境的写照，古今无人可及。如果文章开头说的那路边小酒馆里坐的独饮者，换成了我们熟悉的法国诗人雨果。在夜深人静的时候，独饮的诗人想的是什么呢。有诗告诉了我们，这首诗的题目是《当一切入睡》，诗中写道："……我总相信主，在沉睡的世界中，只有我的心为这千万颗太阳激动，命中注定，只有我能对他们理解；我，这个空幻、幽暗、无言的影像，在夜之盛典中充当神秘之王，天空专为我一人而张灯结彩！"天啊，心中有千万颗太阳，天啊，天空专我为一人而张灯结彩！何等热烈的心，这也无人可及。

　　然而，也许这一切你都不知道，你眼前只有一个没有打烊的小酒馆，有一个独饮者守着半瓶酒……

2016年

吾爱吾师

昨日散步归家途中，收到高中同学邀同学会的电话。关上电话，却想，都半个世纪了，这同学会大多数人还认识吗？高中同学曾寄给我一本同学录。初中的呢？说真的，初中的同学的名都基本上忘记了，只记得一个姓侯的。老师呢，老师中有个何守模，20年前还写过一篇回忆他的文章。还有呢？真是奇怪了，又蹦出来3个名字，赖仁价，左惠兰，李华强。这4位老师，只有何老师多年前与我有过书信联系，没有见过面。其他3位，不仅没见过面，自从离开那所学校，再没有联系过。50多年啦，他们的名字怎么像藏在石缝里的鸡毛信，过了半个世纪，因为另一个无关的电话，破土冒出来。

一个何老师，扯出4个老师，4个老师拉出一个学校。这个学校叫西昌川兴初级中学。在饥饿的"三年自然灾害"，我刚考上的一所初中停办了，中途转入这所乡村中学。一进了这所乡村中学，有两个非常深刻的印象：没有围墙和校门，四周都是稻田所围的几间用土坯垒起的教室。学校没有电，上晚自习一人一个小墨水瓶改成的煤油灯。我就是在这里度过了我的初中和这个国家的"三年自然灾害",因此,这4位老师的名字记录了我人生中一段非常时期。

何守模。我写过他一篇文章《何先生》。他是四川大学历史系高才生,读书当了大学生右派,毕业分到这偏僻的农村中学任教。学校规定,右派不能叫老师,他进教室上课,值日生就喊:"起立,何先生好!"何先生课教得好,脾气也大,教鞭敲桌子是他的特色动作,真生气时还骂人。因为出自名牌大学会讲课,反正都"先生"了,所以校领导也任其发飙。他对我很好。他除了上课,还管图书馆,我是他图书馆一号读者,所有的新书先睹为快。为此还闹出许多矛盾。《红岩》刚出版时,学校分到一册。语文老师去借:"为全校同学进行传统教育需急用。"何先生说对不起借走了。冤家路窄,这个老师上课时发现这本书在我手里。怒不可遏向校长告状。据说校长反问他:"你没事惹那个右派干什么?你挣多少?他挣几文?你上完课回家,他上完课管图书馆。换一下,行吗?"出面替语文老师出头的是教导主任,在全校大会上臭训我一顿。初中毕业时,何老师送我一张书签,是北京中央人民广播电台的照片,照片背后他写上:"祝你顺利考入高中,并有机会继续深造……将来在这所雄伟的大厦播出你成功的消息,我会听到的。何守模。"多年后,我走进了这所大楼,在这里完成了我的大学毕业实习。我想到了何先生，他是我的"预言帝"。

赖仁价。学样的教务主任，但什么事情都管。替语文老师出气训人这件事，让我记一辈子。期末全校大会，我统考得了第一。他代表学样发奖状，拿着奖状先骂人："叶延滨自以为聪明学习好，上自习看小说，自高自大，自大两个字叠起来是什么？臭——"然后把奖状递给我。（此法绝杀，让你不得不站在他面前，听他讲完。）他更高明的是按照人民公社管理社员的方式管学校。农村中学没钱，困难时期饥荒，他竟然把这个又没钱又饥荒的学校办下去了。每个同学有一个工分本，好像规定一年要挣100个工分。学校所有的空地，全部分成一小块一小块的菜园，每小组一块地，种出的菜，交食堂后换成工分。每个星期六是劳动课，到学校背后的高山上割茅草，交给食堂做燃料。茅草叶坚硬锋利，不会割它会划伤手脚。割下草还要扎成小草把，把小草把再打成捆，才能从山上背回来。早出晚归，背下山来，浑身都扎满草刺。还有到粮站拉口粮，到河滩抬石头筑围墙，一切劳动都换算成工分。在那个饥饿年代，这所农村初中教会了我大多数的农活，也让我像一个农村孩子一样活着。衣缝里长着虱子，脚下穿着草鞋。进学校身高1.49米，毕业出学校身高1.51米。赖主任得过天花病，脸上留下麻子点。老师们开玩笑就说，"幸亏赖主任点子多"，让学校熬过了饥荒年。

左惠兰。我的班主任。李华强，学校分管少先队和团委工作的老师。我在川兴中学也经历过大起大落的事情，我想与他们两人有关。因为我是从城里转到这里的学生，一年后，学习成绩冒了尖，农村孩子能干的种菜、割草之类的劳动也能完成。那年城里开共青团代表会，我就成了"优秀少先队员"代表，跟着李老师列席大会。这对我来说是头一次见大世面：吃会议饭（饥荒年代也定量），听大报告（还要记笔记），住招待所（4人一间还干净）。开完会回校不久，出事了。农田中间的学校，夏天多昆虫。我们宿舍的同学到野外抓了一种能飞的甲壳虫，捉了几十只。偷偷从窗户缝，放进另一个宿舍，满屋乱飞的甲壳虫引出一阵骚乱。不幸被值日老师撞上，成了一件扰乱学校秩序的大事。值日老师的训话有"施放害虫"，"扰乱秩序"，"帝国主义分子才想得出的坏主意"。全校通报，对我的处分是取消三好生等荣誉称号。过了些日子，班主任左老师来动员我写入团申请，我纳闷，不是刚处分过吗？后来我听说，我成了学校"正确对待青少年思想行为"的典型，上报的材料中，已经改正了错误。后来明白原因。初三马上考高中了，那年头全地区10个县，只有一所重点高中。又穷又缺资历的乡村中学要保重点，也就保到我的头上。我顺利地被批准入团。对于发生在我身上的大起大落，左老师和李老师肯定是向上正能量。我也算争气，从这所乡村中学考入全地区重点高中。

　　老师是什么？有人以为，老师就是给人熬炖心灵鸡汤的烹调师。鸡汤可口，过肚穿肠难入心。入心者是老话"良药苦口"。回想我的初中，离开家后的第一个"社会熔炉"。不像熔炉那么热烈，倒是像一罐汤药，五味杂陈。吾爱吾师，他们的名字就像美妙的药名：当归、杜仲、生地、甘草、金银花……

2016年

你别不高兴

不高兴？不就是因为你没有个好爸爸。别说不高兴是因为挣钱少，是因为工作不如意，是因为别人说你是乡下人……不高兴自己没有个好爸爸，说不出口，就说自己起点低，被人瞧不起。没有理由不高兴，因为你没有想清楚你其实有个好爸爸。那个"富二代"，进名校，穿名牌，出国镀金如逛街，不用发愁就有个好差事等着他。你要为这个生气，气死活人不偿命。换个角度想一下，富爸爸在他儿子身上下的功夫，一定比不上穷爸爸对你下的功夫多。富爸爸有钱，上名校给钱，出国给钱，买名牌给钱，养个儿子不就是多刷几回卡嘛！上名校花钱也不如他打一晚麻将花的多。出国镀金也不如他买条藏獒花的多。有钱的爹养个儿子不费劲。你爸爸可不一样，你爸爸穷。你上个中学，他累弯一根脊梁骨。你读个大学，他熬白一头黑发。他支出他的血汗，让你不再躬腰驼背像他那样累。他支出他的力气和年华，让你和那阔人家的孩子能在一个城市里数星星。富爹给儿子的，只是两个指头捏的那张卡。穷爸爸给你的，是他胸腔子里卜卜跳的那颗心！从现在起，多想你那不信命给你改了个活法的爸爸。趁早在能关心他的时候，关心关心他，给他打个电话，给他发个短信，给他许春节回家的诺言！当你开始这样做起来，你没有时间不高兴，因为贫困的生活，也被情感的太阳照耀，变得生动而温暖！

不高兴，不高兴是因为没有爱情。你是情场新手，你被"高富帅"这3个字吓着了。那些从整容师刀口下睁开的双眼皮，看都不看你一眼。没人看你也就是找你麻烦的人还不多。趁着没有排着队找你约会，为明天的成功多干几小时正经事。趁着没有人腻着你粘着你查你的岗磨你的脾气，你开心地在时光里冲浪享受自由支配自己的日子。趁着不要为婚礼敲计算器，不在半夜起来热牛奶，你好好享受无忧无虑一觉睡到大天亮的宽心日子。趁着还没有一个关不上话匣子的丈母娘和一个扯你心肝的熊孩子共谋将你变成一只陀螺，你想成功还真要抓紧眼前的日子！成功是什么？成功就是高富帅！成功的郭敬明是小世界的巨人，成功的潘长江是比长江还帅的男神。

不高兴，不高兴是因为没有房子。不高兴，不高兴是北京城有钱买车偏偏摇不上号。不高兴……不高兴的事情多着呢。不高兴是你自己的事，不快乐是你自己的感受。因为没有就不高兴不快活，你真的不值当。我也没有时间哄你高兴，因为这个世界上，你没有的东西一定比你有的多。富人过得不一定比穷人快活。当官的不一定比百姓过得舒心。人往高处走，走得越高他知道得越多，也容易越觉得自己得到的少，更难高兴一回啊！要变得高兴也很简单，你要把这个世界看得简单一些，也就会高兴起来。你要珍爱的只是两位，一个是大地，一个是你妈妈。你从妈妈肚子里出来，站到大地上，最后回到大地里，所以说，大地与母亲是同义词。你要感恩的也只是两位，一个是老天，一个是老爹。老爹不求回报地把你引到这个世界，老天每天都免费给你新的一天，外加一个全新的太阳。

新的一天又将来到，快乐地过一天，不高兴也要熬一天，你傻呀，千万别皱着眉头给自己较劲！

2016年

大雁高飞

"看见过在天上高飞的大雁吗？""哦，好久都没见到了，它们飞哪儿去了？"大雁就在这样的对话后，远离了我们的目光，甚至远离了我们的记忆。大雁在天上飞过的时候，一定是蓝蓝的天，云朵在天上飘着。那云有边有形，形状像舞者一样变化。现在天上的云常常分不出样子，叫雾还叫霾，这样的天气没见过大雁飞。飞在天上的大雁，排成队列，像航空展上的飞行表演队，一会儿拉成长长一线，一会儿变成大写人字。怕你看不到，还高亢地鸣唳，可谱曲"雁南飞"。这是一首关于天空与大地，关于飞翔与梦，关于远方与爱的长调。一定要长，因为每年两次飞行，从南到北，翅膀驮来夏天；从北向南，身后跟着严冬。大雁是候鸟，就是要回家的鸟，会返航的鸟，让我们抬头望着它的时候，想家，想回去，想心上挂念的人儿。好久没有看见大雁在天上飞过了，大雁一定还在飞。悄悄地南下，又悄悄地北上，也许在悄然高飞的雁阵中，有一只是我。应该有我，人一生中应该像大雁那样飞翔，哪怕只一次，变成一只雁。像此刻的我，在高天云际间，望着我在地上的身影，还有旧时熟悉的风景……

……风景从云朵中冒出来，像照片从显影液里捞出来，渐次有了轮廓，有了色彩。那是四川内江的一座小山丘，记得那一排新盖的房子。外墙用黄泥掺上麦草屑，还没有干透，散着土地的气味。屋内的墙上抹着白灰，白灰也没有干透，一碰就沾上白泥。我记忆中的家，刚建成的人民政府的机关宿舍。房门上挂着锁。"南下老干部不在家，下乡去了。"其实母亲那时不老，才过30。啊，我的保姆把我带到她自己的家，江边石板小道，矮墙上爬缠着瓜秧，是哪道门呢？"你找谁？""我的保姆家。""她姓什么？"忘了，忘却的云遮住了这江畔的老街……

……这是大凉山的西昌坝子。美丽的高原盆地，盆地的一半装了半盆水，有个大名叫邛海。这地方的人把湖泊叫海子，没见过大海不是他们的错，山里人好多年都不长翅膀了。海子西北角是西昌城，城的西北角有座教堂，洋教士100年前来过，留下了这座教堂。中式砖墙木窗。窄窄的身材，高高的个头，教堂的房子也是高个子。记得头一次进这间大房子，觉得奇怪，大房子前后距离长，左右墙却快挤在一起，屋顶很高，空荡荡的觉得少了点什么？后来知道那叫哥特式，那空旷的房穹应该画满圣经的故事。这是我的高中，有个男孩在那屋檐下低头看一本书。"你看什么书？战争与和平，你不上大学了？"这不是邹先明老师吗？他在值日，在寝室查房时从我枕头下抽出这本书。两个画面后现代式地叠在一起了，云彩的马赛克遮去这片天地……

……像波浪一样起伏的山峁，黄澄澄的波浪间有绿色的沟涧。朝着我扬起头叫的白狗，不就是达尔文吗？原先人说"鸡犬相闻老死不相往来"。达尔文破了这黄历，小狗崽老往鸡窝里钻。大公鸡高尔基也厚道，让它在自家窝里过夜。直到达尔文长大了，钻不进，才鸡犬相望，互敬互爱。小黑猪在食槽里拱食，吃得真欢。它也有大名，叫黑格尔。黑格尔的身材长得好，油光水亮。我们喂养它，不为吃肉，想叫村里的老乡羡慕嫉妒恨："学生娃们的猪崽养得这么膘肥体壮，哟哟吃得真好！"正看得入迷，刺眼的一束光。不好有偷猎者，赶紧跟上雁阵，穿入身旁飘来的那团云彩……

……一路上俯瞰大地，总会影影绰绰在眼前飘过一些熟悉的身影。这是北京东四的一条胡同大杂院，诗人张志民的家。我上大学时常去打扰先生。先生很高兴地笑着说："刚从法院回来，不是我的事，是让我当人民陪审员，给胡风先生重审平反……"多少年了，这笑脸这么清晰。这是东总布胡同严文井伯伯的家，严先生与在东北日报父亲是同事，所以我在京读书期间少不了去蹭饭。饭桌边的墙上有一幅黄永玉新画的荷花，没装裱，随便用4枚图钉按上墙。"严伯伯，前几天在画廊看见一幅和你这差不多，8000元哪！"严伯伯笑了："能那么贵！比我一年工资还多？"摇摇头，接着吃饭。啊，都看到的是笑脸，人一生留下的还是笑脸让人难忘。笑脸就像镶着阳光金边的云彩，那金边彩云是天老爷在笑……

看到这里，我的朋友，你说，你不是在雁阵中飞，也没有从高天俯看这一切。是啊，像大雁一样飞翔的是我的灵魂，笔是让我的灵魂一次次飞翔的翅膀。我不是一展翅就万里的大鹏，也不是像粘上天上的金雕，我不会絮絮叨叨长篇大论地占有你的时间。我爱写一些短小的文字，就像在你回头看我的时候，给你一个真诚亲切而会心的笑脸。

2016年

荔枝红了

朋友相邀，参加"走读惠州"的活动。我年年都要到广东，这些年几乎走遍岭南，却始终没有机会到惠州。有这样的好机会，哪能放过？欣然应允，走进了7月的惠州。

到惠州必游西湖。惠州西湖地处惠州市惠城中心区，是国家级风景名胜区，以五湖、六桥、十四景而闻名。现代高楼林立的都市中心区，古色古香的亭台楼阁起于湖水之间，隐于葱茏树木之中，别有一番风情雅趣。中国叫西湖的湖泊真不少，据主人讲"大中国西湖三十六，唯惠州足并杭州"。多年前一个秋季，我在杭州西湖灵隐寺旁住了半个月，那是文人骚客般潇洒的西湖。走读杭州西湖，耳畔自然会响起越剧那咿咿呀呀的逍遥。7月的惠州西湖，让人领略的是南国的热烈情怀：烈日当空，热浪扑面，风光如画，云飞如梭。如梭的飞云织出的是急急风的艳阳雨。飞涌的云阵不打招呼就挤走太阳，劈头盖脸把你四周的青山洗得绿如翡翠。此时，我才觉得早已湿透短衫的汗水，让我有了精神，湿身行走，才配得上这重新在阳光下容光焕发的惠州西湖。

惠州西湖与杭州西湖有关系，全因为一个人，此人就是苏东坡。杭州西湖有一条苏堤，那是苏东坡在杭州做官的政绩。惠州西湖也有一条苏堤，那是苏东堤贬官到惠州，于北宋绍圣二年也由苏东坡资助修建。史书所载，有时间，有地点，也有起因。东坡当年捐资修堤，是体恤惠州人民划船涉水之苦，也在平湖丰湖之间筑起了一条观赏西湖风光的通道。当然，我想也还有一个原因，此湖原来叫做丰湖，苏东坡贬官到此地，喜爱此湖，于是称其西湖。诗人因眼前的西湖，想到了远在杭州的西湖，于是慷慨出资，修起又一条苏堤，与乡亲百姓同享这片湖光山色。

与民同享这秀美山水的苏东坡，原就是一个美食家，当然也要与民同享岭南美食佳果。岭南出佳果，佳果之最要数荔枝了。苏东坡原是四川人，在四川时就喜好荔枝："蜀中荔枝出嘉州，其余及眉半有不。"说的是四川乐山出荔枝，可惜好像少了点。据说荔枝要进贡官府和朝廷，竟成了扰民之事。这是一种说法，合乎苏轼喜好讽喻的秉性。喜好荔枝的苏东坡，到了惠州写下了《惠州一绝》："罗浮山下四时春，卢橘杨梅次第新。日啖荔枝三百颗，不辞长作岭南人。"这诗成了惠州荔枝最好的广告词，苏轼也成了惠州荔枝最够资格的形象代言人。这首诗正面品读：惠州出产岭南名果，连苏东坡这样的名士也顾不得风雅体面，大快朵颐，忘了贬官之忧，甘心情愿做一个惠州人。读苏东坡的诗，正面读来是把贬官当作退隐，心甘情愿辞别官场风浪，学做陶渊明。但他的弟弟苏辙却有另一番解读，苏辙在《东坡先生和陶诗引》一文中说："嗟乎，渊明不肯为五斗米一束带见乡里小儿。而子瞻出仕三十余年，为狱吏所折困，终不能悛，以陷大难，乃欲以桑榆之末景，自托于渊明，其谁肯信之！"苏辙不信，贬他的朝廷也不信，惠州的好日子没过多久，苏轼再次被贬到了天涯海角的儋州。呜呼，世道混沌，嫉杀英才。直到晚年，66岁的苏东坡最后获赦，离开海南北归，在仪征留下六言绝句《自题金山画像》："心似已灰之木，身如不系这舟。问汝平生功业，黄州惠州儋州。"功业二字，实在一言难尽。这3个地方，是苏轼3次被贬的流放地，是仕途蹉跎伤心地。然而，作为一个千古流芳的文学家，这3个地方造就了苏轼，他的传世之作大都出自这3个地方。自苏轼之后，惠州有诸多名家造访，成了一方文学圣地！

　　7月走读惠州，也就有了与苏轼一样的口福，品尝新鲜的荔枝。荔枝有许多品种，圆枝、黑叶、妃子笑、桂味、糯米滋、挂绿……品种虽多，但都是不易保鲜的水果。荔枝古名离枝，意为离枝即食。因此，树下食荔是享受，远离荔枝产地，则很难品尝这种南国佳果。食荔不易，有诗为证，大家都熟知杜牧的《过华清宫绝句》："长安回望绣成堆，山顶千门次第开。一骑红尘妃子笑，无人知是荔枝来。"讲的就是，皇上用官驿飞马传递荔枝到京城华清宫的传说。用官驿飞马传荔。据考证，首先要将新摘的荔枝放进新砍的竹筒里，新鲜潮湿的竹筒，如古代保温箱，又可防止长途奔跑中的颠抖损伤。驿使背着装着荔枝竹筒的行囊，千里飞骑。到驿站后，换马换人。接力传送，飞送至皇城。好让唐明皇的爱妃吃上鲜荔枝。杜牧的诗也像驿使，四行诗二十八字，将一个国家级的腐败故事传了千年。苏轼也有一首《荔枝叹》佐证这个故事："十里一置飞尘灰，五里一堠兵火催。颠坑仆谷相枕藉，知是荔枝龙眼来。飞车跨山鹘横海，风枝露叶如新采。宫中美人一破颜，惊尘贱血流千载……"至于千里飞骑送的荔枝是从哪里送往长安？过了1000年，还在争论不休。有一种说法是从四川送去的，理由是驿马飞传，最快日行600里路，从四川到长安，有2000里的"荔枝驿道"，3日可抵，荔枝尚能保鲜。另一种说法是由唐明皇宠臣高力士的老家在岭南高州，千里送荔这样的事情必须是这样的大内总管安排，荔枝从他家乡送去，理所当然。争论无须有定论，但都在说，如果不是在南国荔枝产地，品尝鲜荔，是何等奢侈的事情。

走读惠州，让我在荔枝红了的时节，品味这南方佳果。荔枝的甜蜜与清香，细细品味，有说不完的久远的荔枝文化和历史。我们参加了惠州荔枝主产区水口镇的荔枝文化节。当地政府把种植荔枝当做助推精准扶贫，增加农民创收的重要抓手。一位从荔乡走出来的企业家，亲自向我们介绍他的企业，正在开发的荔枝醋饮料、荔枝醋、荔枝白兰地。他说，我要让守在荔枝树下吃荔枝的千年习俗，变成让全国、全世界的人，都尝一下惠州产的荔枝饮料和荔枝酒！

走读惠州，挥汗沐雨，竟然没有走出那翡翠般碧绿的荔枝林。走读惠州，从日出走到月明星稀，回下榻处，细细回想竟然只读了一颗小小的红荔枝。

荔枝红了，心似蜜……

2016年

春雨醉

一下飞机，便被满目春色所醉。

这里是川东北的仪陇。4月的春风，在大巴山的群山里荡漾。春山如浪，波浪中青翠的春树婀娜婆娑，透出沁人的春意，让人沉醉。醉在如纱飘动的云雾中，来去无声的春雨，把醉人的春意，星星点点地洒进你的心田，让人动情。动情地望着这片青葱翠绿的山水，好像梦游一幅水墨丹青。

"一水护田将绿绕，两山排挞送青来"，一派和平安宁的景象。而我此行，却因为仪陇曾是血与火的苏区，曾为中国革命送出了数以万计的战士。在这些战士之中，有两名战士每个中国人都认识：一个叫张思德，一个叫朱德。从士兵到元帅，仪陇这块春雨滋绿的土地上，走出多么令人敬仰的士兵序列啊。张思德这个普通士兵，在仪陇城里有一座纪念馆。为一个烧炭而亡的士兵，修一座纪念馆，确实出乎我的意料。张思德只是普通一名战士，没有赫赫战功，身后却让家乡人民建起一座"张思德纪念馆"。原因何在？原因是这个士兵的死，引出了一篇千字悼文。这篇千字悼文有个大题目：《为人民服务》。为人民服务，这5个字让一个穷人的党坐了天下。这5个字的大题目，让一个革命党，变成了世界上最大的执政党。这5个字的题目，今天还摆在每个执政者的面前，像一块不可丢弃的压舱石！一辈子实践"为人民服务"这5个字的楷模，也是一位仪陇人，这个人从士兵到元帅，一步一步向前走，留下的足迹让后人景仰。他就是130年前在这块土地上诞生的那个人，那个叫朱德的仪陇人。

朱德此刻站在我的面前，站立的是"朱德同志故居纪念馆"前的塑像。高大的塑像背后是朱德纪念馆，纪念馆旁有泥墙瓦屋的朱德故居。纪念馆陈列的图片和实物浓缩了共和国元帅90年不平凡的人生。参观中，工作人员还向我们详尽地一一指点，这个山坳里一些有象征意味的景物。纪念馆前有一块山岩，解说员说："这是铁锤镰刀山，上面是一把铁锤，下面是一把收庄稼的镰刀。大家看，像不像？"按照她的指示，越看这山岩越像一把铁锤放在镰刀上。纪念馆背后有座琳琅山，解说员说："纪念馆建设中，有人从空中看这座山，它的五道山梁向外伸展，就像一座五角星。"风景总是有心人能看出味道来。说山如五星，还说巨岩如铁锤镰刀，透出来的是仪陇人，对家乡出了个总司令那份自豪。还有另一种寓意，没说却让你领会，这个从仪陇走出去的穷人娃儿，能当总司令，坐了天下，是这块土地灵验有玄机啊。

要说朱德这个总司令经百战，带大军，得天下。最说明玄机所在的，还是展橱里那根"朱德的扁担"。这就是我小学课本上的那根扁担，放在仪陇，也就放稳了。古今中外，得天下的总司令和大将军，何其多哉？然而，能让十三亿人的国家，所有的孩子，知道他们的开国元勋的总司令叫朱德，就是这一根扁担！扁担不说话，但扁担比所有的语言更有说服力。在井冈山红米饭南瓜汤的艰苦创业时期，官位最大的朱德，欣然扛起扁担，和士兵一起挑粮担菜。我们常说，得人心者得天下。朱德就是以平等待兵之"德"，得所有士兵之心，带领劳苦大众得天下的总司令啊。回想朱德一生，在中国革命斗争的军事史，每个历史节点上，都有他的名字：护国运动、南昌起义、井冈山会师、万里长征、八年抗战、三大战役……但朱德好像没有气吞天地的豪言壮语，也没有惊动鬼神的奇谋神略，他就是一个带着士兵冲锋的兄长。我在贵州习水的青杠坡烈士纪念碑前听到这个故事：遵义会议后，红军北上想进入四川，在青杠坡与强敌遭遇。敌强我弱，红军总部有被包围的危急关头，朱德亲自率兵冲上前沿拼杀。急得毛泽东下令，把朱老总给我抢回来。朱德夫人康克清提着两把盒子枪，在火线上找到朱德，把他救了回来。青杠坡一仗拉开了四渡赤水的序幕。四渡赤水是长征中的重要战役，我到了青杠坡，听了年轻的讲解员讲了朱德的故事。这个故事告诉我，这是一个怎样的总司令……朱德的扁担，是朱德精神最实在的一笔，那深深嵌在扁担上的印痕，让朱德这个总司令有了一支与所有统帅不一样的"权杖"：一个农民的儿子，一个士兵的兄长，一个百姓的子弟——这就是朱德带出来的军队，能够得天下的根本啊！若是忘了，若是弃了，天下安在？

走进朱德故居，这是川东北常见的山区农家小院，青瓦土墙木梁，静静地守持着130年的安详。朱德的少年时代就在这里度过。主人引我走进屋里，扶着木梯登上朱德住过的阁楼。小阁楼窄小，摆放一床、一桌、一椅。桌椅边的土墙上，开了个方窗，透气并且引入光亮。我坐在朱德坐过的椅子上，倚窗朝外望。看到的大概也是当年的风景：远山如黛，山峦起伏，风轻云淡。这样的风景会引人的目光向着更远的地方眺望。近处是屋前的院坝，行走着来自四面八方的游客。当年不会有这么多人，当年映入朱德眼帘的是一个熟悉的身影，母亲忙碌着这一家人的生计，也让少年朱德感受到生活的甘甜与艰涩。

母亲是给朱德影响最大的人。朱德一世在战场上行走，他不可能把母亲带在身边，却在心里给了母亲一块最温暖的位置。朱德在我的印象中，是一个为革命俯下身子的人，像拉纤的船夫，更像拉犁的黄牛。做得多，说得少，善诗文，少发表。朱德留在这个世界被人们争相传诵的文章，是他写给母亲的祭文《母亲的回忆》。这篇文章最初发表在1944年4月5日《解放日报》。我在纪念馆里看到了这张报纸的原件。这篇文章在1983年收入《朱德选集》时改为"回忆我的母亲"。我记得读中学时，语文课本中选了这篇文章。文章中许多段落让人难以忘怀："我家是佃农。祖籍广东韶关，客籍人，在'湖广填四川'时迁移四川仪陇县马鞍场。世代为地主耕种，家境是贫苦的，和我们来往的朋友也都是老老实实的贫苦农民。"记得读到此，我也才知道，我们叶家，也是客家人，也是曾祖父那一辈从广东来到四川荣昌。心里对朱老总有了一份亲切感。文章下面的文字，催人泪下，一生难忘："母亲一共生了十三个儿女。因为家境贫穷，无法全部养活，只留下了八个，以后再生下的被迫溺死了。这在母亲心里是多么惨痛悲哀和无可奈何的事情啊！母亲把八个孩子一手养大成人。可是她的时间大半被家务和耕种占去了，没法多照顾孩子，只好让孩子们在地里爬着……母亲这样地整日劳碌着。我到四五岁时就很自然地在旁边帮她的忙，到八九岁时就不但能挑能背，还会种地了。记得那时我从私塾回家，常见母亲在灶上汗流满面地烧饭，我就悄悄把书一放，挑水或放牛去了。"朱德的文字朴实清畅，对佃农生活的细节，记得真实亲切："佃户家庭的生活自然是艰苦的，可是由于母亲的聪明能干，也勉强过得下去。我们用桐子榨油来点灯，吃的是豌豆饭、菜饭、红薯饭、杂粮饭，把菜籽榨出的油放在饭里做调料。这类地主富人家看也不看的饭食，母亲却能做得使一家人吃起来有滋味。赶上丰年，才能缝上一些新衣服，衣服也是自己生产出来的。母亲亲手纺出线，请人织成布，染了颜色，我们叫它'家织布'，有铜钱那样厚。一套衣服老大穿过了，老二老三接着穿还穿不烂。"写出这样暖人心田文字的人，是世界上头等的大孝子，是最本分的农家子弟。朱德是仪陇这块土地养育的英杰，反复体会这篇文章，读出了朱德精神的根系，扎在佃农的土屋里，也读出了朱德的血脉中那份劳动者后裔的忠厚孝义。大孝之朱德，大忠于他献身的劳动阶级解放的事业，如拉纤的夫，拉犁的牛。

走出朱德故居，院坝外的山道两旁，种满了桂花树。猜想秋风起时，满园金桂飘香，令人心旷神怡。桂花树经春雨滋养，如沐浴后的少男少女，神采都在每张叶片上飞扬，由里向外透出青春的气息。走在花树丛中，不禁让人想起晚年的朱德和兰花的故事。

一位叱咤风云的元帅，偏爱那幽香清瘦的兰花，当年我从坊间听到朱老总的兰花故事，开初十分不解。朱德一直钟爱兰花。据朱德自述中说，他去考讲武堂，一路上看到有一种白色的花很漂亮，当时他并不知道那是什么，别人告诉他是兰花，他就挖了两株带在身上，从此他就喜欢兰花了。虽一直喜爱兰花，但晚年的朱德与兰花为伴，也有特别的意味。一种说法，兰花寄托了朱德对湘南起义时的妻子伍若兰的怀念。1929年2月1日，红军途经江西寻乌县吉潭，遭国民党刘士毅一个团包围。朱德率警卫排同敌人展开了激战。妻子伍若兰为保护朱德和毛泽东等军部首长的安全，率战士从敌人侧翼进行突击，将火力引向自己。朱德和毛泽东等军部领导脱离了危险，伍若兰却陷入敌军重围之中，弹尽负伤被俘，押往赣州。8天后，年仅26岁的一代女英豪，在赣州被敌军杀害，她的头颅被押送湖南长沙城示众。她的牺牲令朱德十分悲痛，朱德曾向美国作家史沫特莱介绍说："她是一个坚韧不拔的农民组织者，是一个又会搞宣传，又会打仗，能文能武，智勇双全的难得女子。"朱德一生写了40多首咏叹兰花的诗，在解放后重上井冈山的咏兰诗，是首绝好的佳作："井冈山上产幽兰，乔木林中共草蟠，漫道林深知遇少，寻芳万里几回看。"细品诗中的后两句，能让我们体味出老帅心中那份深情和怀念。朱德晚年喜爱兰花，还有另一种说法，也值得一提。朱德外孙李建在《名人传记》杂志2014年第三期上的文章《我在爷爷朱德身边十五年》中写道："在一个解密的资料里，我看到过这样一个细节：在一个特定的会议上，一位老同志对爷爷说人不得志的时候喜欢兰花，爷爷说你说我不得志我就不得志吧。"这段对话意味深长。晚年的朱德，在"阶级斗争为纲"时期和文革"四人帮"横行时期，从政坛渐渐退出人们的视线。壮士暮年，洁身守德，与兰为伴，君子大节。

春雨醉，醉了仪陇的山水，也醉了我这远来的游子。匆匆地来匆匆地去。春雨如在洗印记忆的胶片。在红军长征胜利80周年和朱德诞生130周年之际，拜谒仪陇朱德故居，在一位伟人一生光荣的生命长卷中，清晰地显影出：一根朱军长的扁担，一篇祭母的文章，一盆幽香的兰花。

春雨醉，纷纷扬扬的雨丝，织就醉人的思念，思念那个从这时走出去的，那个叫朱德的佃农儿子……

2016年清明

兔子汤的汤

最近不太看电视剧了，有些叫得很响的电视剧，开头两三集清空能看下去，再往下看，真的很考验人的耐心了。家长里短的戏，一集电视下来，能吵上一架，或发生一个误会，马上就进入广告时段。如果是谍战匪警类的电视剧，进进出出，追追打打，要占去大半集电视时间，能拆开一个扣儿，或引出一条新线，就算这一集有戏了。不知有人统计过没有，我们的电视上的抗战戏，消灭的鬼子比世界上曾经有过的鬼子，不知要多出多少倍？正热的谍战剧，潜伏在大小城市里的特工人员，也许比各个战场上的士兵还要多！影视业大量的需求，与相对贫乏的资源（特别是编剧脑子里的资源），使得渗水和泡沫成为常态。与思想保守无关，也与五毛零钞无关，一般观众如我，闲来无事打开电视，总像重遇一个故事：走进饭店，问老板有什么吃的。老板答，兔子汤。过一会儿，端上一盆清汤。问，兔子呢？汤里熬着。汤也没有兔子味呀。老板说，对不起，你来晚了，前天卖炖兔子，昨天卖兔子汤，今天这就是兔子汤的汤了。

电视剧的供需差，特别是广告业要求长剧，使兔子汤的汤成为常态。戏剧保持较有滋味的办法，只有一条，故事有冲突和人物关系有发展。宫廷戏之所以相对能吸引人，就是有较丰富的人物关系，人物关系的发展，引出一个又一个新的冲突。只是当下的宫廷戏成了后宫戏，脂粉裙衩里说事。我们的老祖宗留下的东西，其中真有不少精彩的编剧教材。比如《左传·桓公十五年》，写了一段郑国大夫祭仲与两位王公的政治斗争，不到100个字，写尽了国事、家事、亲情、权谋。短文只91字，如下："祭仲专，郑伯患之，使其婿雍纠杀之。将享诸郊。雍姬知之，谓其母曰：父与夫孰亲？其母曰：人皆尽夫也，父一而已，胡可比也？遂告祭仲曰：雍氏舍其室，而将享子于郊，吾惑之，以告。祭仲杀雍纠。尸诸周氏之汪。公载以出，曰，谋及妇人，宜其死也。"以上一场整个郑国上层斗争的大戏，《左传》仅用了91字完成。在这不到百字的文字中，有9层人物关系和戏剧冲突：

一、"祭仲专，郑伯患之"。7个字写国家大局，祭仲还在掌管郑国朝政，这让即位当了郑伯的公子突心里忐忑不安。背景是因为祭仲支持另一个公子忽。

二、"使其婿雍纠杀之"。7个字写宫廷政治谋划，从政治扯出了亲情，女婿这一新人物关系出场。政治与亲情发生冲突。

三、"将享诸郊"。雍纠接受杀死丈人的密令，又好在家里设宴动手，于是在郊外设宴请丈人，以便席间动手。

四、"雍姬知之"。这件事让雍纠的老婆知道了。引出又一个人物关系。丈夫请父亲吃饭不在家里，跑到野外，雍姬觉得此事蹊跷。

五、"谓其母曰：父与夫孰亲？其母曰：人皆尽夫也，父一而已，胡可比也？"这是核心桥段，母女间对话。女儿不说丈夫欲谋害父亲，只是问，父亲与丈夫哪个更亲？母亲更是直言，天下的男人多得很，亲爹就只有一个。在政治斗争中，女人立场就是亲情更重！

六、"遂告祭仲曰：雍氏舍其室，而将享于郊，吾惑之，以告。"雍纠之妻于是向父亲说出了自己的疑惑：丈夫不在家里请客，跑到野外设宴，爹爹要当心啊。局面发生改变，祭仲一出场就掌握大局。

七、"祭仲杀雍纠"。宫廷政变逆转，5字呼应开头的3字"祭仲专"，真是大权在手。

八、"尸诸周氏之汪"。祭仲杀了雍纠把其尸陈在周氏池塘旁，这又将亲情转成政治斗争，光天化日下摆尸给郑国君主看。

九、"公载以出，曰，谋及妇人，宜其死也。"13字的大结局，郑伯外逃，走时还带走了雍纠的尸体。这是政治同盟的结局。借郑伯的口也说出了这场政治斗争提供的前车之鉴：政治谋略让女人知道了，死了也活该啊！

　　一场宫廷政治斗争，9层戏剧冲突，91个字完成，惜墨如金啊。更重要的是，在91个字的短文中，写出了多重人物关系，亲情与政治，家事与国事，不同的立场引出的戏剧性冲突，不同的人物关系推进了故事发展与逆转。建议把这样的古文，当作编剧教材。文字精短，91字，人物关系，戏剧冲突，步步生景，层层推进，像一只会打洞，会下崽的活兔子。对了，要紧的不是端出一盆兔子汤的汤，而是活兔子啊！

2016年

松江的两个故事

　　松江是上海近郊的一个区，松江区是上海历史文化的发祥地，也被称作上海之根，历史悠久，经济发达，文化兴盛，人才荟萃。考古发现，距今约6000年，先民就在九峰一带劳动生息，创造了崧泽型和良渚型等古文化。松江古称华亭，别称有云间、茸城、谷水等，是江南著名的鱼米之乡。我想说松江，只因心里有两个故事，一个是我年轻诗友的故事，一个是古代杂籍中的一个故事。

　　先说我年轻诗友的故事，这位年轻诗人名叫徐俊国。原先是山西东平度的一个农村孩子，后来成了当地一名美术老师。10多年前他开始写诗，大多数的诗篇都在写他的故乡，一个叫鹅塘村里的花草树木和父老乡亲。后来中华文学基金会的"21世纪之星丛书"为他的这些诗出了一本《鹅塘村纪事》，我作为这套丛书的编委，为他这第一本诗集写了序，在序言中我写道："徐俊国的这本诗集，让我感到惊奇，这是一本值得静心一读的诗集，作者用充满爱心和悲悯情怀的笔触，为我们展示了一个中国小村庄的美丽，这种美丽是纯朴，更是清澈，更是清苦，还有悲伤。重要的是作者如此沉静而平缓地向我们诉说着他眼中的鹅塘村，当这些诗人眼中的事物变成诗句印在我们的心上的时候，我们成了一个村庄欢乐与苦难的见证者，也成了一个诗人对故乡充满悲伤和爱恋的倾听者。"徐俊国以一个乡村歌者的身份进入诗坛，我十分高兴地看到，"21世纪文学之星丛书"绝大多数评委认可了徐俊国的鹅塘村，"读了让我感动"，这是许多专家共同的一句话。让我吃惊的是，两年后，徐俊国被上海松江区的领导"引进"人才，于是这个山东乡村歌手到了大上海。说实话，我为徐俊国能改变生活条件感到高兴的时候，也有一丝担心。这担心来自多年来对上海的"公众评价"。老百姓说，京城人看到其他中国人都是"外地人"，上海人看其他中国人都是"乡下人"。关于京城人的评议，我有体会，刚调进北京当教授，常在寒暄中听到一句：叶教授有口音！哪儿的人哪？明白告诉你是一个客居京城的外城人。现在有个新词：北漂，漂者，无根也，哪怕你买了幢豪宅，也让你漂着找不着北。上海呢？都说看外地人是乡下人。

徐俊国这山东乡下人能混下去吗？此后我两次去了松江，一次是松江的"华亭诗社"成立，我前往祝贺。调进松江刚一年的徐俊国担任了诗社的常务秘书长。近年来，徐俊国在松江如鱼得水地生活写作，还先后成为首都师范大学的驻校诗人和到鲁迅文学院高级班进修。今年在上海和上海作家协会副主席赵丽宏先生聊天。赵先生随口说了一句："徐俊国是我们上海的优秀诗人。"我听了很高兴，因为我不仅发现徐俊国的优秀，也发现了松江的优秀，不小看"乡下人"的松江是了不起的松江。

因为徐俊国，我两次去松江，也对松江有了兴趣，于是想起了曾读到的另一则松江人的故事，清人赵翼的《檐曝杂记》中记发生在云间（即松江）的一则轶事："云间某相国之孙，乞米于人。途无力自负，觅一市佣负之。嗔其行迟，曰：吾相国之子，不能肩负，固也。汝佣也，胡亦不能行？对曰：吾亦尚书孙也。此语闻之董苍水。"这段话解成白话就是：松江有一个老相国的孙子，家道败落向人乞得白米。无力将米背回家，在街上找了个佣工替他背。相国孙子嫌佣工走得慢，责备说：我是相国的孙子，无力背负，还说得过去。你就是个佣人，为什么也背不动？佣人回答道：我也是尚书的孙子啊。赵翼还说，这个故事是董苍水亲自给我讲的，千真万确。这个故事我相信，因为松江历史悠久，是上海的老根，见广识多，见过草根成为栋梁的葱郁，也见过枯树昏鸦的破落。让人联想起现在，特别能花钱的富二代，特别早就叼着奶嘴上屏幕的星二代，把爹妈的名字当成头衔的文二代，不知道其孙辈会如何？

松江这个故事值得讲给他们听。

　　松江的两个故事好像讲的是一件事，虽然有点穿越。老松江的提醒，新松江的胸襟，都是松江值得点赞的故事。

2016年

阳台看景（代跋）

最近，我家阳台外有了风景。原先那是一大块空地。在北京三环内，有一块能摆下两三幢楼的空地，实在是奇怪的事。空地空了10多年了，说最早设计图上是个小学校，小区建成后，小学不建了。于是各家为争这块地的消息不断传出，但最终都没人动土。今年总算有了模样，一半是社区花园，一半是一幢矮层办公楼。于是阳台外有了可看的风景。这风景也有价，常在社区出没的房屋中介，见面就道喜，你家阳台面对花园，现在可以卖个好价，比去年多50万元，卖不？风景有价？想起卞之琳的《断章》：

你站在桥上看风景

看风景的人在楼上看你

明月装饰了你的窗子

你装饰了别人的梦

　　站在我家阳台上，看风景不在月下，北京看月光目前还是要在梦里。阳台上看风景，最好在夕阳斜照时。金子般的阳光洒在阳台上，窗下是忙碌了一天来花园散步和散心的人。夕阳照着花园也照着我，此时我不是在卞之琳的月光中，而是在我的夕阳里看风景。眼里是散步的人，而散心的我在看自己。夕阳总提醒我，是一个退休的人了。夕阳中的阳台，是退休的最好意境。夕阳告诉你还有一段值得珍惜的时光，你最好的舞台是窗外有风景的阳台，闲看别人散步，闲让自己散心。散心就是回首，一回首发现自己也成了风景。收在这本集中的几十篇散文，是我2009年从《诗刊》主编位子退休后写下的文字，也如阳台上看自己的风景。

　　看自己的风景，是夕阳中的享受。一个人如果活了一辈子，一回头，白茫茫，空荡荡，一片空白，或者一片残垣，一辈子算是白瞎了。看自己的风景，读自己的心语，夕阳之下，不只是金灿灿的光芒，还会有雾霾般的暗影。回首读心，心事浩渺，有两大不堪之心语，读来仍觉得"对不起自己"。

　　"对不起自己"之一，有些日子活得不自在，忐忑不安，像丢了魂儿似的。在以往的经历中，这种忐忑不安，每隔一段时间，就找上门来。少时求学考学，交上考卷等待发榜，那心里如猫抓一般，吃不下睡不好地装没事，直到榜上有名，方在心中大声对自己说，小子又过了一关！这是一生的噩梦，现在还常在梦中进考场，怎么也看不清试卷上的密密麻麻的字。年长一些后，申报职称，申报评奖，申请住房，凡是心想欲求之事，都明白地由自己黑字白纸写出来。欲求之，也怕求不得，一次次地自证凡夫俗子的"求不得"有多烦心！

"对不起自己"之二，有些日子活得不踏实，犹豫焦虑，辗转反侧，像大难临头地害怕。这辈子中，每临大事常会丢掉自己。举着小旗随大流去开斗争会，人云亦云念自己也不知所云的批判稿，一篇又一篇地写自己也不信的学习体会……藏在心底那小心眼，是怕失去了什么。患得患失两难取舍中，舍掉求真务实之心，舍掉说真话的底线，取平安无事熬过眼下的坎儿！直到后来，自己也会成了批斗对象，读着报也读骂自己的匿名文章，方敢笑自己当初少不更事，一次次自证读书人明哲保身常让斯文扫地！

夕照的金色抹亮了眼前的风景，也扫去回望的阴霾。那些忐忑不安的日子，那些焦虑辗转的光阴，都被温馨的阳光熨去，心里此刻只剩下感激和安宁。也许这是上苍给每个人同样安排的一段岁月，不再为别人奔波，不再为名利羁绊，可以平心静气地观望四周的风景，也有时间回眸逝去的时光。"念既虚闲，室复幽旷，无事此坐，长如小年。"消除了纷扰与烦恼，时光会变得和你一样，慢慢地走，悠悠地游，细细地品，细细地看。好像重新回到少年，少年正挎一只小篮子，去熟悉的老地方，捡拾雨后的蘑菇。这一次记住了，哪些是好看却有毒的菌子，而藏在树丛中的香蘑，早收藏在你的心里头……

2016年

图书在版编目（CIP）数据

前世是鸟 / 叶延滨著 . —北京：民主与建设出版社，2017.8

（名家散文自选集）

ISBN 978-7-5139-1673-8

Ⅰ . ①前… Ⅱ . ①叶… Ⅲ . ①散文集－中国－当代 Ⅳ . ① I267

中国版本图书馆 CIP 数据核字（2017）第 188239 号

前世是鸟
QIANSHI SHINIAO

出 版 人	许久文
总 策 划	李继勇
责任编辑	刘　芳
封面设计	宋双成
出版发行	民主与建设出版社有限责任公司
电　　话	（010）59417747　59419778
社　　址	北京市海淀区西三环中路 10 号望海楼 E 座 7 层
邮　　编	100142
印　　刷	三河市腾飞印务有限公司
版　　次	2017 年 10 月第 1 版　2017 年 11 月第 2 次印刷
开　　本	787mm×960mm　1/16
印　　张	23 印张
字　　数	210 千字
书　　号	ISBN 978-7-5139-1673-8
定　　价	39.80 元

注：如有印、装质量问题，请与出版社联系。